鉄の門

マーガレット・ミラー

十六年前に謎の死を遂げた親友ミルドレッドの夫である医師アンドルー・モローと再婚したルシールは、一見平穏なその生活の裏側で、アンドルーを溺愛する義妹や自分から距離を置く継子たちとの関係に悩み続けていた。そんなある冬の日、謎めいた男がモロー家を訪れ、ルシール宛の小箱を渡して立ち去った。その箱を開いた後、彼女は何も言い残さず、行方をくらましてしまう。なぜ彼女は姿を消したのか。その箱の中身はいったい何だったのか。心理ミステリの巧手ミラーの初期を代表する傑作、待望の新訳で復活。

登場人物

アンドルー・モロー……婦人科医
ルシール……アンドルーの妻
ミルドレッド……故人。アンドルーの先妻
イーディス……アンドルーの妹
マーティン……アンドルーとミルドレッドの息子
ポリー……マーティンの妹
ジャイルズ・フルーム……ポリーの婚約者
アニー
デラ } ……モロー家の使用人
エディ・グリーリー……麻薬中毒者
スコット……ペンウッド病院の看護師
グッドリッチ……同医師
コーラ・グリーン……同入院患者

ジャネット……………コーラの姉
バスコム……………行方不明者捜索部の警部
ダーシー……………巡査部長。バスコムの部下
サンズ……………刑事部の警部

鉄の門

マーガレット・ミラー
宮脇裕子訳

創元推理文庫

THE IRON GATE

by

Margaret Millar

Published by agreement with Harold Ober Associates,
New York and Tuttle-Mori Agency, Inc., Tokyo

目次

鉄の門

フランシス・マクノートンに

第一部　狩猟

第一章

　その夢は静かに始まった。部屋にいるのは、自分とミルドレッドの二人だけ。ミルドレッドは椅子にすわり、背中をまるめて書き物をしている。

「何を書いているの、ミルドレッド?」ルシールは尋ねた。「さっきから、いったい何を書いているの?」

　ミルドレッドは遠くを見るような目をして、ゆっくり笑みを浮かべた。「なんでもないのよ、もう終わったわ。ちょうど終わったところなの」そう言って立ち上がると、掃《は》き出し窓から雪の積もる屋外へと足を踏み出した。

「そんな格好で外へ出ちゃだめよ、ミルドレッド。風邪をひくわよ」

「だいじょうぶ。もう行くわ……すっかり終わったから」

「何言ってるの、もう暗いじゃないの。雪も降っているし」

　ミルドレッドは耳を貸そうともしないで歩き出した。足跡を残すことも、影を落とすこともなく。

「ミルドレッド、戻ってきて！　頭の後ろがぱっくり割れてるわ」

「いいの……」

「血が出てるのよ。公園を汚しちゃうでしょ」

「もう行くわ」ミルドレッドは穏やかな声で言った。「じゃあね。さようなら、ルシール」

木立《こだち》を抜け、丘を越えて、ミルドレッドは歩き続けた。一歩踏み出すごとに、その姿はどんどん小さくなるが、輪郭《りんかく》はくっきりと浮かび上がった。まるで、時の経過や距離に、彼女の姿を薄れさせる力はないとでもいうように。ときおり、こちらを振り返ったが、その顔は小さな人形のように微笑《ほほえ》んでいた。

「かわいいお人形さん！」ルシールは叫んだ。「お人形さん……」

「じゃあね」呼びかけにたいする返事があった。ささやくような声なのに、はっきりと聞こえる。「さようなら、さようなら……」

いつまでもいつまでも彼女は歩き続け、血を流し、笑みを浮かべ……そして、その姿はますます鮮明になっていく。

心の中で動き続けているこの小さな姿――指ほどの、マッチ棒ほどの、ヘアピンほどの小さなものへの恐怖感に、ルシールは胸苦しさを覚え、息ができなくなって目をさました。ベッドから跳ね起き、窓を覆っているカーテンを開けた。公園や木立や丘や新雪が目に入った。だが、ミルドレッドはいない。彼女が亡くなって十六年が過ぎていた。

どこか遠くで、日曜を告げる教会の鐘が鳴っている。ルシールはふいに現実に引き戻された。アンドルーが入ってきたら、どんなにばかげて見えるだろうか。窓辺にうずくまり、一面の雪を見渡しながら、夫の先妻の姿を探し求めているなんて。

立ち上がって歩き出すと、鏡に映る自分の姿が視野に入った。鏡があることを忘れていて、顔が目に入るまでのちょっとのあいだ、ルシールは見知らぬ女と向かい合っているような錯覚に襲われた。もう若くはない鏡の中の女は、青いガウンを羽織り、太いおさげに編んだ赤みがかった長い金髪が左右の肩に当たって揺れている。ルシールは足を止めて見知らぬ女を見つめ、こんなの戯《たわむ》れにすぎないわ、とかすかに微笑んだ。だが、内心穏やかではなかった。戯れが単なる戯れであったためしはない、その裏にはいつも真意が隠れているものだ、とアンドルーは言う。もしかしたら、十五年がたった今も、自分をこの家の中で〈他人〉――別の人の夫や子供たちを訪ねてきた人間――として意識しているからではないだろうか。

「ああ、ばかばかしい」そう声に出し、足早に鏡に近づくと、見知らぬ女も歩を進め、距離が縮まって、やがてルシール自身となった。「ほんとにばかばかしいったらないわ！」

その口調はルシールがアンドルーや子供たちといっしょのときに使う、厳しさ半分、ユーモア半分の、すべてを把握しているものだった。「顔は笑っていても本気よ」という声。

聞き慣れたその声につられて顔もいつもの表情になった。瞳に宿るはりつめた不安は消えて優しく知的な目になり、固く結ばれた唇はやわらかさを取り戻し、眉の片方がほんの少し上がった。

これでいいわ。これが本当のわたしの姿だもの。これがわたし、ルシール・モローよ。ミルドレッドの存在はもう大きくはない。今も居間の壁に肖像画が飾られ、ときどき夢にも出てくるけれど。石鹸《せっけん》を彫って作った太めのキューピー人形みたいなもの、とルシールは思った。ふやけていて、ぬるぬると手にまとわりつくもの……。

ルシールはブラシを手に取り、髪をほどいて強くブラッシングし始めた。一回かけるごとに夢は遠のいていき、人形の姿はぼやけて、そして見えなくなった。

不安な時は過ぎ、所有の感覚だけが強く残った。この手も、ブラシも、家も、隣の部屋で口笛を吹いている夫も、わたしのもの。ただ、子供たちだけはいつまでもミルドレッドのものだった。アンドルーのために、ルシールは子供たちを好きになるように、また子供たちから好かれるように努めてきた。にもかかわらず、子供たちはミルドレッドのものでありつづけ、互いに親近感を抱くことはできず、ルシールがなんとか手にしたのは武装したままの停戦であった。

そうは言っても、二人ももう子供ではない。ポリーは今週、結婚するし、マーティンもいずれ所帯を持ち、この家にはアンドルーと自分だけが残る。もちろん、イーディスもいるにはいるが、数に入れる必要はない。

ルシールはブラシを持つ手を止めた。玄関前から長く敷かれた赤いビロードの絨毯のように、自分の未来が目の前に広がっているのが見えた。

手早く身支度を整え、編んだ髪を冠状に頭に巻きつけた。女王のように堂々としながらも、赤絨毯の感触を確かめたり、ひさしの高さを気にしたりする慎重さとともに、廊下に足を踏み出した。階段を下りるとき、タフタのスーツの衣擦《きぬず》れの音が、背後にしたがう従順な召使いを思わせ、耳に心地よかった。

二階でドアを閉める大きな音がして、アンドルーの声が響いた。「ルシール！　ちょっと待ってくれ、ルシール！」

彼女は階段の下で足を止めた。

「どうなさいました？」

「わたしのスカーフを知らないか？」

ルシールは「どのスカーフ？」と聞き返したい衝動を抑えた。「あなたのスカーフは全部、たんすの引き出しに入っていますよ」

「全部入っているよ、身につけたいの以外は」

「そうでしょうね」

「なんだと？」

ルシールは大きな声で言い直した。「そうでしょう、と言ったんですよ。そこにないスカーフを身につけたいのでしょうから」

「それは逆だ」アンドルーは声を荒らげた。「わたしが身につけたいスカーフが……」

「わかりました」ルシールは笑みを浮かべながら言った。「どんなスカーフです？」

「青っぽいやつだ。グレーの柄が入っている紺色の」彼は階段の一番上で、指で大きさを示した。「このくらいの小さなグレーの模様が入ってる」

アンドルーは長身で、髪はグレー、五十近い年齢だが、引き締まった体型は若いころのままで、動きもきびきびしている。それは息子のマーティンや妹のイーディスにも共通していた。繊細な感じのほっそりした顔立ちをしているが、褐色の大きな目は優しげで、意外なほど無邪気な表情を作り、ときおりそれが女性患者とのトラブルの原因となる。気立てのよい男性の多くがそうであるように、不機嫌に見せようとすると大げさになってしまう。彼は今、ひどいしかめっ面で、階段の上から妻を見下ろしていた。

「去年のクリスマスに誰かからプレゼントされた物だ」アンドルーは言った。

「わたしが差し上げたのよ」ルシールは冷静に言った。「それに、青ではなく黒ですよ。ベッドの下をのぞいてみました？」

「ああ」

「どうして？　どうしてあなたはいつも何かを捜すとき、最初にベッドの下をのぞくのかしら」

「当然だ。ベッドの下にはあれだけ空間があるんだから。ルシール、こっちに上がってきて……」

「いやですわ。上がっていって、わたしが見つけでもしたら、ますますあなたのご機嫌が悪くなるだけですもの」

「そんなことはない」

「いいえ、そうです」背を向けて歩きかけたところで、ルシールは肩越しに振り返って言った。「玄関の杉のクローゼットの中をごらんになったら?」

夫の不満そうな声を聞き流して、彼女はダイニングルームに入っていった。

イーディスとポリーが先に朝食を始めていた。イーディスは、食べ物は必要悪であり、さっさと始末してしまいたいとでも思っているらしく、いいかげんにバターをパンに塗っている。ポリーはコーヒーを前に、煙草を吹かしながらぼんやり窓の外を眺めていた。

「おはよう、イーディス」ルシールは声をかけてから、イーディスのほうに身をかがめ、軽く頰を触れ合った。これが長年の習慣だった。二人は互いに好都合だと割りきって仲よくしている。同い年であり、関心の対象も同じ、アンドルーなのだ。「おはよう、ポリー」

「おはよう」ポリーは窓から視線を外そうともしなかった。

「おはよう、よく眠れた?」イーディスはルシールのあいさつに応えた。

「ええ、ぐっすりと」

「わたしよりよく眠れたようね」イーディスは、ヴァイオリンの弦が切れる直前の音のような、すぐにもヒステリーを起こしかねない甲高《かんだか》い声で言った。その声は年々高くなり、弦が強く引っ張られ、ルシールには日常的な会話にも不気味な響きが伴っているように思えた。

「大きな声で何を騒いでいたの?」イーディスが訊いた。「焼きたてのトーストがよかったら、アニーを呼ぶといいわ。用意しておくように言ってあるから。アンドルーはただ大声を出したくて怒鳴っているんじゃないかと思うことがあるわ」

ルシールは笑みを浮かべながら椅子に腰を下ろし、ナプキンを広げた。「そうかもしれないわね」

「診察室では穏やかに魅力を振りまき、帰宅したとたん、大声でわめき散らすんだから。ほんとに大きな声」

「お目当てのスカーフが見つからないんですって」ルシールは説明した。

彼女は急にわけもなく幸せな気分になった。大声で笑いたかったが、喉元までこみ上げてきた笑いを懸命に押し殺した。イーディスとポリーに理由を説明できないからだ。この部屋が暖かで明るいから、外で雪が降り始めたから、アンドルーが捜し物をしてベッドの下をのぞいているから、笑いがこみ上げてきた——だなんて。

イーディスとポリーに目をやり、つかのま、二人に心からの愛情を感じた。それはルシールが自分自身に、また何もないところから築き上げた穏やかですばらしい生活に、満足しきっていたからだ。**二人のこと、愛しているわ。欲しい物はなんでも持っているし、あなたたちに取り上げられる心配もないから、あなたたちを愛せるの。**

「アンドルーはどんな物だって見つけられっこないわよ」イーディスが言った。「自分の近くにあればあるほど、なかなか見つからないのよね。心理学的なものかしら」

ポリーが少し体を動かした。「なんのこと？　いえ、別に話してもらわなくても……」

「捜し物の話」イーディスが答えた。「フロイトなら、本当に見つけたいと思う物だけが見つかるものだ、と言うでしょうね。お金を探り当てるすばらしい才能を持った人もいるわよね。ニューヨークにある男の人がいて……。ポリー、ちゃんと背すじを伸ばしておすわりなさいな」

「どうして？」ポリーは言った。

「そんなふうに背中を丸めていると、背骨が曲がっているように見えるわ」

「背中を丸めてるんじゃなくて、楽な姿勢でくつろいでいるだけよ」

「食卓はそんな格好でくつろぐ場所じゃありません」

「わかったわ」ポリーはむっとすることもなく、背中をぴんと伸ばした。少しのあいだその姿勢を保っていたかと思うと、今度はテーブルに肘をつき、重ねた両手の上に顎をのせた。つやつやした長い黒髪がさらっと両手首にかかった。

「まったく、もう」イーディスの声は叱っているというより甘やかしている口調だった。

ルシールは何も言わなかった。もう義理の子供たちを躾《しつ》けようとはせず、どちらかの言動にひどく感情を害したときでさえ自制心を働かせ、けっして批判めいたことは言わなかった。二人には公平に接するように努め、子供たちが父親と対立したときには、二人の肩を持って夫に対峙することも多かった。そこまで努力したにもかかわらず、子供たちはルシールとの距離を縮めようとはしなかった。

もしかしたら、子供たちが難しい年齢のときにアンドルーと結婚したせいかもしれない、とルシールは考えた。ポリーはわずか十歳、マーティンも十二歳で、二人とも母親のミルドレッドが大好きだった。

ミルドレッドのことを思ったとたん、喉までこみ上げていた笑いが気の抜けた飲み物の泡のように消えていくのを感じた。

「わたし自身はリラックスなんかしたことないけれど」背すじを伸ばしたまま、イーディスは言った。「ほかの人が場所をわきまえてくつろぐ分には気にならないわ、かまわないのよ。くつろげるかどうかは、その人の性格しだいね」

「ミルドレッドは」ルシールが言葉を挟んだ。「ミルドレッドはおおらかでのんびりした性格だったわね」

何年ものあいだ、その名を口にすることはなかったし、今もそうしたくはなかったが、ルシールは無理に声に出した。とたんに、幸福感に浸《ひた》っていた時間は過ぎ去った。暖かで明るい部屋に誘われて入ったものの、だまされてしまい、その腹いせに死体を部屋に投げこんだようなものだ。

「そうね」イーディスがそっけなく言った。「でも、あなたももうちょっと分別を働かせて、何も今、そんなことを……」

「ええ、そうですね」ポリーの険《けわ》しい視線を感じて、ルシールは困惑した。「ごめんなさい、ほんとうに」

「よりによって今日という日に」イーディスが言った。

「申し訳ないわ、イーディス」

「わかっているならいいの。よりによって今日、いやなことは思い出したくないでしょ。いい印象を持ってもらわなくちゃ、フルームさんに」

「フルーム中尉と呼んで」ポリーが口を挟んだ。「それから、印象がどうこうなんて気を遣う必要はないわよ。二人のあいだではもうすんだことなんだから」

「そうは言っても、わたしたちはあなたの家族なのよ」

「彼はおばさまと結婚するわけじゃないの」

イーディスは顔を赤らめて、強い口調で言った。「わかってるわよ、そのかたがわたしと結婚するわけじゃないことも、わたしと結婚しようなんて人はこれまで一人もいなかったことも――あなたが言いたいのはそれでしょ」

「やめてよ」ポリーは叔母の頰に軽くキスをした。「そんなつもりじゃないわ。大げさに騒がれるのがいやなだけ、あたしもジャイルズも。〈よりによって今日〉だなんて。ジャイルズだって自分がここに来ることが誰かの負担になると思ったら、身の置き所がないでしょう」

「それは神経過敏だわ」イーディスはむっつりとして言った。

「そういう人なの。だから、あたしを伴侶に選んでくれてよかったと思ってるわ。あたしはそんなに神経質なほうじゃないから」ポリーは叔母の肩に腕を回して耳元でささやいた。

「よかったでしょ、あたしが神経過敏じゃなくて。そうじゃなかったら、おばさまの粗探しに耐えられなくなっていたはずだもの」

「粗探しですって?」イーディスはあんぐり口を開けた。「なんてこと言うの、ポリー! わたしがそんなはしたないことをしてるみたいじゃないの!」

「してるでしょ」ポリーは笑い声を上げた。「あれこれ噂して」

「とんでもないわ! なんてひどい……」

「白状しなさい。さあ、正直に言わないと、くすぐっちゃうわよ」

「まあ! さっさとすわって、お行儀よくなさい」イーディスは乱れた髪を直し、気持ちを落ち着かせた。「そのふざけ癖をなんとかしないとね。マーティンよりひどいわ。まるで、わたしが噂好きみたいじゃないの。わたしが噂話なんかしたことある、ルシール？」

「ないわ、一度も」ルシールは笑顔で答えた。

「ほらね、ポリー」

けれども、ルシールが会話に加わったとたん、ポリーの様子は一変した。顔から表情が消え、ルシールに冷ややかな視線を向けた。その視線の意味をルシールは汲《く》み取った。

「いいこと、あなたがいなければ、あたしとおばさまはこんなに仲よしなの。長年、あなたがこうやって台なしにしてきたのよ」

「わたしは噂話を信じたりしないわ」イーディスは言った。「人の話を評価しすぎるのはどうかと思うもの」

「そうね」ポリーはうわの空でつぶやくと、窓のほうに歩いていき、外光を受けて怒り肩の輪郭が浮かび上がった。

ルシールはちらりとポリーを見やり、あらためて彼女と家族のほかの人たちとの違いを実感した。引き締まった体つきにさえ、妥協を許さない頑固さが感じられる。背はあまり高くはないが、すらりとしていて、不屈で強靭な印象を受ける。マーティンやイーディスのように、意味もなくエネルギーを発散したりはしない。動作は物憂《ものう》げだが、ほとんどなんでも巧みにこなし、あらゆることに精通している。

母親譲りの丸みを帯びた顔立ちで、性格も母親に似て、基本的には穏やかだ。けれども、ミルドレッドの場合は幸せと安定によって深まった穏やかさであるのにたいし、ポリーのは長年、継母《ままはは》に向けられた薄らぐことのない憎悪によって歪《ゆが》められ、硬化したものだった。

子供がマーティン一人だったらうまくいっていたかもしれない、とルシールは思った。マーティンは男だし、順応性がある。でも、ポリーは……。当時、ポリーは十歳だったが、精神面ではおとなだった。おとなの女性が、同じ屋根の下で暮らすことになったもう一人の女性を信用しないように、ポリーもルシールに気を許そうとはしなかった。

イーディスはコーヒーを飲み終わり、細長い指でテーブルクロスをせわしなく叩いていた。朝食という一つのことが終わると、すぐに次のことを始めなくては気がすまないのだ。それは自分自身が起こす行動でも、他人に何かをさせることでもかまわない。つねに自分が行動するか、他人に行動を促し続けていた。

「アンドルーも早く下りてきたらいいのに。マーティンはどうせぐずぐずしてるでしょうけど」イーディスは言った。「何をしてるんだか様子を見てこようかしら」

「時間はたっぷりあるわよ」ポリーが言った。「ジャイルズの賜暇《しか》は正式には正午からなんだもの。基地までは車で一時間もかからないし……」

「そういえば」ルシールがおずおずと切り出した。「将校の場合は〈休暇《リーヴ》〉で、下士官の場合は〈賜暇《ファーロウ》〉と言うんですってね」

ポリーは肩をすくめ、振り向くこともなく「あら、そう」と言った。

「どこかで聞いた気がするわ」

「へえ」

「そうですよ、わたしも聞いたことがあるわ」イーディスが早口で言った。「わたしは〈賜暇《ファーロウ》〉のほうが好きだわ。重要そうに聞こえるもの。それはともかく、ポリー、アンドルーとマーティンはあなたといっしょに迎えに行くと言い張ってるんですってね。どうしてなのかしら」

「誰よりも先に、どんな男か見定めたいのよ」ポリーは言った。「それで、もし二人のお眼鏡にかなわなかったら、彼の死体をどこかに捨てて、悲嘆に暮れているわたしを連れ帰るという算段よ。傷物にならなくてすんだわたしを」

イーディスはショックを受けたような表情をしてみせた。「そんなこと、夢にも思わないわよ、アンドルーだって」

「冗談よ」

「おもしろくもなんともないわ！」

「実際のところは、わたしの背後で男同士が結束していることをジャイルズに印象づけたいんでしょう。『おかしなまねはするなよ、フルーム』『かわいいポリーを泣かせるんじゃないぞ』とかなんとか」

「感動的じゃない」

「そうね。余計なお世話だけど。あたしがジャイルズを選んだときから、どうあってもこの結婚を邪魔立てできないことは、二人にもわかっているはずよ」ポリーはちらりとルシールを見た。

「あなたのそういう気持ちを聞いてうれしいわ」ルシールは静かな声で言った。「結婚について周囲があれこれ言うのはよくないことですもの」

ポリーは頰を紅潮させ、また顔を背《そむ》けた。

「結婚となると、やたら騒ぎ立てるものなのよ」イーディスが言った。「もちろんわたしだって若いころには月光と薔薇《ムーンライト・アンド・ローズイーズ》（感傷的でロマンティックな関係を指す慣用句）を贈られたものだけど、結局、ほとんどの薔薇は安物雑貨店で買った紙の造花で、月光は街灯と変わらず、物を見るには役に立たないものだったわ」イーディスはポリーの背中に優しく微笑みかけた。「もっとも、あなたはそんなこと、とうの昔からわかっているんでしょうね」

「ときどき、うっかり過《あやま》ちをおかすことがあるの」ポリーは答えた。「今回のは最高の過ちだわ」

「早くお会いしたいわ」イーディスは声を詰まらせた。「まだ信じられないのよ、あなたが結婚する年になったなんて。ついきのうのことのよう……」

「まさかあたしのことでおばさまが感傷的になるなんて、思ってもみなかったわ」

「ほかのことでなら、感傷的になってるみたいに聞こえるわね」イーディスはそう言って、勢いよく椅子を引いた。「アンドルーに急ぐように言ってくるわ。これ以上スカーフ捜しを続けたら、家の中をめちゃくちゃにされそうだもの」

イーディスは衣擦れの音と匂い袋の香りを残して出ていった。

義理の母と二人きりになると、ポリーはテーブルに戻り、自分でコーヒーのお代わりを注いだ。

気まずさをごまかそうと、ポリーはテーブルの上にある物に目を凝らし、オークションにでも参加しているように一つ一つ吟味していった――弱いガスの炎で加熱されている銀製のコーヒー沸かし、赤いカップと白い受け皿、イーディスの朝食の食べ残し、トースト立てに残っている少したわんだパン二枚、赤いエッグスタンドにおさまってぴくりとも動かないゆで卵、それに、ルシールの服の青い袖。

「ジャイルズさんが、ええと――〈賜暇《ファーロウ》〉をいただけてよかったわね」ルシールは愛想よく話しかけた。

ポリーは顔を上げようともしなかった。「ええ、ほんとに」

「三週間だったかしら？」

「そうよ」

「それで、金曜日に結婚するのね――あと五日だわ」

「許可書がもらえるまで待たなくちゃならないの。そのあと、登記所へ行ってどうでもいい儀式がすんだら出発よ」

「どこへ行く予定なの？」

ポリーは肩をすくめた。「あっちこっち、別にどこでもいいの」

「そうね」二人の会話はまた途切れた。

廊下から、足音と笑い声が聞こえるとまもなく、勢いよくドアが開いてマーティンが飛び込んできた。髪はくしゃくしゃ、ネクタイも首にかけてあるだけでまだ結んではいなかったが、その表情は自信に満ち、若くして楽に成功を手に入れた男性特有の傲慢《ごうまん》な笑みをちらつかせた。子供のころ、背骨を痛めたことで、ぎこちない歩き方になったり痛みに襲われることもあるが、一切それを口にすることはなく、いつも笑みをたたえている。人知れず送っている苦痛の人生をその笑顔の陰に隠し、けっして表には出さなかった。

父親とよく似た外見なので、ルシールはマーティンの姿を目にすると、思わず口元がゆるみ、恋人を見るような優しい目になる。

「イーディスに階段から突き落とされたよ」マーティンは陽気な声で言った。「何を慌てているんだろう。まだ九時半じゃないか。ビッグ・フォーの顔合わせは正午だよ」

マーティンは椅子を引いて腰を下ろし、両手で髪をなでつけた。その最中、うっかりテーブルのカップに手がぶつかり、危うくポリーの頭に肘鉄を食わせるところだった。

「ジャイルズに好かれそうにないわね」ポリーはぴしゃりと言った。「こんな乱暴者は」

「好かれるに決まってるさ。いろいろアドバイスしてやるつもりだよ。彼のような立場にいる若者が知っておいたほうがいいことを全部教えてやる」

「あのね、彼は二十九歳なの。お兄さんより一歳年上よ」

「でも、経験は乏《とぼ》しい」

ポリーは顔をしかめた。

ここまでのところ、マーティンもルシールに視線を向けなかったが、ポリーの場合と違って、わざとではないことがルシールにはわかっていた。

言葉をかけて自分に注意を引きたくなかったので、ルシールは黙って二人を眺めていた。ミルドレッドのことは忘れ、二人の子供たちが容姿に恵まれ、黒っぽい髪をし、聡明であり、アンドルーの血を引いていることを誇らしく思った。マーティンは〈トロント・レビュー〉の文芸局編集長で、この地位にある者としてはきわめて若い。ポリーは大学で社会学の学位を取り、この四年間、いくつもの福祉事業団で貧困調査から出産の手伝いまでさまざまな活動をおこなっていた。

「これ、ぼくの卵？」マーティンは赤いエッグスタンドを指差した。

「卵は誰の物でもないの」ポリーは言った。「特定の個人に属さない物よ」

「ぼくの物にできるよ、こうやって」

「食べないで」ルシールが笑いながら口を挟んだ。「もう冷めてしまったから。アニーにまた作らせましょう」

しかし、マーティンはすでに卵のてっぺんに割れ目を入れ、トースト立てから硬くなったトーストを一枚取り上げた。ルシールはマーティンのコーヒーを注ぐと、席を立った。いつもの日曜日のようにゆっくりしていたかったが、自分が邪魔なのはわかっている。マーティンとポリーは、ジャイルズにたいしてマーティンがどう振る舞うべきか、熱っぽく言い合っていた。

「変なことはしないでね」ポリーが言った。「ぽんと背中を叩くなんてもってのほか。将校がなんのためにステッキを持っているのかも訊かないこと。みんなに質問されて困ってるんだから、本人だってわからないのに。それから……」

ルシールは部屋を出てそっとドアを閉めた。

何をしたらいいのか、どこへ行けばいいのかわからなくて、少しのあいだ廊下に立ち尽くしていた。だが、ふいに気がついてぎょっとした。

これまでだって幾度となくこうしていたじゃないの。まるでよそ者か放浪者のように、どの部屋からも閉め出され、こうして廊下に一人たたずんでいた。

眠りこんでいる警官のそばを通り過ぎる泥棒のように、背を丸め、こそこそと爪先立ちで歩く自分の姿が目に浮かんだ。

そのとき、階上から怒りと心配のあまりイーディスが甲高い声を張り上げるのが聞こえた。「アンドルー、あなた自分で熱を出してるんだわ」その声で、ルシールは現実に引き戻された。警官は目を覚まし、泥棒は捕まって牢屋に放りこまれ、ルシールの考えもきちんと折りたたまれていつものファイルに収められた。

「イーディス」アンドルーも苛立った大声で応じた。まだポリーを結婚させたくはないのだ、とルシールは思った。ポリーのことを今も幼い娘だと思っている。「熱を出すことなんかできるのかね？」

「わたしの言いたいことはわかってるでしょう」イーディスは言った。「風邪なのに出かける気なの？ ともかくばかげてるわ。こんな雪の中に飛び出していくなんて。いくらお迎えのためだからって……」

「いいかね、イーディス。わたしは雪の中に飛び出していくわけじゃない。閉めきって、ヒーターをつけた車で堂々と出かけるんだよ、もっとも……」

「よくおわかりだこと」

「……着替えのためにプライバシーを尊重してもらえたらの話だが」

「わかりました、ひどい肺炎にでもなるといいんだわ」

「まったく！」アンドルーの声に続いて、ドアを強く閉める音がした。

ルシールはにっこりして、イーディスのことを思いながら廊下を歩き出した。かわいそうなイーディス。彼女は、迫り来る災いを回避する使命を課せられていると考え、それを生きがいに感じているのだ。わたしは献立を考えて、買い物リストでも作りましょう……

ジャイルズは何か食べ物にアレルギーはないかしら。

ルシールはアンドルーが〈仕事部屋〉と呼ぶ、本が並んでいる小部屋に入った。まだ家のこちら側までは日が差しこんでいないため薄暗く、古い本のにおいがした。

ルシールはスタンドをつけ、アンドルーの椅子にすわり、手を伸ばしてメモ用紙と鉛筆を手に取った。配給の食料とアニーのレパートリーを考え合わせながら、今週の献立を作り始めた。手に入るようなら、ロブスター、それにロースト用のチキン。付け合わせはマッシュルームか、なす。

ルシールは眉をひそめてメモ用紙を凝視した。すべてが完璧でなければならない。それは客人がジャイルズで、ポリーの結婚相手だからではなく、自分がルシールであるからだ。ルシールには潜在的な虚栄心があって、献身、無私の心、気前のよさといった聞こえのいい仮面をつけてたびたび現れる。それは心の奥に横たわり、目も耳も不自由で、臍帯《さいたい》で養分を与えなくてはいけない小さな獣なのだ。

献立を考えながら、ルシールはメモ用紙の裏に無意識のうちに絵を描いていた。何匹ものロブスターと小エビの群れに鉛筆を走らせていると、どこかからイーディスの声が聞こえた。

「ルシール、いったいどこにいるの？」

「ここよ、〈仕事部屋〉」

強風に立ち向かうような勢いでイーディスがドアを開けて飛びこんできた。

「アンドルーが風邪を引いたようなの」悲しげな身振りを交えて言った。「よりによって今日という日に。かなり顔がほてってたわ」

「興奮しているんでしょう」ルシールは言った。イーディスは煙草を吸っていて、その煙のベール越しに見える青白い顔は牡蠣《かき》を思わせた。

「牡蠣」ルシールはつぶやいた。

イーディスは少し驚いた表情を見せた。「牡蠣は大嫌いよ。衣をつけてフライにでもすれば別だけど」

「そうね」

「あの色が好きじゃないの」

「わたしもそうよ」ルシールは穏やかな声で言って、リストに牡蠣を書き加えた。

「とにかく、牡蠣の話じゃなくて」イーディスはいくぶん冷ややかな口調になった。「アンドルーの話。今日は外出しないほうが賢明だと思うわ」

「本人に任せておきましょうよ、イーディス」義妹《いもうと》の顔が赤くなるのを見て、ルシールはあわてて言い添えた。「あの人はあれこれ指図されるのが大嫌いだから。わたしたちはみんなの邪魔にならないようにするのが一番だと思うの。あの人たちのことは当人たちに任せましょう。三人にとって大切な日なんだもの。邪魔をしてはいけないわ。今のところ、わたしたちは——部外者ですもの」

イーディスは反論を続けたそうだったが、ふいに肩をひねるようにしてデスクの端に腰かけた。

「いやにわかったようなことを言うのね」イーディスは不満めいた口調で言った。「どうしてそんなふうになれるのか、わたしにはわからないわ。いつだって相手の立場になって正しい解決策を思いつくんだもの。信じられない」

「いろいろ努力した結果よ」満足そうに微笑むと、ルシールは椅子に背を預け、指先で軽く髪に触れた。小さな獣は養分を与えられ、しばらく彼女の心をむしばむのをやめた。

数分後、イーディスは出ていき、ルシールはメモ帳を膝にのせたまま、アンドルーが出かけることを告げに来るのをじっと待った。だが、いつまでたっても来なかった。

アンドルーはあなたのことなんか忘れてしまったのよ。

たしかに、その通りだった。アンドルーは子供たちといっしょだし、なにしろ今日は彼らにとって大切な日なのだ。さっき自分でそう言ったではないか。

それにしても、あの人はあなたのことを忘れている。

そりゃそうよ。わたしはもう涙で目を潤《うる》ませた花嫁ではないんだから……。

ルシールは立ち上がって窓辺に行き、出かける夫の姿を見送ろうとたたずんだ。三人が腕を組んで、車庫へ歩いていくのが見えた。雪が舞い、三人の姿はどこからどこまでが誰なのか、見分けのつかない一塊《ひとかたまり》に見えた。

眺めているあいだに、黒いずんぐりした雲が嫉妬深い老女のように太陽にかかった。

ルシールは叫びたくてたまらなかった。「アンドルー！　アンドルー！　戻ってきて！」夢の中でミルドレッドに呼びかけたのと同じように。

しかし、声が発せられることはなく、しばらくするとルシールは椅子に戻り、煙草に火を付けた。そして、ふたたびメモ用紙を手に取った。

献立を考えているあいだに描いた絵に目を向けた。女の顔だ。太った愚かなキューピー人形みたいな女の顔がいくつもいくつも。どの顔も作り笑いを浮かべ、媚《こ》びたように巻き毛を揺らし、まつ毛を震わせている。

ルシールはぼんやりしたまま、煙草の先を押し当てて女の目を焼いた。

第二章

十二月五日日曜日の正午ごろ、トロントから約三十二キロの地点でモントリオール行きの急行列車が脱線した。原因はまだ明らかになっていないが、ラジオの最初のニュースによれば、労働者たちの破壊工作が疑われている。というのも、ちょうど列車が急斜面を通過中で、死傷者の数がひじょうに多いからだ。有志の医師や看護スタッフに現場近くのカスルトン病院へ来てもらいたいとの呼びかけがなされていた。

イーディスはラジオでそのニュースを聞いたが、特に気に留めはしなかった。近ごろは人の死や大惨事が珍しくないので、個人的な関わりでもなければあまり大騒ぎしなくなった、と一瞬考えた。

「心ある医師や看護スタッフのかたは、至急カスルトン病院においでください。住所はキングズ・ハイウェイ……」

イーディスは立ち上がって、あくびをしながらラジオのスイッチを切った。ちょうどそのときルシールが入ってきた。

「なんだったの?」ルシールは訊いた。

「列車事故らしいわ」

「そう。お昼の支度はできたわよ。午前中、アンドルーへの電話はあった？」

「ええ、二件」イーディスは数年前から、日曜日にアンドルー宛てにかかってきた電話は自分が受けると決めていた。彼女は不満そうに言い添えた。「昔は一日中、電話の前から離れられなかったのにねえ」

「あれは働き過ぎ。アンドルーが決断してくれてよかったのよ」ルシールは言った。「今のアシスタントもとても有能だし」

「でも、忙しいのはけっこう楽しかったわ」

「アンドルーはそうじゃないわ」ルシールは笑顔で言ったが、イーディスがまたこの話題を持ち出したことに困惑していた。早く仕事をやめたほうがよい、やめるのが無理ならせめて量を減らすべきだ、とアンドルーに進言したのは、イーディスとルシールなのだ。ところが、実際にそうなってみると、ルシールははたしてその判断が賢明だったのかどうか、疑いを抱き始めた。健康状態は改善されたものの、夫はふさぎがちになった。

「医者は自分のことをかまわなすぎるのよ」ルシールは自分に言い聞かせるように言った。

「だから、若いのに死ぬ医者が多いんだわ」

「死ぬ話はやめて。胃の具合がおかしくなるわ」イーディスは顔を背《そむ》け、下唇を噛んだ。

「ミルドレッドのことを思い出しちゃうじゃないの……。今朝だって、彼女の名前なんか出すんだもの。やめてよね、特にポリーの前では」

「ごめんなさいね、うっかり口が滑ってしまって」

「これからは気をつけてもらわないと。ポリーだって、ジャイルズに知られたくないでしょう——母親がどんな死に方をしたかなんて」

「もう話したかもしれないわよ」

「まさか。そんなことしてないわよ。あんなひどい話を」イーディスは目を閉じた。そのまぶたは死体にも似た灰色で、青い血管が黴《かび》のように走っている——ルシールはそう思った。

「あんなひどい……」イーディスはつぶやいた。「あんな血なまぐさい死に方。わたしはほんとに……」

「イーディス、やめて」ルシールは手を出して、イーディスの青白い痩せた腕に触れた。

「あっちへ行って、お昼をいただきましょう」

「食事なんか喉を通らないわ」

「だいじょうぶ、食べられるわよ」

「無理よ。思い出しただけで気分が悪くて……」

「さあ、どうかしら」ルシールは少し険しい顔を作った。

ふらふらしている青白い顔のイーディスを残して、ルシールは廊下に出た。

ルシールは状況を判断して、いつもながらの的確な行動をとったのだ。少しでも同情したり励ましたりすると、イーディスは自分が消化不良や片頭痛だと決めこんでしまう。

「お昼はスウィートブレッド（子牛の内臓の料理）よ」ルシールは陽気に言った。

たちまち、イーディスの顔が明るくなった。良心が痛んだものの、ルシールの目の前で、ミルドレッドの姿は消えていった。血の跡は泡立つようにして美しいピンクのガーゼに変わり、それがどんどん延びて、遠い歳月の彼方にいるミルドレッドへと続いていた。

「スウィートブレッド、大好きだわ」イーディスは言った。

イーディスは食べすぎてどっちみち消化不良を起こし、二時半近くになると、アンドルーや子供たちがまだ帰宅しないことに気をもみ始めた。ルシールはなだめようとしたが、彼女自身もいらいらしてきた。

四時になると、ルシールは家族を温かく迎えるために居間の暖炉の火をおこした。けれども、薪《まき》がしめっていて、死者の指が助けを呼んでいるかのような弱い炎が薪の上を這い回るだけだった。

「帰ってきてもいいころなのに」イーディスは言った。「もう戻っているはずの時刻よ。何かあったのかしら」

「そんなことないわよ」ルシールはもう一度、薪をつついてひっくり返した。

「さっき言ったでしょ、その薪は燃えないって」

「あら、火は付いているわよ」

「ちゃんと燃えているとは言えないわ。アンドルーったら、こんなに心配させてどういうつもりかしらね。もうちょっと気を遣ってくれてもよさそうなものなのに」

「あら、あなたが食べ過ぎたせいでいらいらしてるなんて、アンドルーにわかるわけないでしょう?」

「ルシール、ちょっと口が過ぎるんじゃない?」

「二時間前にそう言っておくべきだったわね」

「ひどい言い方」イーディスは冷ややかな口調で言った。「まるで食べ過ぎなければ、アンドルーの心配をしないみたいじゃないの。そもそも食べ過ぎたとは思ってませんからね。もしかしたら、あなた……」

廊下のほうから電話の鳴る音が聞こえた。二人は顔を見合わせたが、どちらも動こうとはしなかった。

「出ないの、イーディス? アンドルーにかかってきた電話かもしれないわよ」

イーディスはルシールの言葉が耳に入らなかった。

「事故だわ。そうよ、事故……」

「ばかなこと言わないで」ルシールは部屋を出て電話を取った。

電話口から鼻にかかった交換手の声が聞こえた。

「アンドルー・モロー様の奥様宛てに、カストルトンからコレクトコールです。おつなぎしてよろしいですか？」

「はい、わたしがモローです。お願いいたします」

「おつなぎしました。どうぞお話しください」

「もしもし」ルシールは呼びかけた。「もしもし」

すぐには返事がなく、背後の混乱した気配だけが耳に届いた。やがて、「ルシールね、ポリーです」という声がした。

「どうしたの？」

「事故があったの」

「そんな……」

「いえ、あたしたちじゃないわ。たまたま出くわして、お父さんといっしょにここで救助を手伝っているのよ。小さな病院で。そこから電話しているの」

「ポリー、なんだか変よ」

「かもしれないわ。だって、列車事故なんて初めて見たんだから。ともかく、急いでるの。医者や看護師が足りてなくて。イーディスに心配しないように伝えてね。じゃあ」

「ちょっと待って、いつごろ戻れるの？」

「人手がいらなくなったら。マーティンとジャイルズは今、死体を運び出すのを手伝ってるのよ。じゃあね」

「じゃあね」ルシールも同じ言葉を返した。

イーディスが袖を引っ張った。「なんなの？」

「たいしたことじゃないわ」ルシールは答えた。「列車事故があって、アンドルーたちも救助のお手伝いしてるんですって」

「まあ、恐ろしい」と、イーディスは言ったが、ルシールにとってその言葉はなんの意味も持たなかった。彼女はイーディスの肩越しに視線を向けて微笑《ほほえ》んだ。アンドルーが無事なら、わたしの世界も無事。アンドルーさえ乗っていないなら、世界中のどんな列車にも関心ないわ。

ルシールは足早に居間に戻って、薪をつついた。アンドルーは疲れて帰ってくるから、暖かい部屋でホットトディを飲みたがるだろう。

しかし、いくらつついても、薪が燃え上がる気配はなかった。膝は汚れ、ルシールはがっかりして立ち上がり、ゆっくり頭を動かすと、ミルドレッドと目が合った。年月を経ても変わることのない、この上なく幸せな表情をした油絵のミルドレッド。十六年たった今も、このミルドレッドには手がかかる。毎日埃《ほこり》を払わなくてはならないし、豊かな白い肩がうろこ状に割れてしまったら、修復に出す必要がある。

ルシールは険《けわ》しい目を向けたが、ミルドレッドのふっくらした優しい口元は変わることなく、経年や涙や憎しみにかすむことのないブルーの瞳は永遠に壁の一点を見つめていた。

「すっかり思い出したわ」イーディスがつぶやいた。

「えっ？」ルシールは聞き返した。「なんのこと？」

「昔の列車事故を思い出そうとしていたの。アンドルーとわたしがまだ子供だったころ。どういう事故だったのかは憶えてないけれど、家から一キロちょっとのところで列車が脱線したのよ。もちろん、事故だと聞いて、わたしたちはすぐ見に行ったわ」

イーディスはいつまでも思い出話を続け、ルシールの耳にはその断片だけが届いた。「何百もの死体、そう、何百もの……子供にはそれはもうおぞましい経験で……戦時中だったから軍人さんたちが救助にやってきて……」

興奮したせいで、イーディスの消化不良の症状は消えたようだ。一方、ルシールは頭が痛くなってきた。

「年とともに、話が控えめになってきたわね」ルシールは辛辣《しんらつ》に言った。「前に聞いたときは〈何千もの死体〉だったわよ」

「そんなことないわ」イーディスはむっとした。「わたしは数字には正確なの。ルシール、今日はいつものあなたと違うわね。なんだか批判的で」

「頭が痛いのよ」

「だったら、二階へ行って横になったらいいわ。いつものあなたと違うもの」もう一度、くり返した。

「横になりたくなんかないわ」ルシールは子供じみたことを言っている自分を意外に思った。

イーディスと自分は友だちではない、とルシールは思った。表向きは仲がよく、ともに笑い、互いを理解してはいるけれど、ほんの少し自制心を緩めたら口汚く罵《ののし》り合うかもしれない。

「そうね、横になることにするわ」イーディスの言葉が返ってくるより早く部屋を出てしまえば勝った気分になれるような気がして、ルシールはそそくさとドアのほうへ歩きだした。

だが、速度が足りなかった。

「そうね、そうするといいわ」イーディスの一言が追ってきた。

ルシールは息せき切って階段まで行き、そのまま上がっていった。若々しい元気な足音をイーディスに聞かせてやりたいと思ったが、毛足の長い絨毯と疲労のせいで思うように行かず、足下の危ういジャングルを歩くヒョウのようなひっそりとした音にしかならなかった。

廊下の鏡には目もくれずに通り過ぎるつもりだったが、そこにさしかかると、おなじみ《オールドフ》さん《レンド》を無視できなかった。

「こんにちは」そう言ったとたん、自分自身に挨拶するなんてどうかしていると眉をひそめた。「こんにちは、よそ者さん《ストレンジャー》」

廊下を進み、ルシールは自室に入った。

この家に、ミルドレッドと縁のない場所があるとしたら、この部屋がそうだ。ミルドレッドが暮らしていたころ、窓から公園が見渡せるこの部屋は客用寝室だった。ミルドレッドがたっぷり襞《ひだ》をとった息の詰まるようなカーテンを網戸付きの窓に下げていたため、泊まり客が目にする公園にはつねにピンクの靄《もや》がかかっていた。

ルシールがここに来てまず手を付けたのは、襞のカーテンを取り払い、すっきりした機能的なカーテンに替えることだった。窓辺に椅子を一つ置き、よくそこにすわって公園の人々を眺める。冬はスキーを楽しむ人や橇《そり》遊びをする子供たち、夏はベビーカーを押す母親たちの列やピクニック客やサイクリングをしている人たちを。

公園には一箇所、自転車ではまず登りきることができない急な丘がある。どのあたりから自転車がふらつき始め、ついに降りて、自転車を押しながら登ることになるかを予想するのがおもしろかった。

公園を利用する人たちを眺めるのは楽しい。誰もが小さくて悪意がなく、いつも丘を登ったり下りたりして苦難に挑んでいる。なかでも特に好きなのが、この自転車をこぐ人たち、どう足掻《あが》いても頂上まで自転車で行くことができない人たちを眺めることだった。他人の徒労を眺めて残酷な喜びを感じているうちに、整理ダンスの上の時計は一分、二分、やがて一年、二年と時を刻んでいった。

外の雪はやんだ。公園はけだるい女のように白い布をまとって横たわり、くぼみと思われる部分だけ暗いトーンになっている。

ルシールは窓から顔を背けた。夕暮れの公園は好きではない。ミルドレッドが亡くなってから、日没後の公園にやって来る者はいなくなった。斧《おの》を手にした男が丘をうろついているとか、幽霊や半獣人がいるという噂もある。だが、ミルドレッドや斧を持った男はやがて忘れられ、怖い物知らずの子供たちや、二人きりになるのを待ちかねた恋人たちが幽霊をも追い払ってしまった。

ルシールだけは斧を持った男の話を忘れなかった。一瞬たりともその存在を信じたことはないが、彼女の心のねじれた部分に、その男の存在を残しておきたい気持ちがあった。心が乱れたり平静を失ったときに、隠れていた男が姿を現す。昔からの友人を装って、初めはとても優しく、なじみの顔に笑みを浮かべている。だが、手にしている斧や着衣の血に気がついたときにはもう遅い。男の顔はしだいに変化し、グロテスクで恐ろしい顔にゆがんでいく。とても言葉で言い表せないし、あとで冷静になったときには思い出すこともできない表情だった。

ルシールは、イーディスのことを思い浮かべながら、突然笑い出した。

「イーディスなら、わたしが〈抑圧状態にある〉と言うでしょうね」声に出して言った。「かわいそうなイーディス」

ルシールは鏡の前へ行き、帰宅するアンドルーを思って化粧直しを始めた。

「疲れているなら」マーティンが言った。「運転をぼくに任せてくれたらどう?」

アンドルーは道路から視線をはずさなかった。

「雪の積もった砂利道だから、わたしが運転したほうがいい」

後部座席からポリーの声がした。「お兄さん、まだわかってないの? お父さんは自分くらい運転がうまい人はいないと思ってるのよ」

「ああ、一度もお目にかかったことはないね」アンドルーは言った。

「お父さんの困ったところは……」

「おまえの困ったところは」アンドルーが口を挟んで、ポリーの言葉を遮《さえぎ》った。「おしゃべりが過ぎることだ。ジャイルズにも本性がばれたんじゃないか」

「ジャイルズ、あたしはしゃべり過ぎ?」

隣の若者は、ちゃんと話を聞いていることを示そうと体をこわばらせた。だが、質問は耳に入っていなかった。さまざまな状況が重なったせいで落ち着きを失い、自身の悩みと居心地の悪さで頭がいっぱいだった。

まず第一に、彼は将校の制服になじめなかった。ステッキの扱いにも戸惑っている。ポリーの体に腕を回したほうがいいと思ってはいても、ステッキをなくしたり折ったりしないかと心配だった。

さらに、ポリーの家族にも融《と》けこめなかった。悲惨な列車事故や死体を目にした直後に、どうして談笑していられるのだろう。

彼はこの中の誰よりも事故に強い衝撃を受けていた。死や病気に慣れていなかったし、この事故は戦場とも似通《にかよ》っている。今後これ以上の惨状を目にすることになるかもしれないと思うと、鉄の手で胃を摑まれる心地がした。

ジャイルズは背筋を伸ばしてすわり直した。対向車のヘッドライトに白く険しい顔が映し出され、金色の小さな口ひげが若さと無力さを際立たせた。

「忘れましょうよ、ジャイルズ」ポリーは彼の瞳の苦悩を見て、そう声をかけた。

「忘れるとは、何を?」彼は硬い口調で聞き返した。

「なにもかも」

「ああ」

ポリーは彼の手を握った。「軍服姿のあなた、とってもすてきよ」

「どうも」

「今日はこんなことに巻きこんでしまって、ごめんなさいね」

「謝ることはないよ。だいじょうぶだから。だいたい、きみが悪いわけじゃない」

「そのとおりだ」マーティンがそっけなく言った。

マーティンは、ポリーの婚約者を好ましく思っていたが、今は優しい応対をする余裕はなかった。列車事故によって掻き立てられた同情や怒りが皮肉に変わっていた。

「お兄さんは、人間らしい感情を持ってることを誰にも知られたくないの」ポリーが言った。「あと二週間は嚙みついたり吠えかかったりするわよ」

「まるで凶暴な犬だな」マーティンが言った。

「お兄さんは人に吠えかかるのが大好きだもの」

「二人ともそうじゃないか」アンドルーが口を挟んだ。路面の状態や二人の子供たちのいつ終わるともしれない言い争い、それに娘の夫となる若い将校への不満から、不機嫌になっていたのだ。

「あたしは違うわよ」ポリーが反論した。「誰とでもうまくやってるもの」

「節操がないからな」マーティンはシートに深く身を沈めて言った。「それがおまえの一番の欠点だ」

ジャイルズはいっそう居心地が悪くなり、咳払いをして、なんとかこの場にふさわしい言葉をひねり出そうとした。思いついたときには、ポリーとマーティンの会話がふたたび始まっていた。もどかしい思いで、彼はステッキで軽く自分の膝を打ち始めた。

危険な路面で車が滑った。カーブにタイヤを取られて車体が傾いたかと思うと、道路の中央で横向きになった。

「考え直したら？」マーティンが言った。「ぼくなら雪の砂利道なんかお手の物さ」

「いいから、黙っててくれ」アンドルーは怒りにまかせてハンドルを切った。

「トラブルを避けようとしてるだけなのに。父さんを無事に連れ帰らなかったら、ルシールに叱られるよ」

「ほらね」ポリーはジャイルズに言った。「今度はお父さんに噛みついてるでしょ。こんな犬には餌をやって、電柱のそばまで連れてってやったほうがよさそうだわ」

「えっ？」ジャイルズは聞き返して、すぐに顔を赤らめた。「ああ、そうか」

マーティンは暗がりを向いたまま、にやりと笑った。「ポリーはときどき下品なことを言うけど、叱らないでやってくれ。こいつは人生経験が豊富でね。ポリー、ミセス・パリヤンツキーの一件を話してやれよ」

「結婚するまではだめよ」ポリーはさらりと受け流した。

結婚と聞いて、アンドルーの両手の指がハンドルに食いこんだ。ポリーが結婚する――この若者が品行方正で責任感があり、健康であると期待して、自分の人生を賭けようとしている。

この男は好きではない、とアンドルーは確信した。

いったんその言葉が頭の中で形作られると、これまで漠然としていた感情が否定しようのない確固たるものに変わっていった。「この男には好感を持てないような気がする」から「けっしてこの男を好きになれない」へと。

アンドルーは内省や自己分析をする人間ではない。これまでの人生は多忙を極め、そんな余裕もなかった。だから、ジャイルズへの評価は厳正で熟慮《じゅくりょ》の上のものであり、当然、正しい判断だと考えていた。

「もうすぐ夜中の十二時だ」マーティンが言った。

「もうすぐ夜中の十二時ですね」ジャイルズもおうむ返しに言い、さんざんな一日がようやく終わり、あしたはこれ以上悪くなるはずがない、と胸をなで下ろした。

ジャイルズはそのあとずっと口をつぐんでいた。ときおり、明かりの灯《とも》る村を通り過ぎるとき、ポリーの黒い毛皮のコートに視線を向けた。そのコートを見るのは初めてだった。この車やマーティンの帽子やアンドルーの時計と同様、とても高価に見える。ほかにも不安を抱えている上に、モロー一家の裕福さが改めて心にのしかかってきた。使用人たちを前にして気後れしないだろうか。どのフォークを使ったらいいかわからなくなりはしないだろうか。ワックス掛けされた床に足を取られて転んだり、アンティークの椅子を壊しでもしたら……。

ともかく、自分は軍人だ。その点では、マーティンより勝っている。自分の小隊を率いている将校だ。

ジャイルズは目をつぶり、自分の属している、そして部下のいる小隊に戻れたらいいのに、と思った。

「ジャイルズ」ポリーが呼びかけた。「ねえ、起きて。着いたわよ」

ジャイルズはすぐに目をさまし、無意識にステッキに手を伸ばした。しかし、心の中は混乱していて、車が急に止まったとき、白い大きな柱のある広いベランダに車が乗り上げたのかと思った。ゆっくり瞬《まばた》きをして窓の外に目をやると、車は柱廊式玄関に停まっていた。柱と柱のあいだから、その先に広がる公園の丘が見えた。

「車をガレージに入れておいてくれ」アンドルーは疲れた声でマーティンに言って、車から降りた。

マーティンは運転席に移った。「わかった。じゃ、後ろの二人も降りて」

「さあ、ジャイルズ」ポリーが言った「ここで降りるのよ」

彼はまだ窓から公園を見つめていた。公園、この一家が所有する、町の真ん中にある広大な公園。

「ほら」ポリーが促した。「景色を眺めるのは今じゃなくてもいいでしょ。あたし、寒くて」

ジャイルズは車から降りた。勢いはあるのに、その身のこなしからは大きな体を扱いかねているようなぎこちなさが感じられた。

「あそこもお宅の敷地ですか？　向こうまでずっと」

「まさか」アンドルーは無愛想に言った。

「そんなわけないでしょ、ジャイルズ」ポリーが声を上げて笑った。「あれはハイ・パークよ。たまたまうちと隣り合ってるの。きっと気に入るわよ。あした、公園の中を歩いてみましょう」

「いや、やめなさい」アンドルーはそう言うと、二人に背を向けて玄関ブザーを押した。続きの言葉は肩越しだったので、小さくて遠くからの声のようだった。「無理強いするつもりはないが、公園には足を踏み入れないほうがいい」

「お父さん、風邪でもひいたんじゃないの」ポリーは言った。

「公園には立ち入らないこと。そんなにいい所じゃないんだ」

「承知しました」ジャイルズは堅苦しい口調で答えた。「公園は好きではありませんから」

「お父さんは疲れが出てるのね。あたしは兄と二人でよく公園へ行ったのよ。特に、冬はスキーをしに」

「あそこはいい所じゃない」そうくり返して、アンドルーはもう一度、ブザーを押した。マーティンが小道を走ってきた。帽子を脱いでいるので、雪が黒っぽい髪に羽毛のように付いている。帽子を投げ上げて受け留め、この天候に挑むように歓声を上げた。

ジャイルズは羨望と憧れに身を震わせた。ああいうことをやってみたい。自分だってできるかもしれない。

「兄はいつだって抑えが利かないんだけど、特に初雪が降ると手がつけられないの」

ふいに柱廊式玄関の明かりがつき、扉が開いた。

女性が何人か同時にしゃべりながら飛び出してきたように感じて、ジャイルズは当惑した。「車の音が聞こえなかったわ……」「アンドルー、スカーフをしていないのね……」「寒くないの？　アンドルー」

騒々しい話し声のなか、ポリーのよく通る高い声が響いた。

「行きましょう、ジャイルズ。あの人たちがお父さんの熱でも測ってるあいだに、飲み物を入れるわ」

出迎え騒ぎが落ち着くと、ジャイルズは女性が二人しかいないことに気がついた。一人はすらりと長身で、外見がマーティンに似て、黒っぽい縮れ毛をかなりのショートヘアにしている。小鳥を思わせるきらきらした目をし、大きな口がよく動く。その口をついて出る甲高《かんだか》い声や心配そうな笑い声に、ジャイルズは気圧《けお》された。この人がイーディスにちがいない。

もう一人はさらに背が高く、イーディスより若くも、年上のようにも見える。幸せと成功と安泰を手に入れた十人並みの女性にときおり見られる、控えめな美しさがあった。赤みがかった金髪を三つ編みにして頭に巻きつけている。

彼女はジャイルズに歩み寄ると、手を差し出し、申し訳なさそうに微笑んだ。

「たいへん失礼いたしました。ジャイルズさんですね。ルシール・モローです」

ジャイルズは握手をしたが、かなり戸惑っていた。まだ手袋をはめたままだったし、ポリーは振り返ろうともせず、どんどん家の中へ入っていってしまったからだ。

「はじめまして」ジャイルズは言った。

「あちらはポリーのおばのイーディスです。イーディス、こっちに来てジャイルズさんにご挨拶して」

イーディスは足早に駆け寄った。風にはためく衣服を着ているせいか、ジャイルズには彼女がつねに流動的で、体の動きや会話、微笑みや思考さえもけっして動きを止めることがないように感じられた。

「よくいらしてくださったわ、ジャイルズさん。なんてすてきな軍服なの。ねえ、ルシール？　おいでいただいて光栄だわ。アンドルー、さっさと中に入ってね。もっとも、すでに肺炎にかかってしまってるかもしれないけど」

「望むところだ」アンドルーは大股で家の中に入った。

「なんてこと言うの！」イーディスはすっとジャイルズの腕を取った。「ポリーは礼儀知らずな子なんですよ。どうか、気になさらないでね。あなたはまず、あの子に礼儀を教えなくちゃいけないわね。わたしたちにはできなかったけれど」

ふと気がつくと、ジャイルズは有無を言う間もなく巧みに家の中へと導かれ、廊下を歩いていた。周囲を見回したり考えを巡らしたりする暇もなかった。イーディスは、一度として息を継いだり相手の返事を待って言葉を切ることがなかった。

ジャイルズの腕を取る小鳥の爪にも似た手は、弱々しくすがりついているが、グロテスクでもあった。腕を動かしたら、この鉤爪《かぎづめ》は恐怖からさらにきつく摑んでくるだろう。払いのけようとすればするほど、きつくしがみついてくるにちがいない。

「さあ、ここですよ」イーディスは彼を居間に押し入れた。

中では、ルシールがホットトディを注いでいた。マーティンとポリーは大きなソファーにすわって話しこみ、アンドルーは暖炉の前で手を温めている。

「みなさん」イーディスが声をかけた。「ポリー、あなたもよ。みなさんに聞いていただきたいの」

「――だと思ったわ」ポリーは暗い顔をした。「わかっていたわよ」

「あら、たった今決めたことなのに、わかっていたなんて変ね」イーディスが反論した。

「とにかく、手短に。今日は特別な日だから」

「特別な日にはスピーチが付き物ってわけだ」マーティンが横から口を出した。「できれば、イーディスおばさんの。ジャイルズ、こっちへどうぞ。一晩中、寝かせてもらえないかもしれないぞ」

「そうやって口を挟んでばかりいるとそうなるわよ」イーディスが言った。「ともかく、ジャイルズさん、よくいらしてくださいました。あなたをお迎えできてうれしいわ。とても幸せな家庭であることがきっとわかっていただけると思うの」イーディスは顔を紅潮させ、戸惑いと謝罪の混じった笑みを浮かべた。「感傷的に聞こえるかもしれないけれど、本当なのよ。もちろん、それぞれ欠点はありますよ。ポリーはいつだって礼儀知らずだし、マーティンの元気のよさも周りの人にとっては……」

「それに、イーディスは感傷的」ポリーが言った。

「あら、そんなことありませんよ」イーディスは続けた。「それから、アンドルーは捜し物が見つからないと不機嫌になるの。そうでしょう、アンドルー？」

「正当な理由があって苛立つことはあるが、不機嫌になったことなどないよ」

「ルシールは」イーディスは部屋の向こう端にいる兄嫁に微笑みかけた。

しばらく沈黙があり、ジャイルズにはこの部屋が静止しているように感じられた。現実の部屋ではない静止画――暖炉で手を温めている男性、微笑みを交わしている二人の女性、それからソファーでくつろいではいるが、不自然な三人。これが幸せな家庭だろうか。素人が描いた意欲的な作品といったところだ。女性たちの笑みは型にはまっていて、心からのものではないし、ソファーの三人は、関節が動かない人形のように、不器用に手足を伸ばしている。

「ルシールは」イーディスは言った。「特に欠点はないわねえ」

「ルシールは品のよい笑い声をもらした。「信じちゃいけませんよ、ジャイルズさん。わたしはこの家で一番だめな人間ですから」

ルシールと目が合うと、ジャイルズはふっと心が和《なご》んだ。しじゅう冗談を言ったり口論したりしているこの家の人たちには当惑させられるが、物静かで美しいこの女性は理解できるし、好感が持てる。

水たまりの底の泥のように、彼女の目の中で何かが動いた。

「前にお目にかかってはいませんよね？」ルシールは尋ねた。「どうかしら」
・「ないと思いますが」頼りない返事だった。
「誰かに似ているような気がしたもので」

「それだわ！」イーディスは勝ち誇ったように言った。「ルシールの欠点はそれよ。誰かを見るといつもほかの誰かに似てると思うところ」

ルシールは言った。「わたしにとって人生ははてしなく続く顔の連続なんですもの。つい似た人の顔を探してしまうんです」

ルシールはグラスを手に取り、暗い色の液体をのぞきこんだ。何百万もの小さな顔が息づき、波打っているように見えた。ウィンクをしている顔、しかめっ面、いたずら顔、当惑顔、思い悩んでいる顔、厳しい顔、笑顔、心得顔――さまざまな顔が動き回っている。目をつぶっても、その顔を消し去ることはできない。そんなことをしても、無数の顔がまぶたに浮かび、この音のない微妙な地獄を一人で進んでいくことになる。

ジャイルズがおやすみの挨拶をしたときも、ルシールは手にしたグラスをのぞきこみ、途方に暮れたように深い物思いにふけっていた。まるで子供が森羅万象を理解しようとしているかのように。

「おやすみなさい、奥さん」ジャイルズは声をかけた。

ルシールは顔を起こした。一瞬よぎった不安そうな笑みに、彼はいくつもの問いかけを感じた。あなたは？　あなたはどこに当てはまるのかしら。あなたには場所があるの？　わたしはどうかしら。

「おやすみなさい、ジャイルズさん」ルシールは落ち着いた声で言うと、ちらりと夫を見た。「行きましょうか、アンドルー。もう遅いわ」

とても遅いのよ、あなたが思っているよりずっと……。こんなふうに神経をすり減らしていてはいけない。そんなことをしていると、またミルドレッドの夢を見てしまう。

第三章

十二月六日の夕方、ルシール・モローが消えた。

その日は一日中、家の中は静かだった。マーティンとアンドルーは仕事に、イーディスはポリーとジャイルズを伴ってショッピングに出かけていた。

キッチンでは若い使用人のアニーとデラが銀食器を磨いていた。玄関ベルが鳴ると、アニーは汚れていないエプロンを摑んで、紐を結びながら玄関へと急いだ。

扉を開けたとたん、そんなに気を遣う必要はなかったと思った。期待していた訪問客ではなく、くたびれたトレンチコートを着た、浅黒いみすぼらしい小男だった。

「奥さんですかい？」男はかすれ声で言った。

ルシールを尊敬しているアニーは、間違えられたことを嬉しいと思う反面、腹立たしく思った。

「奥様はお寝み中です」ルシールとよく似た声で言った。「お起こしするわけにはまいりません」

男はまばたきをし、立ち位置をずらした。「届け物なんですよ。奥さんに渡さなくちゃならないんで。渡してもらえますかい？」男はコートの襟を立て、おもむろに両手をポケットに突っこんだ。「特別配達みたいなもんでね」

「承りますわ。それにしても、なぜ裏口に回ってくれないの？」

「大事な特別配達だからね」そうは言ったものの、たいして自信はなさそうな口ぶりだった。男の関心は薄れ、アニーのこともう見ていなかった。「あんたが奥さんに渡そうが、おれが渡そうが、どっちでもいいさ。はい」

男は片手をポケットから出し、アニーに包みを差し出した。それから、くるりと背を向け、身をかがめるようにして風に逆らって歩いていった。

アニーは扉を閉め、包みをじっと見つめた。白い無地の紙に包まれた小さな長方形の箱だった。香水だろうか、とアニーは箱を振ってみた。けれども、液体の音も、またカタカタという音も聞こえなかった。

アニーは足早に階段を上り、ルシールの部屋の扉をノックした。

「どうぞ」ルシールの声がした「アニーね？」

「お届け物です」アニーは言った。「背の低いおかしな男が持ってまいりました」

「男の人が？」

「おかしな背の低い男です。わたしのしゃべり方、改善されましたでしょうか、奥様？今日、デラにしゃべり方が奥様に似ていると言われました」

「そうね、あなたはとても賢い娘さんだから」

「まあ、とんでもないです」アニーは謙遜《けんそん》した。「ただ、こちらでお世話になるのは教養を身につけるいい機会だと思っているので、できるだけ努力しています」

「それが一番よ」

「チャンスは簡単に手に入るものではないですから。軍需《ぐんじゅ》工場に勤めれば、お給料はいいかもしれませんが、何も身につかないでしょう。デラにもそう言っているんです」

ルシールは黙って待っていたが、やがてアニーも無言の意味を悟り、小さな吐息をもらして部屋から出ていった。

キッチンに着いたかどうかのタイミングで悲鳴が聞こえた。悲鳴は風のように屋内を駆け抜けて、そして消えた。

「びっくりしたわ」デラが言った。「なにごとなの?」

二人の娘はわけがわからず目を見合わせた。

「奥様じゃないかしら」アニーが言った。「奥様の悲鳴なんて聞いたことがないけれど。もしかしたら、足をくじいたとか……。行って様子を見てくるわ」

しかし、二階へ上がると、ルシールの部屋のドアには鍵がかかっていた。

「奥様」アニーは声をかけた。「奥様、お怪我でもなさったのですか?」

返事はなかったが、アニーはドア越しに息づかいが聞こえたように思った。

「奥様！」

「いいから行って」ルシールは小声だが険《けわ》しい口調で言った。「行ってちょうだい。わたしにはかまわないで」

「デラと二人で、奥様が足でもくじいたのではないかと心配で……」

「あっちへ行って！」ルシールは声を荒らげた。

アニーは気分を害してキッチンに戻った。

「あきれたわ」デラに言った。「聞こえたでしょ？　どなりつけられたのよ」

「ふだんは物静かなかたなのに」デラが答えた。「でも、そういうお年になられただけじゃないの。そういう人たちはふいに癇癪《かんしゃく》を起こすことがあるって」デラはぱちんを指を鳴らした。

「どういう人たち？」

「女の人よ」デラはもったいぶった言い方をした。「ある年齢の。ヒステリーを起こしたり、なんでもないことに感情を爆発させたり。もしかしたら、送られてきた物が気に入らなかったのかもしれないわね。たとえば、宝石。エメラルドだったとして、それが好みじゃなかったのかも。ねえ、あたしたちにくれないかしら」

「あたしたちに？」アニーは一息ついた。「おやまあ」

「たとえば、ネックレス」

銀食器はほったらかしになっていた。エメラルドは二つを残して売られた（「一人に一つずつ取っておきましょうよ」と、デラが言った）。そのお金は軍事公債に投資される（「軍事公債はいいわね」と、アニーも言った）。それから、花柄のシフォンのドレスやミンクのコートを買う（「そっくり同じのをね。すてきだと思わない？」「あなたのほうがわたしより太ってる点を除けばね」アニーは言った）。

赤のオープンカーはどうかという議論をしていたとき、電話のベルに中断された。

「赤は趣味がよくないわ」と言って、アニーは受話器を取った。

「はい、モロー先生。今、お呼びします」

アニーは後ろを向いて、デラに指示を出した。「だんな様よ。奥様に。二階に行って、お伝えして」

「いやよ」デラは言った。「趣味が悪いと批判したそばから、頼みごとをするつもり？」

デラは背を向けて動かなかった。つねってでもやらなければ動かないとわかり、アニーは自分で行くことにした。

二階に着くと、ルシールの部屋のドアは開いていたが、姿は見当たらなかった。アニーは何度か大声で名前を呼び、そのうち腹立ちまぎれにルシールの部屋や隣のバスルーム、その向こうのアンドルーが使っている部屋も捜した。

デラも呼ばれ、二人で「奥様」と声をかけながら、二階の部屋を次々にのぞいて回った。

返事がないので不安は募り、呼びかけるたびに二人の声は甲高《かんだか》くなっていった。

二人は体を寄せ合うようにして階段を降り、家じゅうの照明をつけた。室内が煌々《こうこう》と照らされて静寂が気にならなくなったので、アニーは勇気を出して居間に入っていった。

「待って」デラが言った。「何か聞こえた気がする。聞こえたのよ、あ、足音が」

「そんなもの聞こえなかったわよ」アニーは身震いした。

「ああ、こんなのいや」デラは訴えた。「奥様は自殺したんだわ。あの年頃にはよくあるのよ。皆さんが早く帰ってきてくれないかしら」

「自殺なんかしてないわよ。もしそうなら、ご遺体があったはずでしょ」

死という考えがいったん頭に浮かぶと、二人は恐怖にとらわれ、言葉を交わすことすらできなくなった。無言のまま、一階の全部の部屋を見て回った。

ルシール・モローも届けられた箱も影も形もなかった。

キッチンに戻ると、慣れた環境にほっとして、二人はふたたび口がなめらかになった。

「あれはほんとにエメラルドだったのかもしれないわ」デラが言った。「あたしたちにくれる代わりに、捨てに行ったか、リフォームに出しに行ったんじゃない?」

「どうやって外に出たの?」アニーが問いかけた。「あたしたち、ずっとこの椅子にすわってたでしょ? これまであたしたちが気がつかないうちに、出入りした人なんていた?」

「もう一度、二階へ上がって、奥様のコートがあるかどうか確かめたほうがいいかもしれないわね」

「あたしはいやよ」

「そのほうがいいかもしれないと言っただけよ」

アニーは好奇心を抑えきれなくなり、まもなく二人はもう一度階段を上がっていった。

ルシールの衣類はすぐに着られるようクローゼットに吊され、靴もラックに並べてあった。

「死んだ人の持ち物を見ているようだわ」デラが小声でつぶやいた。「死んだ人の衣類の整理をするとき、服はみんなそこにあるのに、着る人だけがいないでしょ。それみたいだわ」

「ちょっと黙ってて」そうたしなめて、アニーは真剣にコート類を調べた。

「いやな感じがするのよ、アニー」

「そりゃそうでしょうよ。奥様が今、ここに入ってきたら、奥様の持ち物を探っていることで、あたしたちは馘《くび》になるかもしれないもの」

その可能性を恐れながらも、今の状況よりはまだましな気がして、二人はドアのほうに視線を向けた。

しかし、ドアからルシールが現れることはなく、二人はそれっきり二度とルシールの姿を見ることはなかった。

キッチンに戻ったとき、デラは突然、受話器がまだぶら下がったままになっていることに気がついた。アニーにそのことを言葉で知らせるかわりに、融通がきかないデラは、口を開け、片手でその口を塞ぎ、もう一方の手で電話を指さした。

電話に背を向けていたアニーは、デラの呆然とした顔と震える指がどんな恐ろしい物を示しているのかと、悲鳴を上げ、くるりと振り向いた。

なんだ電話なの、と安堵の表情でつぶやいた。「てっきりあなたが何か――」

「だんな様」デラは言った。「あなた、だんな様のこと忘れてたでしょ」

「まあ、たいへん」

「あなた、早く電話に出ないと」

「どうしましょう、きっとかんかんね」

しかし、アニーはアンドルーに叱責する余裕を与えなかった。ルシールの姿が消えたことを唐突に告げたのだ。

「頭がどうかしているんじゃないか、アニー?」アンドルーは聞き返した。

「ほんとうに、どこにもいらっしゃらないんです、モロー先生」

「アニー、お願いだから……」

「おかしなことを言ってるのは自分でもわかってますが、デラもわたしも恐ろしくて……。

わたしたちの部屋以外、全部のお部屋を調べてみましたが、奥様はいらっしゃいません」

「妹はどこにいるのかね？　妹と替わってくれ」

「まだお戻りになっていません」

「それじゃ、役立たずのおまえたち二人きりなのか」

「デラもわたしも」アニーはむっとして言った。「教育は受けてないかもしれませんが、ちゃんと目はついています。奥様は消えてしまわれたんです。男が箱を届けに来たあと、奥様の悲鳴が聞こえ、わたしは急いで二階へ駆け上がりました。ところが、奥様から、立ち去るように言われたんです。それが、奥様から伺った最後の言葉です」

「すぐに帰るから、それまで騒ぎ立てたりしないように。たぶん、ルシールは散歩にでも出かけたんだろう」

「コートも着ないで？」アニーはそう言ったあと、意味ありげに間を置いた。

「コートがどうかしたのかね？」

「奥様のコートはどれもクローゼットにありました。デラと二人で確かめましたが、全部あります」

「いいかね」アンドルーは穏やかな声で言った。「そう興奮しないで。おまえもルシールのことはよくわかっているだろう。これまでに、筋の通らないばかげた真似をしたことがあるかね？」

「い、いいえ」

「だったら、わたしが帰るまでちゃんと留守をまもってくれ」

「もしかしたら、奥様が何かなさったのではなく、誰かが奥様に何かをしたのかもしれません」

だが、電話はすでに切れていた。アニーもゆっくりと受話器を置き、熱に浮かされたようなデラの顔に目を向けた。

「でも、ここには誰もいないわよ」デラは言った。

「そうねえ」

「ああ、またあたしを怖がらせようとして！　だんな様はなんておっしゃったの？」

「お帰りになるって」

「すぐに？」

「そうおっしゃったわ。あたしたちの話を信じてないの。奥様は散歩に出かけたんだなんて言うのよ。こんなお天気の日に半袖のワンピースで散歩だなんてねえ。だいたい、奥様が散歩に出かけることなんてあった？」

「あたしの知ってる限り、なかったわ」デラも同じ意見だった。「でも、あの年だから、なんとも言えない……」

「年の話はもう聞き飽きたわ」

二人はしばらく黙りこんだ。やがて、デラがあきらめきれないように話し始めた。「エメラルドに話を戻してもいい？」

「いいわよ」

「まず、あたしたちの分を一つずつ。初めにエメラルドはいくつあったと思う？」

「五十個」アニーは気のない返事をした。

「五十個、想像してみて！　百万ドルはするわ。それを売って、最初に何を買う？」

「ドレスかしら」

「あたしは黒いシフォンのネグリジェ」

ゲームは続いたが、エメラルドはすでに緑色のガラス玉に替わっていた。

六時間近になって、アンドルーがマーティンといっしょに帰宅した。心の支えのつもりか、アニーとデラは手に手を取って玄関へ迎えに出た。

「それで？」アンドルーの様子にはいくぶん苛立ちが感じられた。「ルシールは戻ったかね？」

アニーは首を横に振った。「いいえ」

「電話で、おまえたちの部屋以外、家じゅうを見て回った、と言ってたね？」

「奥様があたしたちの部屋にいらっしゃるはずがないから……。今、見てまいりましょうか？」

「いや、けっこうだ」アンドルーはマーティンのほうを向いた。「念のため、三階を見てきてくれ」

「はい」マーティンは玄関のテーブルの上にコートを帽子を放り投げると、一段飛ばしで階段を登っていった。

アンドルーはゆっくりコートを脱いだ。「明かりが全部ついてるのはどういうわけだ？」

「そのほうが安心できるからです」アニーが説明した。「デラはびくびくしていて」

「あたしだけじゃないわ」デラは不満を漏らした。

「少し消しなさい」アンドルーが命じた。

アンドルーが動揺を見せないことで、アニーとデラも気持ちが落ち着いてきた。デラの頭もいつもの働きを取り戻し、夕食の支度のためにキッチンへ行った。アニーは残って、届け物を持ってきた男について説明した。

背が高かったか低かったか、また髪が黒っぽかったか金髪だったか、若かったか年配だったか、まったく憶えていない。はっきり言えるのは、風采《ふうさい》の上がらない男だったということだけだ。

「風采の上がらないとは、みすぼらしい身なりをしていたという意味だね？」アンドルーはそっけない口調で言った。「それで？」

「薄暗かったし、こんな人は裏口に回るべきなのにと思っていたもので、あまり気をつけて見てはいませんでした」

届けられた箱やそのときのやりとりを、アンドルーは辛抱強く聞いていた。しかし、ちらちらと階段のほうを気にして、マーティンを待っているのがアニーにもわかった。戻ってきたマーティンは、おもしろがっているようでもあり、いらだっているようにも見えた。

「常軌を逸しているとしか思えないけど、ルシールはいないよ」

アンドルーは余計なことを言わないようマーティンに目配せして、アニーのほうに向き直った。「わかったよ、アニー。もう下がってけっこうだ。あとは、ルシールが戻ってくるのを待つだけだから」

「ひっかかるのは」アニーが言った。「コートのことです」

「コートがどうかしたの?」マーティンが尋ねた。

「アニー、もう下がってよろしい」アンドルーは強い口調でくり返した。

アニーはその場を離れ、デラのところへ行って、今日までだんな様にも奥様にも乱暴な口の利き方をされたことはなかったのに、と愚痴をこぼした。

玄関に残ったアンドルーとマーティンは、互いに不安なまなざしを相手に向けた。

「どうかしてるね」マーティンが言った。「きちんとしたいい大人が家をあけたくらいで、みんなしてあれこれ勘ぐるなんて」

「もし、出かけたのなら、コートを着ないで出かけたことになる。コートは全部部屋にある、とアニーが言っていた。さあ、入って。あの二人には聞かれたくないからね」

父と息子は書斎に入り、ドアを閉めた。

「隣の家にでも行っただけかもしれないですよ」父と目を合わせないまま、マーティンは言った。

「隣家と付き合いはない。あれはそういう人間だ」

「どうしてわかるんです？　お父さんに話していない付き合いがあるかもしれないでしょう」

アンドルーは驚きの目を向けた。「何が言いたいんだ？」

「別に。ただ、人はほかの人間の何から何まで知ってるわけじゃないという意味ですよ」

「それはそうだ。しかし、十五年もいっしょに暮らしていれば、相手のことはかなり正確にわかるし、物事への反応も予測できるようになる」アンドルーは机の上のデカンターに手を伸ばした。「飲むか？」

「もらいます」マーティンは答えた。

「帰宅して、ルシールが迎えてくれなかったのは、これが初めてじゃないかな。おまえにはつまらないことに思えるだろうが」

「つまらないですね」つまらない、堅苦しい、飽き飽きする、といった言葉を発したことで、マーティンは信じられないほど元気になった。椅子から立って、手足を伸ばし、跳んだり走ったり、大騒ぎをしたい気分だった。全身の筋肉に力が漲《みなぎ》り、足が動かないように抑えておくのに苦労した。

アンドルーは息子の緊張に気がついていたが、その原因を誤解した。

「どういう意味だね？　ルシールがわたしに話していない付き合いがあるかもしれないというのは」

「別に、変な意味じゃないですよ。お父さんをうんざりさせたくないから、些細なことまでいちいち話したりしないだろうという意味です。ルシールはもともと口数が多くないし」

「そうだな。アニーはルシールが悲鳴を上げたと言っていた」

「悲鳴を？」マーティンは驚いた。「ルシールが？　なんでまた？」

「詳しい話はしなかったそうだ」アンドルーは両手で頭を抱えた。マーティンには、父の白髪が目立ち、これまでにないほどやつれて見えた。

ずいぶん老けた、とマーティンは思った。年をとって落ち着いてしまった。老いや無気力を許せないマーティンは、もどかしげに父の机に置かれている品々を動かし始めた。ペンの中身をからにしてインクを吸入し、本の並び方を変え、吸取紙に自分の名前を落書きし、メモ用紙を一枚取って、扇形にたたんだ。

「医者の妻には」アンドルーは言った。「苦労があるんだよ。後妻となればなおさらだ。それでも、ルシールは一度も愚痴をこぼしたことはない。いったい何を見つめているんだ？」

「別に」マーティンは答えた。「紙きれですよ。煙草を押し当てて穴が開けてある……」

「そこに置いておけばいい、いじり回すのはやめてくれ。せかせかして、まるでイーディスみたいだ」

「妙だな」

「何が？」

「この絵。お母さんに似てる。その目が煙草で焼き抜かれてるんだ」

「なんだって？　貸してみろ」アンドルーはその紙を取り上げ、ちらりと見た。「ばかばかしい。ちっとも似てやしないじゃないか」

「ぼくには似てるように見えるけどなあ」

「また遠回しに何か言いたいのか？」

「そんなことありませんよ」マーティンは丁寧な口調で言って、急に興味を失ったらしく紙きれをわきに軽く投げた。

「おまえはルシールがミルドレッドの似顔絵を描いて、焦がしたと思ってるんだな」

「そんなのどうだっていいでしょう」

「わたしには気になるね。ルシールが帰ってきたら、訊いてみよう」

「やめてくださいよ」

「いや、ぜひ訊いてみる」アンドルーは言い張った。

マーティンは拳で机を叩いた。父と議論すると、たいてい父の純真さにたいして、どうしようもない憤《いきどお》りが残る。二十五年間、医師をしていながら、人間への信頼を一度も失ったことがないらしい。自分以外の誰も信用せず、自分が神だという信念以外の宗教的信条をいっさい持ち合わせていないマーティンは、父親にたいして尊敬と軽蔑を交互に感じていた。

父と息子は机を挟んで真っ向から向き合った。今、二人にとって重要なのはルシールの帰宅であり、それを待ち望んでいるのが二人の表情から見て取れた。

六時半に、イーディスが帰ってきた。〈オークルーム〉で食事をしているポリーとジャイルズを残し、自分が留守にすると家の中がおかしくなると信じこんで、急いで帰ってきたのだ。

すでにおかしくなっていることは、玄関の扉を開けたとたん、アニーによって事細かに伝えられた。最初のショックから抜け出すと、イーディスは謎の解明に取りかかり、あたふたと家じゅうを駆け回った。

ルシールの黒いスウェードの財布と今月分の家計費の残りがなくなっているのに気がつ

いたのは、イーディスだった。デラとアニーは、財布の入っていた引き出しには近づいていないことを懸命に訴え、イーディスも二人の言葉を信じた。

「そうすると」イーディスはアンドルーに言った。「ルシールが自分で持ち出したにちがいないわ」

「しかし、なんのために？」

「さあ。何か買いに行くつもりだったんじゃない？　それが一番自然でしょう」

「ルシールはコートを着て行かなかったんだよ」

「そんなばかな」イーディスは言った。「出かけた理由はともかく、こんなお天気の日にコートなしで出かけるなんて、まともな人間のすることとは思えないわ。わたしのコートを着ていったのかもしれないわね」

けれども、イーディスのコートはどれもクローゼットに吊してあることがわかった。

イーディスのいうまともな人間の行動は、デラによって裏付けられた。彼女は着替えのために三階の自分の部屋へ上がっていき、イーディスに愚か者呼ばわりされたときに涙で汚してしまった服をクローゼットにほうりこんだ。すると、中の衣類に動かされた形跡があった。

数分後、デラは泣き叫びながら階段を降りてきた。

「あたしのお金」悲痛な声でイーディスに訴えた。「コートとお金！　奥様に盗られました！　奥様は泥棒だわ！」

　現金二十ドルとリバーシブルのレインコートが、デラのクローゼットから消えていた。片面はベージュのギャバジン、もう片面は赤のチェック柄のウールになっている新品同様のコートで、五十ドルの小切手をもらっても彼女の心の傷は癒えなかった。

　これでルシールが家を出た際の服装の疑問は解けたが、デラのコートを着て出たことで謎はさらに深まった。

「どうしてデラのコートなの？　なぜ自分のコートじゃなかったのかしら。まるで身元を隠して家出したみたいだわ」

「とんでもない」アンドルーは否定した。「そんなことがあるはずはない」

「それにお金も……。そうよ、アンドルー、彼女は逃げ出したんだわ」

「あの娘《こ》たちはルシールが出かけた音を聞いていないと断言している。二人で二階へ上がって捜したんだよ」

「そのときにルシールは家を出たのよ」イーディスは説明した。「二人がルシールの部屋を捜し回っているあいだ、彼女は三階へ上がってデラの部屋に隠れていたの。そのあと、二人が下に戻って居間を捜し出したとき、ルシールは降りてきたのよ、コートと財布とお金を持って……」

　イーディスは片手で目を覆い、まぶたに浮かぶおぞましい光景を消し去ろうとした――

優しい微笑みがしたたかな笑いに変わり、穏やかな眼差しに狡猾さをちらつかせ、人目を忍んで歩くルシールの姿を。

もしかしたら、わたし自身も他人にはそう見えるのかもしれない、とイーディスは思った。人は誰も信頼というヴェールに守られている。ルシールのことも、今までどおりの彼女の姿を信じなくてはいけない。

だが、すでにヴェールは破れ、したたかな笑いと泥棒のような動きがはっきりしてくる。イーディスの心の中で疑惑はどんどん膨らんでいった。

「それから」イーディスは言った。「アニーとデラが居間にいるあいだに、彼女はやすやすと裏口から出て行ったのよ」

「やすやすと」アンドルーは暗い笑い声をもらした。「や、や、や、やすやすと!」

イーディスは顔を赤らめた。「まあ、ごめんなさい」

「ごめんなさい、だと! またずいぶん控えめな言葉だな。自分の考えを口に出したからって謝ることはない。わたしの妻が泥棒かそれ以下の卑劣な人間だとでも思っているなら、口に出さずにはいられないだろう。マーティンと同じだよ」

「ぼくは何も言ってないですよ」マーティンが口を挟んだ。「今はまだ」

「黙ってて、マーティン」イーディスはそう言うとアンドルーに歩み寄り、肩に手を置いた。「ごめんなさいね。わたしもどう考えたらいいのかわからなくて」

アンドルーは妹を見上げて、苦々しく笑った。「だったら、なぜ考えるんだ？　ルシールが出かけたのなら、何か理由があってのことだ。戻ってくるさ」

彼の頭越しに、イーディスとマーティンは目を見合わせた。

「それに、理由があるなら」アンドルーは続けた。「出かけたって文句を言われる筋合いはない。誰にも移動の自由は許されるべきだからね。決まった時刻にいつもの場所にいるものだと決めつけるほうがおかしい。人は他人にあれこれ要求されない自由な時間があってしかるべきだ」

「ごりっぱな講義だこと」イーディスがひややかに言った。「わたしへの当てつけかしら」

「そういうことだな、おまえは仕切り屋だから。おまえがそうせずにはいられないのはわかってる。波風を立てないよう、わたしがおまえの言うがままになっているのと同じだよ」

「こんな話、ルシールとどう関係があるの？」

「ないね。まったく関係ない。わたしがただしゃべっているだけだ」

「ふだんはぜんぜんおしゃべりしないくせに」

「考えてはいるんだよ」アンドルーはどうとでも取れる手の動きをした。「二階の自分の部屋にいるとき、ルシールが囚《とら》われているような気持ちだったとしたら――、四方の壁が重くのしかかり、急に逃げ出さなくてはならなくなったとしたら――、と。わたしはそんな気持ちになったら、診察室へ逃げる。一目散に、妊婦やノイローゼの若い女性患者や、膀胱《ぼうこう》炎や悲しみや頭痛や腰痛や便秘に悩まされている患者のところへ駆け戻る……」

「アンドルー、なんてことを」イーディスは眉をひそめた。

「女性は――この世に何人いるんだか知らないが、わたしはその半数を診てきた気がする。そして、その誰もが便秘に悩まされていた」

「おばさんが帰ってくる前に、お父さんは二、三杯飲んでるんですよ」マーティンが言った。

「アンドルー、お酒を飲んじゃいけないことは承知してるでしょ」イーディスは語気を強めた。「酔いが回ったのね」

「もうあっちへ行ってくれ。奥へ行って、どこかにすわっててくれ」

しかし、イーディスは動こうとはしなかった。口をつぐんでいることも、おとなしくすわっていることもできなかった。室内をうろつきながら、わかっている事実をもう一度整理し直し、結局、また答の出ない一つの疑問に戻った――なぜ？

「なぜなんだろう」マーティンがその言葉を声に出した。「もしかしたら、お父さんの言うとおりなのかもしれないな。窮屈に感じて、出ていったのかも……」

イーディスは首を横に振った。「まさか。そんなの信じられないわ。ルシールがどれほど物事をわきまえている人間か、あなたも知ってるでしょ。そんなふうに感じたら、ゆっくり散歩にでも出かけるだけよ」

「人間というものはつねに理にかなった行動をとるとは限らない」アンドルーが妙な声で言った。「行動に影響を及ぼす力が存在する――心の中にね」身を乗り出し、イーディスを正視した。「いいかね、イーディス。心というのはジャングルのようなものだ。暗くて視界が悪く、どこへ通じるのかわからない小道が何百万とある。何かが飛び出してくるまで、そこに小道があることさえわからない。だから、足跡や臭いを探しながらたどっていくことになる。ある地点まで行くと、小道はくねくねと曲がり、明かりも音も時間の感覚さえなくなり……」

イーディスはぽかんと口を開けて立ち尽くしていたが、いきなり泣き出した。アンドルーやルシールのために泣いているのではない。信頼していた二人の人間が、その性格の枠を外れた言動に出て自分を裏切ったことが腹立たしかったのだ。〈かわいいお兄ちゃん〉だと思っていたアンドルーが、突然、不似合いな長い白髪《しらが》交じりのひげを生やしている。呆然と見つめているマーティンや、無関心を決め込んでいるアンドルーが癪《しゃく》に障り、イーディスは手の甲で涙を拭った。

顔を背けたまま、彼女はこわばった声で言った。「ルシールは頭がおかしくなったと言いたいのね？」

「いや」アンドルーはふたたび穏やかな声になり、少し疲れた様子で答えた。「いや、ルシールは……」

「小包みを届けに来た男の正体を突き止めるほうがよっぽど手堅いやり方じゃない？　わたしの心が暗いジャングルだとしても、まだ物事を論理的に考えられるわ。ルシールがどんな理由で家を出たにせよ、小包を届けにきた男と関係あるはずだもの。彼女の身に起こったことでふだんと違うことはそれだけなんだから」

「そうとは限らない」アンドルーは言った。「もう一つあるじゃないか。ジャイルズ・フルームだ」

「ジャイルズといったいどんな関係があるっていうの？」

「たぶんなんの関係もないだろう。おまえと同じように、わたしも論理的な答を出しただけだ」

「やれやれ」マーティンがつぶやいた。「言葉を挟む暇がなかったけど、小包みの男については、ぼくもイーディスの意見に賛成だな。問題はどうやってその男を見つけるかだね」

「なんのために警察があるの？」イーディスが言った。

「警察か」マーティンは落ち着き払って言った。「人を捜してくれるところだね」

第四章

「妻が」アンドルーは言った。「行方不明になりまして」

「ほう」バスコム警部はごつごつした大きな手を体の前で組んだ。気難しい顔のでっぷりした男で、その小さな目は周囲の誰彼構わず辛辣《しんらつ》な視線を浴びせているようだ。

細君《さいくん》の失踪か、と彼は思った。あんたの女房だけじゃない、ほかにも二千人ばかりいるよ。おれの女房も含めてな。うちのはハル出身の電気技師と行方をくらましちまったが。

「詳しく聞かせてもらいましょうか」抑揚のない声で言った。

「ちょっと奇妙なんです」

そうだろうね、バスコムは思った。事の詳細はいつだって奇妙なものだ。変わらないのは、金が尽きて男に置き去りにされると姿を現すことぐらいだ。うちの場合はそうじゃないが。

「すわって楽になさってください、モロー先生。奥さんの外見やら何やら、いろいろ記入しなくてはなりませんので」

バスコムは相手が椅子に腰掛けるのを小気味よい気分で眺めた。というのも、モローのような男は彼が最も嫌っているタイプの人間だからだ。もちろん、電気技師の次にではあるが。いまいましいウィスキーの広告に出てくるような男だ。人生の成功者、将来性のある男。気の毒なことに、女がらみのトラブルは身分を問わないということか。

ウィスキーの広告が頭に浮かんだせいで、ファイルの間に隠してあるスコッチのことを思い出した。それを忘れようと、ことさら事務的な口調になった。

「名前は?」

「ルシール・アレクサンドラ・モローです」

バスコムはすばやく書き留めた。ルシール・アレクサンドラ・モロー。女性。白人。年齢四十五。赤みがかった長い金髪。青い目。白い肌。目印になるような特徴はなし。

赤みがかった金髪がまたスコッチを思い出させた。手がぴくっと動き、インクが少し紙に飛んだ。

相手に気がつかれたのではないかと、顔を起こしたが、モローはバスコムを見てはいなかった。ガラスの扉に書かれている〈行方不明者捜索部〉という文字を凝視している。

「おもしろいですかね」バスコムは声を上げて笑った。「わたしどもは日に百万回も目にしてますからねえ」

百万どころか二百万回だろうか、そのたびに体内を冷たい嫌な感覚が駆け抜ける。行方不明者。二度と見つかることのない者もいれば、自分で戻ってくる者もいる。酔っ払ったり、病気になったり、無一文になったり、あるいはただ逃げることに疲れてしまったり。また、四月か五月になって川底の泥の中から見つかる者もいる。女は仰向け、男はうつ伏せで。

バスコムはふいに立ち上がり、ペンがデスクの上を転がった。彼はぶつぶつ言いながら隣の部屋へ行き、後ろ手にドアを閉めた。

ダーシー巡査部長がデスクから顔を起こした。薔薇《ばら》色の頬をした小柄な男で、警官の制服が似合わないほど容姿端麗だ。

「はい、なんでしょう?」

「あっちを頼む」バスコムはだみ声で言った。「女房がいなくなったそうだ。詳しい事情を聞いて書き留めてくれ。おれはちょっと気分が悪いんだ」

「わかりました」ダーシーは手早く書類を片づけた。「何かわたしにできることはありませんか?」

「今言っただろう」

「そうではなくて……」

「さっさと行け」

ダーシーがいなくなると、バスコムは『解決済み事件M〜N』のファイルの奥からスコッチの瓶を取り出した。聞き耳を立てていたダーシーにもコポコポという音が聞こえた。

ならないと思った。

優秀な刑事なので気の毒だが、勤務中の飲酒癖が直っていないことを上に報告しなくては

ダーシーはアンドルーに向かって、朝晩五分間ずつ磨いているきれいな歯を見せた。

「バスコム刑事は消化不良ぎみのようなので、わたしが引き続きお伺いします」

書類を手に取ると、インクが飛び散った痕が目に入った。まったくバスコムも気の毒な人だ。

「では、もう少し詳しく聞かせてください。奥さんはこれまでにもこんなふうに姿を消されたことがありましたか？」

「一度もありません」

「無理やり誰かに連れ出されたような形跡は？」

「ないですね」アンドルーはためらいがちに付け加えた。「わたしの知る限りでは」

「奥さんが家出される原因に何か心当たりはないですか？　家庭内でのもめごととか……」

「ないです」

「ほかの男性が絡んでいるということはないんでしょうね？」

アンドルーは嫌悪をあらわにダーシーを見返した。「彼女の人生に関わりのあるほかの男などいない。最初の夫ジョージ・ランヴァーズをのぞいてはね。その男ならもう二十年

「何も前に亡くなっている」

「職務上、お尋ねしなくてはならないので」ダーシーは頰を紅潮させながら言った。「伺っているのです」

「わかってますよ」

「わたしどもは……」ダーシーは言葉を切り、ドアのほうに期待の目を向けた。バスコムに戻ってきてもらいたかった。ダーシーは人に質問するのが好きではないし、この部署自体も、またバスコムのことも好きではなかった。

ダーシーはドアの向こうの音に聞き耳を立てた。物音を聞きつけたとたん、「ちょっと失礼」と言って立ち上がり、部屋を出た。

バスコムの姿はなく、壁際の長椅子で三人が待っていた。そのうちの一人、身なりのよい年配女性の用件はすぐに終わる。六ヶ月ほど前から息子を捜していて、毎日やってくるのだ。

「あいにくですが、グレンジャーさん」ダーシーは言った。

彼女は明るい表情をしていた。「まだバーニーから連絡はないかしら？　戻ってくるはずなのよ。もうまもなく、ひょっこり姿を現して、みんなをびっくりさせると思うわ」

彼女は足取りも軽く出ていった。あとの二人の男が立ち上がって、こちらにやって来た。この二人は毛皮商で、ウィルソンという客にミンクのコートを売ったのだが、受け取った金が偽造だとわかり、コートとウィルソンの消息が摑めないのだという。

ダーシーは見下すような笑みを浮かべて、別の部署に行くよう指示した。だが、優越感を持っていたわけではない。自分で考えて何かをしなくてはならないときはいつもそうなのだが、気分が落ち込んでいた。

ドアが開き、バスコムが戻ってきた。

「あの医者はまだいるのか?」

「はい。たいへん興味深い事例のように思えます」

「どれだってそうだろう」

「ご自身で直接お訊きになったほうがよろしいかと思います」

バスコムの顔は紅潮し、小さな目はぼうっとしていた。

「忠告には感謝するよ」

「いえ、しかし、ほんとうですよ。先生はそうとう影響力をお持ちのかたのようです」

「おれが気になる影響力は瓶に入っているやつだけさ」バスコムはそう言うと、人のよさそうな笑い声を上げて、自分のオフィスに戻った。

バスコムがふたたびモロー医師を伴って出てきたのは、正午に近い時刻だった。医師はすぐに立ち去ったが、ダーシーにはその表情がかなり厳しいものに見えた。

バスコムは満面の笑みを浮かべていた。「実にけっこうな事件だ。奥方が手近にあった金をかき集め、メイドのコートを着て姿を消した。リバーシブルのコートだぞ。わかるか？」

「いえ、あいにく」

「片面がチェックで、もう片面がベージュになっている。表も裏も着られるから捜索が難しくなるんだよ。どうやら、家に戻るつもりはないし、見つけられたくもないんだな。とにかくわれわれが見つけよう。ノートを取れ」

「はい、警部」

「いいか。まず、通常の手順で回れ。病院や死体安置所、それから、銀行――トロント銀行のブロア＆オシントン支店だ。まあ、空振りだと思うが。モローにはポートレート写真を二枚ほど届けるように言ってある。それから、美容院への聞き込みも忘れるな」

「片っ端から美容院に電話をするんですか？」ダーシーは力のない声で訊いた。

「頭を使えよ。その必要はないだろう。女が本気で行方をくらます気なら、一番目に付きやすい特徴を変えようとする。髪型だ。そのあとで、列車かバスで町を出る」

「バスターミナルや鉄道の駅は南か西に固まっているので、まず、その方面を当たってみます」

「おみごと！」バスコムは言った。「きみは容姿だけじゃなく頭脳も優秀だ。じゃ、昼飯に行ってくる。あとでな」

バスコムがいなくなると、ダーシーは何ヶ所か探り、ファイルの奥からスコッチがなくなっていることを突き止めた。

「困ったもんだな……」暗い声でつぶやいた。「報告しなくちゃならない。義務だからな」

バスコムは実に好感の持てる人物なので、上に報告するのは気が重かった。

ダーシーはデスクに着き、電話帳を取り上げた。電話での聞き込みなら最高に能力を発揮できる。背が低いことを意識しなくてすむし、他の警官たちに疎《うと》まれていて、部署を転転とさせられていることも忘れられた。

途中で、カービーが入ってきた。締まりのない体をした大柄な若者で、勤務時間の半分を死体安置所や病院で過ごしている。

「誰かが現れるころだと思ってたよ」ダーシーは言った。「まだ食事をしていないから腹が減ってね」

「気の毒に」カービーは帽子を脱ぎ、体を伸ばしてあくびをした。「バスコムはどこだい?」

「さあね。ぼくには教えてくれないから」

「マクレガーの娘の件で、五ドルの貸しができたんだ。今朝、彼女を見つけたよ。ウェスタン病院にけっこうな病気で入院してた。トイレでうつされたんだとか」

「まったく」ダーシーはすました顔で言った。「もっと行儀よくできないものかねえ」

彼は当てつけがましく電話に戻った。午後はほとんどずっと、バスコムの帰りを待ってちらちらドアに視線をやりながら聞き込みを続けた。

四時半、サニーサイドにあるサリー・アン美容院の経営者ミス・フラスクとの電話で、ダーシーの興奮は一気に増した。バスコムのアパートに電話をかけてみたが、応答はなかった。

「上に報告したほうがいいな」ダーシーはつぶやいた。「そうしよう、もう潮時だ」

席を立ち、ダーシーはサンズ警部のオフィスへ向かった。


アレン・ホテルは大学からわきに入った小道に建っている。すすに覆われた赤煉瓦の建物で、長い歴史のあいだに個人病院、兵舎、アパート、一泊五十セントの簡易宿泊所、とさまざまな変遷を遂げてきた。取り壊しも計画されたが、酒類法が可決されたため、すんでのところで免れた。外観を少し塗り直し、テーブルと椅子を追加し、新しくネオンと、ビール&ワインの販売許可証を取りつけて、この古い建物は居酒屋アレン・ホテルへと変わり、今ではいかがわしい常連客でかなり繁盛している。大柄でいかついバーテンダーと厳禁事項が印刷された何枚もの貼り紙のおかげで、常連客の暴走も抑えられている——「小切手の換金お断り」、「掛売りお断り」、「唾を吐くべからず」。

そのほかの禁止事項は店内に貼り出されることはなく、バーテンダーが個人的に注意する。体を横にして客の背後に歩み寄り、そっとささやくのだ。「ぽん引きはだめですよ」とか「同性愛行為は控えてください」と。

バーテンダーの個人的な感情からではなく、見回りに来る衛生監視員や酒類取締官の目を気にしてのことだった。営業停止になって店を閉じたくはない。彼は給料とビール会社の営業担当から渡されるリベートで、家族のために東のはずれに自宅を購入しようと考えていた。

彼の努力のおかげで、アレン・ホテルは各種取締官のあいだでかなり評判がよく、今ではほとんど目をつけられることもない。そんな噂が広まって、法律とかかわりを持ちたくない連中がおおぜい二階の部屋を使うようになっていた。皮肉なことではあるが、ある意味悪いことではなかった。バーテンダーは吸い取り紙のように情報を吸収し、その一部を金で売ったり、友人のサンズに教えてやったりする。見返りとして、自分が法律を守る側の人間であるという証しを得た気になり、たとえ反対側に回る状況になったとしても、少なくとも世界に一人、頼りにできる警官がいるという安心感が得られた。

彼はサンズを誇らしく思い、サンズが扱った事件の載った新聞記事には必ず目を通している。サンズが一杯やりに来たり、情報を仕入れに来たとき、バーテンダーの顔には共犯者めいたいたずらっぽい笑みが浮かぶ。常連客たちは誰も刑事と肩を並べて酒を飲んでいることなど知らない。バーテンダーは愉快でたまらず、トイレに行って大声で笑うこともあった。

　今日はそれほど上機嫌ではなかった。カウンターに身を乗り出し、あまり口を動かさずにつぶやいた。

「サンズさん」

「やあ、ビル」サンズはカウンターのスツールに腰掛けた。

「お仲間が奥のボックス席にいますよ。日がな一日あやって。お引き取り願いたいんですがね」

「バスコムか？」

　バーテンダーはうなずいた。「ここは警官が酔い潰れる場所じゃありませんよ。あの人の身に何か起こらなければいいんですが」ふいに、にやりと笑った。「命に関わるようなことがね」

「話をつけてくるよ」サンズは言った。「エールを半パイント頼む」サンズはスツールから降りた。くたびれた感じの痩せた中年男で、あとで外見を訊かれても憶えている人がいないほど顔の造作の一つ一つがうまく調和している。服装も容姿とよく溶け合っていて、色はグレー、特徴のない地味なものだった。目立たない歩き方で、店の奥へ向かった。

　バスコムはボックス席に一人、両手で頭を抱えるようにしてすわっていた。

「バスコム」

返事はなかった。

「バスコム」サンズはバスコムの肘を払った。頭がぐらりと傾《かし》いだあと、すぐにまっすぐに戻った。まぶたは開かない。

「いただくよ」バスコムはかすれた声で言った。「ダブルで頼む」

サンズは向かいに腰を下ろし、エールをちびちび飲みながら、気長に見守った。やがてバスコムの目が開き、テーブル越しにサンズを見た。

「なんだ、おまえか。あっちへ行ってくれ。あっちへ行けって言ってるだろ、サンズ。おまえは妖精みたいに急に現れる癖がある。いやだね、そういうのは。不愉快だ」

「ダーシーが捜してたぞ」サンズは言った。

「やつの悩みはブラジャーがきつすぎることだな」

「しゃんとして話を聞けよ。ダーシーに批判されてるぞ」

「ああ、わかってるよ。あいつにつきまとわれるのがうんざりなんで、ちょっときつく言いすぎたかもしれんな」

「おまえの勤務中の飲酒が報告されてる」

バスコムは目を見開いた。「誰に？」

「おれに」

「おまえにならかまわんよ」

「次はおれじゃないかもしれない。エレンが出ていったのは、これで何回目だ？」

「五回目だ」バスコムは顔を歪めた。「ああ、五回。三年間にな」

「言ってもむだかもしれないが、エレンは尻が軽いな」サンズは冷たく言い放った。「家庭におさまるタイプじゃない。ああいうのはどうしようもないから、ほうっておくしかない。別れちまえよ」バスコムは返事をしなかった。「もし、それで気が楽になるなら、別の部署に配置換えしてやったっていい。こいつはダーシーの発案だが」

「あのちびめ……」

「頭にくるのは無理もないが、ダーシーだって真実を言い当てることはある。あいつの言うとおりだと思うよ。今朝も女房に出ていかれた医者と一悶着《ひともんちゃく》あったそうだな」

「どうもエレンとダブってね」

「だから、配置換えを勧めてるんだよ。ところで、ダーシーは医者の女房がサニーサイドの美容院に現れたところまで突き止めたぞ」

「どうしておまえがそんなことまで知ってるんだ？」

「実は昔からモロー一家と関わりがあってね」そう言って、サンズはまたグラスを手に取った。「十六年になるかな。さあ、コートを着ろ」

「なんのために？　おれはどこにも行かんぞ」

「いや、そうはいかない。見つけるまでに一時間半もかかったんだからな。おまえにはおれの用事で出かけてもらっていて、途中で拾ってサニーサイドへ連れていく、とダーシーに伝えてある。ほら、コートを着ろ」

「まったく憎たらしいやつだな。いちいちごもっともで、しかも自信満々だ」

サンズは何も言わなかった。彼はけっして自分の話をしないし、自分のことを話題にされるのも嫌いだった。誰か別の人間の話を聞いているようで、現実味が感じられなかった。コートを着るのに手こずっているバスコムを置いて、サンズは先にカウンターへ向かった。

グラスをすすいでいたバーテンダーは、作業の手を止め、濡れた手を拭った。

「連れ帰ってくれるんですね?」

「ああ」

「すごいな」ビルは言った。「あんたはきっとネズミがぞろぞろ後をついていくような人物なんだ」

「おもしろいことを言うね」大きいネズミ、小さいネズミ、痩せたネズミ、たくましいネズミ……。

「人間っておかしなもんですね」ビルは言った。「おれはこんなに体がでかくて、あんたは小柄だ。ところが、おれはバスコムさんの腰を上げさせることもできないのに、あんたにかかるとおとなしい羊みたいにくっついていく。あんたは見えないところに筋肉がたっぷり付いてるんだろうね」

「八歳の子供にもぶちのめされちまうよ」

「とんでもない。そんなこと言っちゃだめだよ」ビルは憤慨した。「そんな噂が広まったらどうするんです？」

バスコムがやって来た。コートのボタンは掛け違っているが、まっすぐに歩けるようになり、声も聞き取りやすくなっていた。

「じゃあな、かわいこちゃん」バーテンダーに声をかけた。「警察を追い出されたら、暗い路地でデートしようぜ」

「それも悪くないですね」バーテンダーは考え込んだ様子で言った。

警官二人がいなくなると、ビルはふたたびグラス洗いに戻った。アレン・ホテルはいちおう二十四時間営業なのだが、客足が伸びるのは日が暮れたあとだ。午後七時ごろから勤務するウェイターも二人雇っている。注文が殺到するときにはビルも接客を手伝うが、夜の大半は客の様子に目を配ったり、酔いが回っている者にそれ以上飲まないよう説得したり、金の管理に目を光らせたりしている。この店では、ビルが保証しない限り、五ドルより大きな紙幣はすべて偽札と見なされることになっていた。

一週間でもっとも客入りが少ないのが火曜の夜で、サンズの耳に入れておいたほうがよさそうなことは一つしか起こらなかった。グリーリーと呼ばれる麻薬中毒の前科者が赤毛の太った女を連れて来店した。女のほうはビルも顔見知りで、通りの先に住んでいる売春婦だった。だが、男がグリーリーだとわかるまでには数分かかった。真新しいオーバーに、やはり新しい緑のフェルト製の中折れ帽をかぶっている。しかし、何より見慣れないのはグリーリーの顔つきだった。まるで粗野な貧乏人たちとしかたなく肩を触れ合っている富豪気取りである。

「これはこれは」ビルは言った。「グリーリー様。失礼いたしました、びっくり仰天してしまいまして。こちらの魅力的なレディは奥方ですか？」

女はくすくす笑っているが、グリーリーは渋い顔で、女をテーブル席へ先に行かせた。ビルも二人に付いていった。

「いらっしゃるのがわかっていたら、アイリッシュ・レースのテーブルクロスを出しておきましたものを」

「シャンパンだ」グリーリーはそう言って、帽子もコートも脱がずにテーブルに着いた。

「小さじで？　それとも大さじで？」ビルが言うと、女がまたくすくす笑った。

グリーリーは五十ドル札をテーブルに置いた。

ビルは嚙んでみることはしないまでも、矯《た》めつ眇《すが》めつ紙幣を調べたが、どう見ても本物のようだ。

シャンパン・ボトルが空いたころには、グリーリーの機嫌も直り、自慢話が始まった。

ビルはできるだけテーブル席に近いところに立って、ときおりグリーリーの話の端々を耳に入れた。

「この先ずっと、酔っぱらいからくすねただの、すりを働いただのと言われて、キングストンに入ったり出たりの一生を送るのはごめんだね。いいか、スー、おれはチャンスを摑んだ。おめえもいっしょに流れに乗るかい？」

「いいわよ。あんたが言うならなんでも」

「今のままの生活じゃ、誰からも敬意を払っちゃもらえねえ。一流の物、そいつを手に入れたんだ。一流で、揺るぎない物。この安っぽい店を見てみろ」

女は素直に言われたとおりにした。

「汚ねえだろ？」グリーリーは言った。「二日前までは、こんな掃《は》きだめで飲んだくれて、そのあと付き合ってくれる女でも探すのがご機嫌な夜の過ごし方だと思ってた」

「あんたが一流の仲間入りしたんなら、どうして今ここにいるのさ？」

「おさらばするためだ」グリーリーは真顔で言った。「こんなひでえ生活におさらばするんだ。これからはおめえもダイヤモンドで飾り立ててやるからな」

「ダイヤなんかいらないよ。あたしはまともな食事がしたいだけ」

グリーリーはハンバーガー二個とシャンパンのお代わりを注文した。

女は歯でも痛むのか少しずつ囓《かじ》りながらハンバーガーを食べていた。

カウンターの兵隊三人が歌を歌い始めたので、もうグリーリーが何をしゃべっているのかビルには聞こえなかった。だが、同じような話を続けているのだろうと察しがついた。グリーリーは身を乗り出してしゃべり、女はハンバーガーを囓りながら、こんな話、前にどこで聞いたっけという表情で相手を見つめている。

十時ごろ、二人は店を出ようと席を立ったが、グリーリーのズボンの尻がひどく擦り切れているのが目に留まり、ビルはもう一度、五十ドル札を確かめるためにレジへ飛んでいった。

グリーリーはビルに気がつくと、嘲笑を浮かべた。ビルは出口までついていった。

「おやすみなさい、グリーリー様。あいにく、またのお越しは願い下げにしたいものですね」

女はくすっと笑って言った。「あんたって、ほんとにおもしろい人だね」

グリーリーは彼女の腕を取った。「おれの話には絶対笑わないくせに」

女は冷たく男を押しやった。「あんたには四六時中笑わせてもらってる。笑い死にしないように我慢してるだけよ」

「達者でな、ワイゼンハイム」グリーリーはドアを開けながら、ビルに言った。「ロイヤル・ヨークにいるから、会いに来な」

「あそこじゃ、まだ皿洗いを雇ってるんですかい？　あんたはさぞかしエプロンが似合うでしょうな」

最後に女の笑い声が聞こえ、扉が音を立てて閉まった。

妻も自分のジョークの一つ一つにああして笑ってくれたらいいのに、とビルは思った。

あいつはユーモアのセンスがないから。

ビルは兵隊たちのところへ行った。「静かにしたほうがいいよ。憲兵が二人、店の前を通り過ぎるのが見えたから」

軍人たちはおとなしくなり、火曜の夜が更けていった。

第五章

火曜日、イーディスは家じゅうのみんなを相手に口げんかをした。まず、朝食時にはアンドルーと。彼がルシールの失踪を警察に届けると言い出したからだ。

イーディスは激怒して、泣いた。そんな屈辱的で恥ずかしいこと、肩身が狭くてまともに出歩けなくなるわ。

アンドルーは相手にせず、家を出た。気持ちの治まらないイーディスは、怒りの矛先《ほこさき》をマーティンに向けた。みんながあなたを必要としているときに、よく会社なんかに行かれるわね。家で待機しているのがあなたの義務だわ……。

朝食がすむとすぐに、マーティンもまた家を出た。

一番激しかったのは夜だった。ポリーとジャイルズといっしょに居間にいたイーディスは、結婚式の延期を言い出した。

ポリーは射すくめるような目でまじまじと見つめた。「なんのために？」

「こんなときに式を挙げるなんて、絶対によくないわ」

「よくないって、誰にとって？」ポリーは訊いた。「おばさまにとって？　それともルシール？」

「世間の人にどう言われるか」

「世間なんていつもそんなもんでしょ。この休暇を最後に、ジャイルズは外地へ行ってしまうのよ」

「わかってるわ」イーディスはつらそうに答えた。「こんなことで台なしにするのはひどいとわかってますよ。せめて二、三日だけでも待てないかしら。そのころにはルシールもきっと戻ってくるから」

「ルシールにかまうことないじゃない。これまでだって、そうだったわ。同じ屋根の下で暮らせたのは、あの人のことを無視して、余計な口出しをさせなかったからよ。今回だって、台なしになんかさせないわ」

ジャイルズは二人の女性の言い合いを聞かないように努めた。手元に視線を落としていたが、実在している感じがなく、自分の手という気がしなかった。目を覚まそうとする意志の力も、得体の知れない危険から自分を守る力もないまま、悪夢の中を歩いているような感覚だ。この家が一つの箱で、自分一人がその箱に入れられているように感じることがある。箱の天井に訳もなくいくつもの影が映り、まるで箱が息をするように壁が近づいたり遠ざかったりする。ときどき足を止めてその息づかいを聞こうとすると、自身の呼吸が聞こえてくる。たしかに自分の呼吸にちがいないのだが、誰かがいっしょに呼吸しているように、そのリズムには微妙なずれがあった。

部屋に入ると、空気が揺れ、ドアが小刻みに震え、その誰かはいつも入れ違いに出ていったように思える。

「あなたにとてもよくしてくれるじゃないの」イーディスは甲高《かんだか》い声で言った。「ジャイルズさんの前でルシールのことをそんなふうに言うのはよくないわ」

「あたしは自分の言いたいように言うわ。うわべを取りつくろうのはいや」

「このうちでは、誰もわたしの言うことを聞いてくれないんだから。とにかく許しませんからね！　ルシールが見つかるまで結婚式は延期してもらいます」

「許してもらう必要なんかないわ」そう言って、ポリーは背を向けたが、イーディスの声が彼女の耳を引っ張った。

「ジャイルズさんのこと、どのくらいわかっているつもり？　何を知ってるっていうの？」

「たいして知ることなんてないと思いますよ」ジャイルズは笑みを浮かべようとした。「ぼくが訪ねた翌日、モロー夫人の姿が見えなくなったのはたしかに奇妙だと思います。でも、ぼくは何も……」

「おばさま、どうかしてるわ」ポリーは冷ややかに言い放った。「こんなときに居合わせただけでジャイルズにとっては迷惑な話なのに、そのうえ、おばさまに言いがかりをつけられるなんて」

「ルシールは、ジャイルズさんを見て誰かに似ていると言ったのよ」イーディスはこの思いつきに得意になって、声を張り上げた。「人のことはわからないものよ。誰も信じられない、誰も信頼できない……」

イーディスの声が途切れたかと思うと、いきなり背を向けて、袖をひらひらさせながら部屋から飛び出していった。翼に傷を負った巨大な鳥のように見えた。

「ジャイルズ」

「何?」

「ここを出ましょう。これから、今夜のうちに」

「いいのかい?」

「誰も留め立てなんかできないわ。とにかく出ていきましょう。さあ、ジャイルズ、二階へ行って荷物をまとめて。ホテルへ行くのよ」

「わかったよ」箱の天井が開き、ひんやりした新鮮な空気がどっと流れこんできた。「うん、そうしよう」

「ええ、ジャイルズ」

廊下で電話が鳴り出した。

「たしかに、あのかたのようです」ミス・ベティ・フラックは言った。「よく似ています。断言はできませんけど。警察が関係している重要なお話でしたら、そこまで言いきることはできませんが」ミス・フラックは写真を返しながら、考えこんだ様子で言い添えた。「でも、たしかによく似ています」

ミス・フラックの銀色に輝く巻き毛越しに、バスコムとサンズは目を見合わせた。

「そうですわねえ」ミス・フラックは品のよい仕草を交えて言った。「あのかただと思います。ちょうど店を閉めようとしたところに入っていらして、カットしてもらえるか、とおっしゃいました。もちろんいたします。専門はパーマなんですけど」

「その女性の髪を切ったんですね?」サンズはさりげなくミス・フラックの関心をパーマから引き戻した。

「フェザーカットにいたしました。『誰《た》がために鐘は鳴る』をごらんになりました? あういうヘアスタイルです。あの映画のヒロインの髪型。スミスさんは——そう名乗ってらしたんですよ——カットの仕方を気になさる様子はなく、ただハンドバッグを抱えてすわってらっしゃいました。靴が濡れているのが目に留まりましてね。わたし、ときどきお客様に軽い冗談を言うのが好きなので、湖で泳いでらしたのですかと訊いたんですよ。でも、おもしろがってはくださらなかったようです」ミス・フラックははっきりと言い直した。「おもしろくなかったんでしょうね」

「彼女はぜんぜん口を利かなかったのですか？」サンズが尋ねた。

「とても寒いとはおっしゃってましたね。あんな薄いコートでしたから、お気の毒に思いました。上品な奥様なんですよ。わかりますでしょ、どういう感じか。それなのにあんなひどい格好をして。あのとき、わたしはご主人が大酒飲みか何かかもしれないと思いました」ミス・フラックはふたたび考えこんだ様子で口をつぐんだ。「ご主人はたしかに酔っ払っているようでしたから」

「ほう」サンズはつぶやき、バスコムの両手はぴくっと動いた。まるでミス・フラックの首に手をかけ、息の根を止めたがっているかのように。「ご主人もいっしょだったんですか？」

「いいえ、そういうわけでは……。いっしょに来たのかどうかはわかりませんけど、お帰りになるとき、わたしも新鮮な空気を吸いたくなってドアのところに立っていたんです。そのとき、通りの向こう側で彼女を待っている男の人が目に入りました。ミセス・スミスは足を止めて二、三言葉を交わしたあと、先に立って歩き出し、男の人は後ろからついていきました。あのとき、思ったんです。結婚相手の選び方を誤った悪い例じゃないかって。奥様は長身で美しいかたなのに、ご主人のほうは小男なんですもの」

「小男ですか」サンズはつぶやいて、十六年前、最後にアンドルー・モローを見かけたときのことを思い返した。モローは一九〇センチを超える長身だ。日が暮れかかっていたことやミス・フラックの記憶が曖昧で空想を交えやすい性格だったとしても、通りの向こう側でミセス・モローが会っていた男が彼女の夫でないのは確実だ。

簡単に調べはつく。サンズはミス・フラックに電話を貸してくれるように頼み、電話帳でモロー家の番号を調べ始めた。そのとき、ミス・フラックがバスコムに、自分は独身で、美容院経営を生きがいにしているわけではないこと、大柄な男性が好みであることを語っているのが聞こえてきた。

サンズはダイヤルを回した。

ドアが開いたままだったので、廊下でデラが電話を受け、そのあと走って行くのが、ポリーとジャイルズにも聞こえた。一分ほどたって、アンドルーが電話口にやって来た。

「はい、モローです」

「ねえ」ポリーは鋭い声で言った。「このまま聞いてる？　それとも話を続ける？　あるいは二階へ上がって荷物をまとめる？」

「もし、きみがそうしてほしいなら、そうするよ」

「もしですって？」ポリーは苛立たしげに言った。「まったく、電話の呼び出し音ほど雰囲気をぶち壊してくれるものはないわね」両手を握りしめ、低い声で毒づいた。「いまいましいったらないわ」

アンドルーの声が部屋の中まで届いた。「サンズさん？　いや、あいにく記憶にないですね。サンズさんですか……」少し間が空いて、声の調子が変わった。「ああ、思い出しました」アンドルーの咳払いが聞こえた。「ありがとうございます、そんな遠くまで……。サ、サニーサイドですか？　いえ、わたしは自宅におりました。メイドたちが怖がって、診療所から呼び戻されたもので。ちょっとこのまま待っててください」

アンドルーは居間の入口まで来て、何も言わずにドアを閉めた。彼の唇から血の気が引いていた。

「警察だね」ジャイルズがつぶやいた。「何かわかったんじゃないか。ぼくは——ポリー、だいじょうぶ？」

ポリーは肩を震わせ、氷の張った川面《かわも》のようなうつろな目をしていた。

「ジャイルズ、あの人……同じ人よ。サンズっていうの。おおぜい男を引き連れてうちにやって来て……。あたし、部屋の窓からその人たちが雪の上を歩き回っているのを見ていたの。ところどころ真っ赤なぬかるみのようになった雪の上を」

「なんのことだか、ぼくには……」

「その中の一人がサンズ。うちに入ってきて、そこの、その椅子に腰かけたわ。そこにすわって、マーティンとあたしを長い間ただじっと見つめていたの。マーティンはげらげら笑って。なぜだかわからないけど、いつまでも笑っていたのよ」

ポリーはふらふらと立ち上がって歩き出し、ミルドレッドの肖像画の前で足を止めた。執念深い褐色の目が、つかのま、ぼんやりした穏やかな青い瞳に見入った。

ジャイルズは彼女の視線をたどり、戸惑いを浮かべた。「それは誰？」

「母よ」

「ああ、そう」

「若いころに亡くなったの」振り返ったポリーの顔は険しい冷酷な表情だった。「よかったのかもしれないわ。太りやすい体質だったから」

ジャイルズはポリーから目をそらしたかった。いつもポリーのことがちょっと怖かった。現実主義者《リアリスト》はポリー、ジャイルズは夢見がちなタイプだ。主導権を握っているのはポリーで、ジャイルズは彼女についていく。

「二階へ行って、兄に知らせてくるわ」ポリーは言った。「興味があるはずだから」

「こうなっても、出ていきたい気持ちに変わりはない？　ぼくも上へ行って荷物をまとめようか？」

「なんのこと？」それについて記憶が飛んでしまったような口ぶりだった。ジャイルズの存在そのものも、彼が何者で、どうしてここにいるのかも。「マーティンに教えてこなくちゃ」

「あれは冬のことだった」サンズは言った。「二ヶ月ほど前から、学校帰りの子供たちが、公園で何者かに追いかけられるという話が広まっていたんだが、話に具体性はなく、犯人も捕まらなかった。そのうちに、ある晩、ミルドレッド・モローが友人の家に行くと言って家を出たまま、戻ってこなかったんだ」

サンズは息を継いだ。「その友人というのが隣に住む未亡人のルシール・ランヴァーズだ。彼女の供述によると、ミルドレッドは十一時前にランヴァーズ家を出たので、帰宅したものと思っていたそうだ。モロー医師はお産で病院にいて、帰宅したのは午前一時ごろ。そのとき、ミルドレッドはまだ戻っていなかった。医師は就寝中の妹イーディスを起こし、二人でランヴァーズ家へ行き、一時間ほど三人で公園を捜したあと、警察に電話を入れた。翌朝六時ごろ、頭を割られ、木立に寄りかかって倒れているミルドレッドをわれわれが発見した。ハンドバッグと高価な宝石がなくなっていた。凶器は見つからなかったが、斧であることはまず間違いない。夜間にかなり降雪があったため、遺体はほぼ完全に雪に覆われ、犯人の足跡と思われる箇所は少しへこみがあるだけで、捜査の役には立たなかった」

「担当の刑事は？」バスコムが訊いた。

「ハネガン警部だ。おれは当時パトロールをやっていて、オートバイに乗っていたよ」

「おい、よしてくれ、オートバイか」

サンズは口元を緩めた。「そうさ、ハネガンは盗み目的の単純な事件だと考えて、安物雑貨店から風船一個を盗んだ男の子たちまで呼び出して調べ上げた。特別な計らいで、おれには別の角度からの洗い出しも許してくれた。なんの収穫もなかったよ。物取り以外の犯行動機は考えられなかった。家族やミセス・ランヴァーズとも話をしたが、こっちは平《ひら》の巡査だからね。そのうち、ハネガンが事件に飽きて、二、三週間後には捜査終了となってしまった」

「おまえの見立ては？」

「見立ても何も。モロー医師にはアリバイがある。妹のイーディスにはちょっと引っかかるところがあったな。かなり情緒不安定で、兄への愛情が過ぎるあまり兄嫁に嫉妬して、いなくなればいいと思ったのかもしれない、と考えた。ミセス・ランヴァーズは物静かで控えめな女性で、今の容姿が写真のとおりなら、当時はずっとさえなかった。彼女はミルドレッドの親友で殺害動機もない。しいて言うなら、ミルドレッドの夫を横取りできるかもしれないという可能性ぐらいのものだ」

「実際にそうなったな」

「ああ。しかし、妻を亡くした男が妻の親友と再婚するのは珍しくはないからね。大昔からある話だし、特にこのケースのように夫が妻を深く愛していた場合は。モローはミルドレッドに夢中だった。彼女が殺されたあと、長いあいだ、体を壊していたんだよ」

「それをルシールが看病したわけか」バスコムは皮肉な笑みを浮かべた。

「さあね。それより、一番気がかりだったのは子供たちだ。子供のことはよく知らないが、どうも二人の対応が奇妙に感じられてね。女の子はあのとき十歳か十一歳だったかな。まるで事件などなかったかのように振る舞い、何か質問してもじっと見つめ返すばかりで聞こえない振りをする。男の子のほうはそれより二歳年上で、当時、アッパー・カナダ・カレッジに通っていた。こっちは騒いだり頭がいかれてるんじゃないかと思うような行動を取る。げらげら大笑いしたかと思うと、おれに喧嘩を吹っかけてくる。サッカーの試合で骨折したことのある背骨を狙わないと約束すれば、片手を後ろで縛ったままでもおれに勝てると言ってたよ」

「その少年はどうなった?」

「今は〈ザ・レビュー〉の文芸局編集長だよ」

「へえ、それはそれは」

「家族の中でその後見かけたことがあるのは、女の子のポリーだけだ。三年前、法廷でばったり会った。何かの慈善団体の裁判で証言台に立っていた。おれに気がつくと、顔を背《そむ》けたよ」

「おまえの顔を憶えていたとは妙だな」

「うん、変だよな。今回電話をしたときも、父親のほうは憶えてなかったのに。ともかく、ハネガンが捜査を終了させてしまったので、おれもあれっきりになったが、これで捜査再開ってことかな」サンズはバスコムに視線を向けた。「そうだろう?」

「ああ」バスコムは答えた。

ミス・フラックが化粧を直して控えの小部屋から現れた。

「家まで送ってくださるなんて本当に助かります。実を言うと、警察のかただと伺って、死ぬほど怖かったんですよ。今はぜんぜん怖くありませんけど」

「それはよかった」サンズは言った。

二人はミス・フラックをアパートに送り届けた。

「次はどうする?」バスコムが訊いた。

「見て回ろう」

「誰かが言ってたんだが、トロントは東西二十四キロ、南北が十四キロあるそうだね」

「そのとおりだ」

「それで、今、子守をやってるのはどっちなんだ? おれか、おまえか?」

「子供が大きくなって選べるようになるまで二人でいっしょにやろう」行き先を心得ている訓練された馬のように、車は走り出した。「まず、ミセス・モローの行方を突き止めよう」

ミスター・グリーリーと女友だちは埠頭にある安ダンスホールにいた。慣れない場所で、二人とも落ち着かなかった。高級すぎたのだ。グリーリーは古いスーツを見られるのが恥ずかしくて、コートを脱げなかった。二曲目が終わるまでに、首に汗が伝い、シャンパンの酔いもさめ、もっと強いものが欲しくなっていた。

「こんなとこ、出ようぜ」グリーリーは言った。

「どうして？」女は訊いた。「とっても楽しいのに」

「けつをバンバンぶつけ合いたいなら、路面電車にでも乗ったほうが安あがりだ」

「せっかく来ても、あんたはすぐに出たがるんだから」

「どっちみち、人と会う約束があるんだ。さあ、行くぞ」

彼女がついてくるかどうかを確かめもせず、グリーリーは歩き出した。

店の外に出ると、彼女は言った。「エディ、あんたは礼儀知らずだね」

彼女はコートのボタンを留めた。湖の水が軽蔑したような冷たい憎悪を込めて桟橋を打ちつけていた。

「ねえ、エディ、帰ろうよ」

「うるせえな」

「こんなとこ、好きじゃない」

「いいから、ちょっとだけ待ってろ」

グリーリーはコートをめくり、ズボンの上から何かを腿に突き刺した。腿は痛かったが、これで物事がちゃんと見えるようになり、まともに見通せるようになった。人生は汚泥《へどろ》みたいなもんだが、おれは勝ったぞ。

このグリーリーが。

サンズからふたたび電話があったのは午前二時だった。アンドルーはまだベッドに入らず、膝に本を置いて仕事部屋にすわっていた。

「はい？」彼はその電話を受けた。

「モロー先生ですね？　警部のサンズです。お手数ですが、服を着ていただいて……」

「服は着ていますよ。何があったんです？」

「今、レイクビュー・ホテルにいます。サニーサイドの西、大通りをはずれてすぐのブリーチャー・ストリートにあるホテルです。あなたの――あなたの奥様がここにいらっしゃいます」

「はい……はい……」頭の中で何かがはじけ、アンドルーはその轟音に負けまいと声を張り上げた。「家内は――家内は無事ですか？」

「生きておいでですよ」サンズは答えた。

「どこか悪いんですね？　病気ですか？　わたしは……」

古いチェックのバスローブをまとったイーディスが入口に現れた。「なんなの、アンドルー？　早く教えて。どうしたの？」

「すぐに参ります」そう言って、アンドルーは受話器を置いた。

「わたしもいっしょに行くわ」イーディスが言った。「なんにしろ、いっしょに行きますからね。あなた一人では無理だもの」

アンドルーは妹に視線を向けたが、ちゃんと見えなかった。形も意味も実体もない、ぼやけた色の塊、ぐるぐる回っている色見本にしか見えない。押しのけたときも手の感覚はなかったし、足を運んでも床を感じなかった。

目は機能しているのに、一度に一つの物しか見えない。静止している物が一つずつ——ドア、必要な物が詰められ、車の前の座席に置かれた診察鞄、街灯、家、木。

彼女は背すじを伸ばして椅子に腰かけていた。そのわきで、スチームが音を立てながら蒸気とペンキの臭いのする熱気を吹き出している。しかし、彼女の顔は冷たく、青白く、目は凍りついているように見えた。

「モローさん」

（わたしの部屋に男がいる。ここはわたしの部屋かしら？　違う。いえ、わたしの部屋ね。男が一人、もう一人。二人だわ）

「ご主人に電話しましたよ。すぐにいらっしゃいます」

（わたしの部屋に男がいっぱいいて、べらべらしゃべってる）

「何か欲しい物はありませんか？」

（この人たち、わたしに話しかけているのかもしれない）

バスコムは心地悪そうに体をずらした。「聞こえてないようだな」

（あら、聞こえてるわよ。間違ってるわ、お若いかた。お若いかた？　年配かしら？　とにかく、二人ね。二人、二人）

「モローさん、お力になりたいんです。あなたの身に何が起こったのか、思い出してくだされば……」

ある表情が彼女の顔をよぎった、猫が歩くようにひっそりと。ここで機転を働かせなければならないことを、彼女は心得ていた。この人たちは敵だ。

（彼女は湖で泳いでいた。水は冷たく、暗く、強い波が体を打つ。救いの手が伸びてくるのが見えた。その手に摑まったとたん、乱暴に突き離され、体は沈んでいった。深い、深い、暗い湖底へと。もうだめだわ、死ぬのね）

「モローさん、ご主人がいらっしゃいましたよ」

「ルシール——ルシール、よかった……」

アンドルーは熱気のこもる部屋に入ってきた。ルシールがゆっくり振り返ると、差し伸べられた手が見えた。

ルシールは悲鳴を上げた。何度も何度も、小鳥のさえずりのようにごく自然に喉から出た。

救急車が来ても、彼女はまだ叫び続けていた。

救急車はミスター・グリーリーに気がつかず、放置していた。ヘッドライトが彼の姿を捉えなかったからだ。

グリーリーはホテル裏の路地に壁によりかかるようにすわっていた。湖からの風が顔に突き刺さったが、気に留めてはいない。人生は汚泥みたいなものだが、グリーリーは勝った。夜は暗かったが、色とりどりの夢に満ちていた――温かい女、シルク、手触りのよい毛皮、ベルベットの寝具、柔らかで心地よい場所。

夢を見ながら、グリーリーは眠りに落ちていった。深い死の眠りに。

第二部　狐

第六章

彼女は、また安全なところに来たと感じた。背後には鉄の門があり、さらに百もの扉には大きな鍵が掛けられている。扉の鍵はつねに看護師の一人が手に持っていた。階段のない緩やかに傾斜した通路を、職務とはいえ愛想よく話しかけてくれる人と歩いて行き、最後の扉を入る。カチッと鍵が掛けられ、これでもう敵が入りこむことはできなくなる。部屋に窓はあるが、そこから侵入はできない。両面に金網が張ってあるのだ。

彼女はまっすぐ窓に歩み寄り、金網に手を触れた。看護師がそれを見ていて、院長に報告されることもわかっていたが、部屋の安全を確かめずにはいられなかった。指に触れる金網の感触に安堵した。

「頑丈なんでしょうね？」彼女は尋ねた。

「ええ、もちろんですよ」看護師は明るい声で言った。ブロンドの髪をカールさせた、笑顔のかわいい若い女性だ。きちんとして有能な感じだが、目は笑っているように見える。まるで目だけはひそかに浮わついた生活を送っているように。「スコットと申します」

「スコットさん」ルシールはくり返した。

「すぐに荷ほどきをして、お洋服をしまいましょうね、モローさん」

「モローさん」

「この部屋はコーラ・グリーンさんといっしょに使っていただきます。グリーンさんは今、下の図書室に行かれてますが、彼女のことはきっと気に入りますよ。みなさんに好かれているかたですから」

ミス・スコットは左手に鍵を握ったまま、ルシールの衣類を出し始めた。背を向けたり視線を外したりすることはなかったが、警戒心を表に出すこともなかった。絶え間なく陽気に話し続けている。やがて、ルシールも自分が見張られていることに気がついたが、それを嫌だとは思わなかった。ミス・スコットは穏やかでさりげない。疑っているのではなく注意を怠《おこた》らないようにしているだけ、信用していないのではなく相手のことを気遣っているだけという印象を与えていた。

「まあ、すてきなブルーのワンピース」ミス・スコットは言った。「瞳の色と同じですね。映画鑑賞会の夜用に取っておきましょう」

「二人部屋だなんて知らなかったわ」

「二人のほうがいいんですよ。寂しくないし……。グリーンさんのことはきっと気に入るはずです。周りの人をいつも笑わせてくれますから」

「一人になりたかったのに」

「ええ、最初はそう思われるかもしれませんね。ハンガーをもう一つ取っていただけませんか、モローさん？」

ルシールは反射的に体が動いた。自分の衣服を吊すというやり慣れた動きをすることで気持ちが落ち着いた。ルシールはハンガーを一つ取り上げた。

ミス・スコットはそれを見守っていた。「あとは自分でなさったほうがいいかもしれないわね。何をどこにしまったかわかるから」

「そうね」

「こちらでは、できるだけ自分のことは自分でしていただくんです。それぞれのブロックを小さなコミュニティと思ってもらって……」

「ほかの人たちには会いたくないわ」ほかの人たち、頭のおかしい人たちには。「わたしは一人でいたいの」

「初めはなじめないかもしれませんけど、このシステムが一番だとわたしたちは思っています」

ルシールが〈わたしたち〉という権威と出会ったのは、このときが初めてだった。わたしたち＝看護師。わたしたち＝医師、真鍮《しんちゅう》の鍵、金網。わたしたち＝鉄の門、フェンス。わたしたち＝人々、社会。わたしたち＝世間。

「一ブロックは四つの部屋で構成されています」ミス・スコットは説明した。「各部屋に二人ずつ。できるだけ似た環境のかたを同部屋にしています」

扉の外のどこかから、女性の不満の声が聞こえた。「食べ物と着る物をもっとちょうだい」弱々しい声だったが、言葉は聞き取れた。

「ハモンドさんです」ミス・スコットはそっけない口調で言った。「あの人のことは気にしないで。食べ物にも着る物にも不自由させてはいないんですから」

「食べ物と着る物をもっとちょうだい」

「あの人はあればっかり言ってるのよ」ミス・スコットは言い添えた。

「もっとちょうだい……」

ルシールは広げたスーツケースの上に身を乗り出した。すると、衣服から体が抜け落ち、衣服のほうは勝手にたたまれてスーツケースに納まり、家に戻ろうとしているような感覚に見舞われた。

「気分が悪いんですか、モローさん？」

目の前にかすみがかかり、その先で言葉がぶらぶらと揺れ、踊っている。何かに耳を覆われ、その向こうでタイミングのずれたおかしな声がする。

食べ物をもっとちょうだい。できるだけ似た環境のかた。モローさん、ご主人ですよ。着る物をもっと。まあ、すてきなブルーのワンピース。気分が悪いのですか、モローさん？　気分が悪いんですか？　気分が悪い？　気分が？

「いいえ」ルシールは答えた。

「ちょっと混乱なさったのかしら。よくあるんですよ。お部屋に慣れるまで、しばらく一人のほうがいいかもしれないわ。わたしは図書室へ行って、グリーンさんを連れてきますね。さあ、この青い椅子はすわり心地がいいんですよ」

「ドアの鍵は掛けていくの？ 掛けてもらいたいわ」

「昼間はお部屋に鍵は掛けないんですよ」

「掛けてもらいたいの……」

「今夜、みなさんがベッドにお入りになったら掛けますからね」

ミス・スコットは後ろ向きに歩いたわけではないが、ルシールに背を向けないようにして入口に向かい、ドアを開けたまま固定して廊下に出た。出てすぐのところに、ミセス・ハモンドが膨らみのない胸の前で腕を交差して立っていた。豊かな黒髪と愁《うれ》いを帯びた褐色の瞳を持つ若い美人だが、肌は黄色味を帯びて頰骨に張りついている。黒いスカートに分厚い赤のセーターを着ていた。

「食べ物と着る物をもっとちょうだい」

「ハモンドさん、少し静かにしていてくださいね」ミス・スコットは言った。「今日は新しいかたがいらしたのよ。パーソンズさんにりんごをもらえるよう頼みましょう」

そのミス・パーソンズがちょうど廊下に現れた。ミス・スコットより年下で、自信もなさそうに見える。

「スコットさん、この人にはもうりんご二個とバナナ一本差し上げたんですよ」

「まあ！　おなかが痛くなったら困るでしょう、ハモンドさん」

「もっと食べ物を……」

「ミルクセーキならあげてもいいかも……」ミス・パーソンズはためらいがちに言った。

「ほらね」ミス・スコットは明るい声で言った。「お行儀よくしていたら、パーソンズさんがミルクセーキをくださるわ。お部屋に戻ってね、ハモンドさん。休憩時間はまだ終わってないんですから」

ミセス・ハモンドは悠然と廊下を歩いていって、自室に消えた。

「あんな歩き方、どこで身につけたのかしら」ミス・パーソンズはくたびれた声で言った。

「まったく、どこで教わったんだか」

「コーラさんを呼んできて。図書室にいるから」ミス・スコットは声を落として言い添えた。「モローさんはぜんぜん問題なさそうよ。彼女がしゃべったことは全部カルテに記録するよう、グッドリッチ先生から言われてるけど」

ミス・パーソンズは絶望的な表情を浮かべた。「全部ですか？」

「だいじょうぶよ。彼女は口数が少ないから。はい、鍵。コーラさんを連れてきてね」

ミス・スコットは自分のデスクに戻った。短い廊下の中ほどにあり、そこから、開け放たれている各部屋のドアや傾斜通路へ通じる施錠された扉が見渡せる。

ミス・スコットは腕時計を見た。二時四十分。あと二十分のうちに、コーラを新しいルームメイトに引き合わせ、このブロックの患者たちに散歩の支度をさせ、ミセス・モローに部屋を出てグッドリッチ医師の診察を受けるよう説得しなくてはならない。

彼女はため息を漏らしたが、疲労からではなかった。山積みの仕事を抱えながら、それをやりこなせることがわかっている者の充足感のため息だ。

傾斜通路の扉が開き、ミス・パーソンズがミス・コーラ・グリーンを連れてもどってきた。

ミス・グリーンは小柄で快活な六十代の女性だ。アイロンのかかった黒いシルクのワンピースを着、白髪の頭には小さなピンカールが無数に留めてあり、てっぺんにはピンクのベルベットのリボンをつけている。身のこなしは小鳥のように機敏で繊細だ。

「彼女、中にいるの?」コーラが訊いた。

「誰がですか?」ミス・スコットはきつい口調で聞き返した。笑いをこらえるために、コーラには厳しい態度で接しなければならない。コーラは頭の回転が速く、患者たちのことをグッドリッチ医師と同じくらいよく知っていて、たえず看護師から情報を聞き出そうとするのだ。

「新入りさんが来る日には、いつもあたしを図書室に行かせるでしょ」コーラは言った。

「その人、どこが悪いの？　名前は？」

「モローさんですよ」ミス・スコットは答えた。「さあ、いっしょに来て。いい印象を持ってもらいましょうね」

「ねえ、どこが悪いのか教えてくれたっていいじゃない」

ミス・パーソンズとミス・スコットは顔を見合わせ、かすかな笑みを浮かべた。

「知らないのよ」ミス・スコットは言った。

「だったら、せめてどの程度なのか教えて。ハモンドさんぐらいひどい？」

「いいえ」

「よかった！　ハモンドさんは退屈なんだもの。あたしが院長なら、好きなだけどんどん食べさせて、どうなるか試してみるわ。実際、どのくらい食べられるのかしらね」

内心、同じことを考えていたミス・スコットは何食わぬ顔で愉快な気分を隠し、コーラの腕を取っていっしょに部屋へ入っていった。

「モローさん、こちらがグリーンさんですよ」

「グリーンさん？」ルシールは顔を起こした。目に浮かんだ恐怖がじょじょに薄らいでいった。「グリーンさん？」小柄なおばあさんだわ、怖くもないし、危険でもない。「はじめまして、グリーンさん」

「はじめまして、モローさん」コーラは言った。「なんてきれいな髪をしているの」そう言うと、茶目《ちゃめ》っ気のある笑みを浮かべてミス・スコットを振り返った。あなたならこう言うんでしょ、でも、わたしは騙されないわ。

ミス・スコットは知らん顔で受け流した。「ほんとにすてきね。きれいな色。お二人はきっと仲よくやっていけるわ。モローさん、何かご用のときは声をかけてくださいね。廊下を出たすぐそこにいますから。わたしの名前、憶えてる？」

「スコットさん」ルシールは言った。

「よくできました」ミス・スコットは満足した様子で出ていった。

「あの人、くだらないことをいろいろ言うでしょ」コーラが言った。「そんなふうに訓練されているのよ」

「そうなんですか」ルシールは言った。

「あたしたちの知能を低く見てるの、特にあたしのをね」コーラは思案顔でまじまじとルシールを見つめた。「あなたのこともかもしれないわ。あなた、どこが悪いの？」

「さあ、わからないわ」それまで冷ややかで孤立した気分だったルシールは、突然、すべてをミス・コーラ・グリーンに打ち明けたい衝動に駆られた。わたし、どこも悪くない。ただ、怖いの。想像なんかじゃなくて、恐怖が現実に迫っているの。殺されそうだから。あの人たちの誰かに、わたし、殺される――アンドルー、ポリー、マーティン、イーディス、ジャイルズ、その中の一人に。

ルシールはささやいた。「わたし、身を守るためにここに来たんです」

「誰かに追われてるの？」

「ええ」

「あらあら。みんなそう言うのよね」コーラはがっかりして言った。「グッドリッチ先生にそんなこと言っちゃだめよ。二度とここから出られなくなるから。ここの人たちは、それはそれは疑り深いのよ」

入口からミス・スコットが顔をのぞかせた。「コーラ、コートを着て。お散歩の時間よ」

「今日はやめとくわ」コーラはきっぱり断った。

「ほらほら、いい子だから」

「お昼過ぎから、神経痛が出てるんだもの」

「もう一週間も外に出てないでしょ」ミス・スコットは言った。神経痛が起きていることをコーラが証明するのはむずかしかったが、起きていないことを他人が証明するのも、同じくらいむずかしい。コーラの神経痛は症状が現れる場所もあちこち定まらなかった。歩かなくてはいけないときには足に現れ、作業療法をしたくないときには腕に現れ、気に障ることがあると頭に現れる。

「それに」コーラは続けた。「心臓が弱いし……」

「ばかなこと言わないの」ミス・スコットは取り合わなかった。「軽い運動は心臓病患者にもいいのよ」

「あたしにはよくないわ」

ミス・スコットはそれ以上やり合うことなく、引っこんだ。

「散歩なんてひどくつまらないの」コーラはルシールに説明した。「落ち葉集めみたいなくだらないことをやらされるの。ここの知的レベルはとっても低いのよ」

制服の上に紺色のケープをまとって、ミス・スコットがふたたび現れた。「じゃあね、コーラ。いっしょに来なかったことを後悔するわよ。これからかわいい雪だるまを作るんだから」

「ばっかみたい」コーラは首を横に振って、大きな声で言った。「かわいい雪だるまですって。ばからしい！」

ミセス・ハモンドがすてきな毛皮のコートにくるまり、頭に毛糸のマフラーを巻きつけて、部屋の前を通り過ぎた。その後ろに、顔も服装もそっくりなずんぐりした中年女性が二人続いている。二人は腕を組み、歩調も揃っている。

「フィルシンガー姉妹よ」コーラは声を潜めようともしないで続けた。「今じゃ、どっちがどっちだかわかんないの。少し前までは、メアリーのほうが頭が変だったからわかったんだけど。今はもう、ベティも同じくらいおかしいから」

コーラが二人に手を振ると、双子は顔をしかめて姿を消した。

「メアリーが先にここに入ったのよ」コーラは説明を続けた。「ベティはまともでよく面会に来てたんだけど、数ヶ月前、メアリーと同じ症状が出るようになったの。それで、今は二人ともここで暮らしてるのよ。メアリーがベティの世話をしてて、お風呂にまで入れてあげてるわ」コーラはため息をついた。「なにもかもフロイト的ね。あたしにも妹がいるけど、お風呂に入れてあげるなんて、考えただけでぞっとするわ。妹はかなりがっしりしてて、毛深いの」

コーラは言葉を切って、自分の白い華奢な手に視線を落とした。年齢の割に、身のこなしがすばやく、早口でしゃべる。ルシールは自分の知っている人たちと比べ、コーラは完全に正気だと感じた。

「あなたが今、何を考えてるかわかるわ」コーラは言った。「ええ、そうよ。あたしはまともすぎて、ばかげた世の中ではやっていけないの。だから、ここのほうがいいわけ」声を上げて笑った。「あたしはあたしの場所に、あなたはあなたの場所にね」

建物のどこかで、ベルが鳴り始めた。ルシールはパニックに襲われ、椅子から飛び上がったが、立ち上がらないうちにベルは鳴り止んだ。

「メアリー・フィルシンガーよ」コーラは顔を歪《ゆが》めて言った。「散歩に出るたびにフェンスまで走っていって、脱走警報装置に触り、作動しているかどうかを確かめるのよ。毎回必ずね」

「どうして？」ルシールは尋ねた。

「どうしてですって？　このペンウッドでは、『どうして』なんて質問をする人はいないわ。むだですもの。その代わりに、みごとな一貫性と秩序に注目するのよ。メアリー・フィルシンガーとフェンス、ミセス・ハモンドといつも彼女が口にするあの言葉。それにはすばらしい一つの非論理的なパターンがあって、そのパターンはけっして変わらないの。現実の世の中では見られない、けっして変わらないパターンなのよ」

「フェンス……」ルシールはつぶやいた。「もし、誰かがここに侵入しようとしたら、警報は鳴るのかしら」

「侵入ですって？」コーラは失望の声を上げた。彼女はパターンについて話し続けたかったのだ。ようやく自分をちゃんと理解してくれるルームメイト、自分と同じように世の中を観察できるが、それでもそこで生きていくことには戸惑いを覚える女性を見つけたと思ったのに。「誰がペンウッドに侵入しようなんて考えるの？　逃げ出そうとするのが普通でしょ？」

「わたしはここにいたいわ」ルシールはつぶやいた。

「しっ」コーラは開け放たれたドアのほうに頭を振り向けた。「スコットさんが戻ってくるわよ。そんなこと、あの人の耳に入れちゃだめ。どうして、ここにいたいの？」

「さあ、よくわからないけれど、わたし……怖いの」ルシールは、その言葉が今にも破裂しそうな風船ガムのように喉を押し広げるのを感じた。**誰かに話したら、助けてもらえるかもしれない……。コーラ、わたしを助けて……。**

そのとき、コーラの瞳が興奮してきらめいているのが、ルシールの目に映った。ルシールは椅子にすわったまま身を縮め、胸元で両の拳を握りしめた。

「何も言ってはだめよ」コーラは言った。「ここにいたいなら、グッドリッチ先生になんにも言わないように。質問に答えるのもだめ。一言もしゃべっちゃだめ。一言でも発したら、本心がばれちゃうかもしれないから」

「本心？」

「あなたはここにいるべき人じゃないわ。でも、本当にここにいたいなら、それはあなたの勝手よ。グッドリッチ先生にはなんにもしゃべらないこと」

「こんにちは、モローさん」

（この人の質問にはけっして返事をしてはいけない）

「お部屋に慣れましたか。どうぞ、そこにすわって。スコットさん、あなたはもういいですよ」

（口をつぐんでいること。目。この人は目が二つ以上あるんじゃないかしら）

「おすわりください、モローさん」

(すわったほうがいいのかしら。それで、本心がばれたりするかしら)

「そう、それでいいですね。煙草をお吸いになりたいかもしれませんが、あいにく室内での喫煙は許可されていないんですよ。どうしてだかおわかりですか?」

(もちろんよ。わたしたちを子供扱いしてるから。火遊びをしないかどうか、信用できないんでしょ)

「どうですか?」

(この人、何を差し出しているんだろう。煙草? 違う、ペンだわ。なぜペンを?)

「二、三、決まりきった質問をしますね。このペンでここに署名をしてください。あなたのフルネームは? ところで、今日は何月何日ですか?」

(十二月九日よ、でも言わない。あなたにはつかまらないわよ)

「フルネームは?」

(教えるもんですか)

「何年のお生まれですか? 今、ご自分がどこにいるかわかりますか? これが見えますか? わたしの声が聞こえますか? あなたの服は何色ですか?」

質問は続いた。ルシールは何も言わなかった。グッドリッチ医師はルシールの沈黙を気にも留めず、書くことに専念し、ろくに顔を見ようともしなかった。

ルシールは黙っていれば安心だと感じ、急に勝ち誇った気分になった。簡単だ、この人をごまかすのは何よりたやすい。気持ちが大胆になって、ルシールはデスク越しに医師が書いているものに視線を向けた。驚いたことに、何も書いていなかった。いくつか絵を描いて、ルシールが目に留めるのを待っていたのだ。

そのとき、医師が顔を上げ、二人の目が合った。医師の目は優しいが、いくぶん皮肉っぽく、**わたしを騙そうとしてもだめですよ**、と言っているようだった。

「いいでしょう、モローさん」医師はにこやかに言った。「初日にやりすぎはいけませんからね。スコットさんに部屋まで送ってもらいましょう」

霞の向こうから、ミス・スコットが滑るように近づいてくるのが見える。ルシールは何か安全なものに摑まろうと、思わず両手を出した。

そのまま倒れそうになるのを、ミス・スコットが受け止めた。

「気を失ってます」ミス・スコットは驚いた声で言った。

「彼女をソファーに寝かせて、ストレッチャーを取ってきなさい。今夜の食事は本人が望まない限り、食堂へは行かせないように。それから、グリーンさんをここに寄越してくれ」

十五分後、顔を紅潮させたミス・パーソンズに伴われて、コーラがやって来た。

「なぜ、わざわざこの人に連れてきてもらわなくちゃならないのか、さっぱりわからないわ」コーラは言った。「この建物内の地理には、この人よりずっと詳しいんだから。一人にしたら、あたしがここから出ようとするとでも思ってるのかしら」

ミス・パーソンズはそそくさと退室し、コーラはグッドリッチ医師のところへ飛んでいった。

「それについて、あなたと話したかったんですよ、コーラ」医師は微笑《ほほえ》んだ。

コーラは腰を下ろした。呼吸が荒く、唇から血の気が引いているのを医師は気がかりに思った。

「気分はどう、コーラ?」

「いいですよ」

「もっとゆっくり体を動かすよう習慣づけたほうがいいですね」

「慎重に動くなんて縁がなかったから」コーラは急に頭を上げた。「今さら習慣づけようったって遅いわ」

「あしたは面会日ですね。妹さんがいらっしゃいますよ。荷物をまとめていっしょに帰られたらどうです?」

コーラは医師を見つめた。「ジャネットにも言ったんですか?」

「妹さんからの提案です。ずいぶん家に戻られてないでしょう?」

「帰りたくないわ。もう年だから、始終行ったり来たりするのはたいへんだもの」

「戻りたくなったら、いつでも戻ってきてかまわないんですよ。以前より、ずっとよくなってますから」

「そんなの、嘘だわ。どうして家に帰らせたがるんです？　もう先が長くないから、そうなのね？」

「何をばかなことを言ってるんですか。妹さんはあなたが帰りたいんじゃないかと思ってるんですよ。まあ、あなた次第ですから。ここにいたいなら、わたしたちは大歓迎ですよ」

それは本当だった。ミス・グリーンはこの病院の人気者なのだ。この明るい小柄な老婦人が、機会あるごとに酒癖の悪さを見せつけるとは、まず想像ができないだろう。酒が入ると、彼女の良識の壁は簡単に崩れてしまう。窃盗で二回、風紀紊乱《びんらん》行為で数回、逮捕されたことがある。たいてい、自分が何をしたのか記憶がない。二回目の犯行後、妹のジャネットがペンウッド病院に入院させ、ここから定期的に自宅へ帰るようになった。しかし、うまくいかなかった。心配そうな目でたえず妹に監視されていると、コーラは病院にいるときよりも無責任で落ち着きがなくなる。数日間この監視が続くと、コーラはそこから逃げ出さなくてはいられなくなる。大酒飲みらしい巧妙なやり口を使われると、ビジネスウーマンとしては成功していても想像力に欠けるジャネットには、太刀《たち》打ちできなかった。毎回なんとか家を抜け出して、金を手に入れ、泥酔した。心臓がよくないので、こういう外出はますます危険になっていた。

「どうなるか、わかってるでしょ」コーラは言った。「治ったわけじゃないのは知ってるでしょ」

グッドリッチ医師は何も言わなかった。

「そもそも、どのくらいの人が治るものなの?」コーラは尋ねた。

「多くはないね」

「お酒に手を出す理由がわかればやめられるかもしれない、と思ったものだけど。すっぱりとね」彼女はぱちんと指を鳴らした。「でも、何事も見かけほど簡単じゃないわ。なぜ飲むか、あたしも先生もわかってるけど」

医師はコーラに自由にしゃべらせておいた。彼女の病歴は詳しく知っている。コーラは十五歳で両親を亡くし、五歳の妹と残された。それから二十五年間、自分のことは二の次にして妹の面倒を見た。ジャネットがビジネス界で成功し始めたころ、コーラは坂を転げ落ちていった。記憶力が衰え、状況や対人関係の対応に注意が回らなくなった。それまでしょいこんでいた重い責任を投げ出そうとした。その責任がなくなった今も、その感覚と輪郭は後ろめたさを伴ってよみがえってくる。

「責任はまだあるわ」コーラは言った。「これからもあるわ、死ぬまで……。あら、やだ、深刻になっちゃって。あたし、深刻な人って嫌いよ」

コーラは椅子の肘掛けをつかんで立ち上がった。

グッドリッチ医師は言った。「あした、ラヴァーン先生のところへ行って、検査してもらうといいね」

「検査なんていらないわ、調子はいいもの」

「手配しておきましょう」

「おおげさに騒いでばかばかしい。六十のおばあさんが死んだって、悲劇じゃないでしょ」

「ごまかしてはだめだよ、コーラ。六十六じゃないか」

コーラは笑って背を向けた。「なおさら悲劇じゃないわね」

コーラ・グリーンはそれから二日たって亡くなった。

その週、モロー家の人たちはルシールを見舞い、マグワイアという少年が湖畔に打ち上げられた包みを見つけ、家に持ち帰って母親に見せた。そして、同じ日にエディ・グリーリーの検死審問がおこなわれた。

第七章

生きているあいだも死んでからも、ミスター・グリーリーははた迷惑な存在だった。生前は服役中の数年間、食費と部屋代を州の税金で賄《まかな》ってもらい、路地で死んだあとは、検死審問の費用と、検死官や陪審員、警察医の貴重な時間が費やされることとなった。

警察医の証言では、エドウィン・エドワード・グリーリーは長期にわたるモルヒネ中毒で、体は痩せ衰え、両腿には無数の皮下注射の痕と化膿した刺し傷があった。ズボン（証拠物件としての提出はなし）を詳しく調べたところ、手製の注射器（証拠物件として提出され、陪審員たちの好奇と嫌悪の目が向けられた）を使い、着衣の上からモルヒネを常用していたことがわかる。

検死解剖の結果、死因はモルヒネ中毒と断定された。

検死官は証拠を挙げながら、グリーリーが使用量を誤って過剰摂取したことに疑いの余地はないと述べた（その口調は、それがなんら社会の損失にはならないことも伝えていた）。とはいえ、陪審員が愚かにも他殺あるいは自殺の評決を下すことはいっこうにかまわない、と言わんばかりだった。

陪審員たちは二十分間、退廷した。ミス・アリシア・シェーファーが、ちゃんとした注射器を買ってこないで、あんな注射器を消毒もせずに服の上から使う（想像してみて！）人なら、どんな間違いだってするはずだ、と言ったとき、他の陪審員たちもそれに同調した。

ミス・シェーファーの強力な論理が勝利を収め、エドウィン・エドワード・グリーリーは過失による死亡と法廷記録に記された。

アレン・ホテルのバーテンダーは〈イヴニング・テレグラム〉紙でその記事を読み、サンズ警部のオフィスに電話を入れて伝言を頼んだ。

木曜の夜七時過ぎにサンズが来店し、奥のブースにすわってビールを注文した。

「おれに会いたいって？」サンズはビルに言った。

「ええ、グリーリーが死んだって新聞で読んだもんで」

「友達なのか？」

「まさか。わかってるくせに。二日前の晩、ここに来てたんですよ。死んだ晩にちがいない。火曜の夜」

「それで？」

「通りを行ったところの売春婦を連れてたんです。シャンパンを注文して、五十ドル札で支払った」

サンズが関心を示さないので、ビルはやきもきして続けた。「たいしたことじゃないかもしれないけど、やつがなんか金づるでも摑んだように思えたんですよ。これからはきちんと金が入ってくるみたいなことをぺらぺらしゃべってましたからね。警部さんの耳に入れといたほうがいいんじゃないかと思ったんで」

「そいつはありがたい」

「たしかに、ちゃんと金を持ってましたよね。精一杯めかしこんで」

「その売春婦っていうのは誰なんだ？」

「スージーです。通りの先のフィリスのところにいる、赤毛の大柄な女ですよ。いい娘《こ》ですよ。あの娘を悪く言うのは聞いたことがないな。ときどき手に負えなくなるが、悪いやつじゃない」

「ここへはよく来るのか？」

「たまに」

「話を聞きたいな。渡りをつけてもらえないか？」

「そいつはちょっと……。女房も家族もいるんですよ。おれが女を買ったりしないのはわかってるでしょう。うちのやつの耳にでも入ったら……」

「電話を使えばいい」

「なるほど。それならいいですよ」彼は立ち上がった。「いくらか金がかかりますが。商売の話だと言っておきますから」

「いい考えだな」

「五ドル出せますか?」

「いいよ」

ビルは事務所に入っていった。宿の支配人に五ドルの仕事だと言って、スージーを呼び出してもらった。

「スージーかい? アレンのビルだよ」

「あら、なんの用? それとも、内密な話なの?」

「ここに客がいてね、五ドル出すそうだ」

「こんな悪天候の夜に五ドルぐらいのためにわざわざ出ていくのはごめんだわ」

「グリーリーのこと、新聞で見ただろ? やつは旅立った。飛行機に乗ってどっかへ行ったって意味じゃないよ」

「まあ、そうなの」スージーは考えこんだ様子でそう言って、電話を切った。

十五分ほどたったころ、彼女が店に現れた。急いで身支度をしたらしく、髪もとかしていなかったし、口紅は取れかかっていた。

ビルは彼女を奥の席へ連れていき、サンズに引き合わせた。スージーは上から下までサンズをじろじろと眺めた。

「冗談はいいかげんにしてよ」

「おい、サンズさんにそんな口の利き方をするもんじゃない」ビルが言った。「いいか、サンズさんは……」

「スージーだね。まあ、すわって」サンズが言った。「きみに危害を加えたりしないから」

「そんな意味で言ったんじゃないわよ。あたしが男の人にそんなこと言うはずないじゃない。あたしが言いたいのは、あんたはそんなタイプじゃないってこと」

「どうしてわかるんだ？」ビルが睨《にら》みつけた。「サンズさんは服を脱いだら、筋骨隆々とした体なんだぞ。そうですよね？」

「もう行っていいよ」サンズはビルの顔を見ないで言った。

「はい、はい。行きますよ」

ビルがいなくなると、スージーは腰を下ろした。「なんの冗談？」

「訊きたいことがあってね。グリーリーのことだ」

「わかった、警官なのね？」

「ああ、そうだ」

意外なことに、彼女は椅子に寄りかかって微笑《ほほえ》んだ。「安心したわ。今夜は疲れてるの。それに、内緒にしなくちゃならないようなやましいことは何もしてないから」

「グリーリーとは長いつきあいなのか？」

「そんなに長くないわ。二ヶ月ぐらいかな、まあ商売上のつきあいだけよ。あいつ、けちなの。ところが、火曜の晩は一晩つきあえって十ドルくれて、しかも泊まってもいかないんだから、もうびっくり。二人でこの店に二時間ぐらいいたかな。で、何を飲んだと思う?」

「シャンパン」サンズは答えた。

「そうなのよ、驚いたわ。かわいそうに、きっとそれが体にこたえたのね。死んじゃったってビルから聞いたけど」

「そうなんだ」

「あの人と知り合い?」

「個人的には知らないよ」

「麻薬中毒なの。桟橋を離れたあと、自分で射《う》ってたわ」

「何時ごろだった?」

「十二時前後ね」

「そのあとは?」

「タクシーであたしをうちまで送ってくれたわ」スージーはそっけない口調で言った。

「信じられないよね、まったく。人と会う約束があるとも言ってた。エディは一晩中、大口たたいてたのよ。笑っちゃうでしょ。エディが達者なのは、酔っ払いから何かくすねることぐらいだもの。あの五十ドルだって、そうやって手に入れたに決まってる」

サンズは女に五ドル手渡した。苦笑いを浮かべながら、彼女はそれを受け取った。「楽な仕事ね。いつもこうやって話をするだけで金がもらえたらいいのに。あっちが目当てじゃなくってさ」

サンズは立ち上がって、帽子をかぶった。「おやすみ、おかげで助かったよ」

「あら、残念。帰っちゃうの？」

「ああ、約束があってね」

その約束の相手が死体安置所のミスター・グリーリーであることは言わなかった。グリーリーはまだ引き取り手がなく、誰か現れるまで寒々とした安置所で長いあいだ待つことになる。

死体安置所の係官は、ファイル・キャビネットの引き出しを開けるように、台を引っ張り出した。

「わたしもここにいましょうか？」

「いや、けっこうだ」サンズは答えた。顔は青ざめ、遺体を覆っているシーツをはずそうとしたとき、手は震えていたが。

安置所は静寂そのものだ。通りの物音は壁に遮られてまったく聞こえず、白い天井灯が静けさを際立たせている。照明にも動きや音があればよいのだが、室内の動きはシーツがすべり落ちたことだけで、音もサンズの息づかい以外、何も聞こえなかった。

天井灯はグリーリーの遺体を容赦なく照らし出していた。その冷徹な目は、飛び出した骨格や不格好な足、割れて汚れがこびりついた足の爪、肉が落ちて少し湾曲した毛深い脚を凝視している。遺体の洗い方もいい加減だし、解剖のあと、胸部におがくずを詰めて縫い合わせた者も同じようなおざなりの仕事をしていた。

グリーリーは最初から最後まで厄介者で、今も葬儀代を払ってやろうとする者もいない。

「グリーリー」サンズは声をかけた。

それがグリーリーにかけられた唯一の追悼の言葉だったが、相手が警官だと知ったなら、本人はけっしてうれしくはなかっただろう。

サンズはかがみこみ、勇気を奮い起こして冷たい死体に手を触れた。

そのあと、検死官の助手の一人、サットン医師に電話をかけた。

「エドウィン・グリーリーを今、見たところだが」

「グリーリー？　ああ、事故死した男ですね」

「左の上腕に注射の痕があるのに気がついたかい？」

「さあ、どうでしたっけ。なにしろ注射痕だらけで、あれでよく歩けたものだと思いましたよ」

「こいつは腕にあって、ほとんど目立たないやつだ」

「それがどうかしたんですか？　検死審問は終わったし、証拠は問題ありませんでした。事故にしろ自殺にしろ、こうなったらたいして変わらないでしょう。それとも、殺しだとでも思ってるんですか？」

サットンは信じられないと言いたげな苛立った口調で続けた。「サンズさん、わたしのことはわかってるでしょう？　いつだって他殺の痕跡には目を光らせてますが、このケースにはその可能性はないですよ。グリーリーとも顔見知りで、二年前に、やつが中毒患者であることを証言させられたこともあります。あいつは疑り深い男でした。やつがぼさっと立ってるあいだに、致死量のモルヒネを射たれたとでも思ってるなら……」

「致死量かどうか、どうしてやつにわかる？」サンズは穏やかな声で訊いた。「それから、もう一点、納得のいかないことがある。火曜の晩、夜中の十二時ごろ、モルヒネを注射していることが新たにわかった。死体が発見されたのは翌朝六時ごろで、死後三時間ってところだったな？」

「そうです」

「ちょっと考えてみてくれ。急ぐことはない、グリーリーはもう逃げやしないから」

長い沈黙が流れた。

「そうですね」サットンがようやく答えた。「そういうことですか。時間的におかしいですね。もし、やつが十二時に射った薬で死んだのなら、すぐには死ななかったことになる。

ということは、命を奪ったのは十二時の薬じゃない」

「時間的なことをさらに考えれば」サンズは言った。「グリーリーはなぜ二時間後にもう一回射ったりしたんだろうか。中毒患者は薬をむだにはしないものだ。グリーリーは十二時以降に人と会う約束があった。そのために薬の力を借りようとしたらしいが、そのあとで誰かが追加の薬を射ったんじゃないか」

ミスター・グリーリーの一件は金曜の朝、非公式にではあったが、捜査が再開された。

同じ金曜の朝、グッドリッチ医師は電話でアンドルーに二回目の報告をおこなった。

「この段階ではっきりしたことを申し上げるのは難しいです。婦人科医であるあなたも、更年期にさまざまな精神の不調を訴える患者をたくさん診察なさっていると思います。通常、その症状はごく軽いものです。不眠や性に関する潜在的なものによる悪夢、周期的にヒステリックになったり、気分が落ちこんだり……」

「家内の場合もそうだとお考えですか？」アンドルーが尋ねた。

「率直に申し上げると、そうは思いません。もちろん、それによって症状は強められているでしょう。しかし、奥様の場合は何かひじょうに強いショックを受けた後遺症のように思われます。放心状態にあり、極度に怯えていらっしゃいます。ここは安全だからここから出たくない、と思っているようです。退院を望まない患者はたくさんいますので、珍しいことではありませんが、たいてい入院期間の長い患者たちで、同じ日課をくり返すここでの生活を終わらせ、変化の激しい外の世界に出て行くのが難しい人たちです。ところが、奥様はまだいらしたばかりで、ふつうそういう患者さんはここから逃げようとするものなんです。発病前の状況について、全部正直にお話しくださったのですよね？」

「知っていることはすべてお話ししました」アンドルーは力のない声で答えた。「妻はメイド二人と家にいて、男が一人小包みを届けに来たそうです。中身については誰も知りません。家を出るとき、妻が持って出ましたから」

「お二人のあいだに何か問題はなかったのでしょうか。奥様ぐらいの年ごろだと……」

「問題などまったくありません。結婚して十五年になりますが、ルシールは考えられる最良の妻です。わたしも――いえ、わたしはどんな夫なのかよくわかりませんが、妻は幸せそうにしていました」言葉を切って、静かに言い添えた。「とても幸せそうに思えました」

「奥様の恐怖心は」グッドリッチは言った。「入院患者によく見られるような理不尽で激しいものではありません。ですから、今日の午後、ご家族で面会にいらしていただくのも効果的なのではないかと思っています。よく話し合えば誤解も解けるのではないか、と。もっとも、逆のケースもあることはご承知いただけますね」

「わかっています。妻は――妻はわたしたちに会いたがるでしょうか？」

「それについてはちょっと問題があるかもしれませんが、これまでのところ何事にも協力的ですので、説得できると思います」

「では、もちろん伺います。妻を助けるためならどんなことでもしますので」

「奥様の様子がおかしくなったのはその小包がきっかけのようですね。何が入っていたのか知りたいものです。まだ直接、奥様には訊いてはいません。普通の質問にも答えようとはなさいませんから。わたしの考えでは、何か昔の思い出につながる品物で、それを目にしたことで罪責複合観念が強まったのではないかと考えています」

「できることはなんでもします。なんとしても妻を救いたいのです。実は、今日の午後、娘が結婚することになっていました」

「それはお気の毒なことで……」グッドリッチは言った。「三時がよろしいでしょう。では、のちほど」

タクシーが敷地内に入ってきた。ジャイルズは体をかがめてスーツケースを持ち上げた。

「じゃ、さようなら、ジャイルズ」ポリーが言った。「あなたと知り合えて楽しかったわ」

「やめてくれよ」彼はスーツケースから手を離した。どすんと下に落ち、雪煙が上がった。

「二人の付き合いを白紙に戻すつもりかい?」

「逃げ出す人は嫌いなの」

「遠くまで行くわけじゃない。ただフォードホテルへ行くだけじゃないか。ここにはもういられない、ぼくが邪魔になってるのはきみだってわかってるはずだろう」

「この数日間で、あなたはずいぶん変わったわ」ポリーは苦々しげに足元を見つめながら、靴の先で雪をこすった。「これまではそんな礼儀知らずなことばかりする人じゃなかったのに」

「ここにはもういられないんだよ」ジャイルズはくり返した。「自分がどうしようもない間抜けに思える。花婿は孤立無援で、援軍はみんな食事に出かけている」彼は寂しそうにポリーを見つめた。「コートも着ないでそんなところに立ってちゃだめだよ」

タクシーのクラクションが響いた。

「急ぎなさいよ」ポリーはきっぱりした声で言った。

「ポリー、着いたら電話する」

彼女は冷ややかな目でジャイルズを見つめた。「なんのために?」

彼は顔を近づけてキスをしようとしたが、ポリーは顔を背《そむ》けた。両手で彼女の肩を掴み、ジャイルズはふたたび自分のほうに向かせた。

「いいかい、きみはぼくを誤解してる。ぼくはきみのお父さんとは違うんだ」

「ここで父のことなんか持ち出さないでよ。父のほうがずっとりっぱよ。あなたは父のようにはなれっこないわ」

「ぼくが言いたいのはそれだよ」静かにさとした。「お父さんは大人物だから、家で女性たちにいいようにされても気に留めない。でも、ぼくには無理だ。それができるなら、波風立てないようにこのまま滞在し、来るものはなんでも受け入れているだろう。ポリー、なんでもかんでも自分の思いどおりにできるわけじゃないんだよ」

「あら、そう?」

ジャイルズはもう一度スーツケースを取り上げた。「用があるときは、ぼくの居所はわかってるね」

「ええ」

ポリーは背を向けると、振り返ることもなく家のほうへ歩いていった。途方に暮れたジャイルズは「くそっ」と言って大股でタクシーに近づき、ドアを開けた。

ポリーは重い足取りでリビングルームに入り、目に怒りをたぎらせながら、暖炉の上にあるルシールの小さな写真を睨みつけた。

「あんたのせいよ」歯を食いしばった。「あんたのせいでこうなったんだからね。いつだってなにもかも台なしにするんだから」

二間続きの広い作業療法部には、大きな窓から日の光がたっぷり差しこんでいた。指導員のほかに看護師が二人いるが、制服の上に明るい色のスモックを着ているため、親しみやすい気楽な工房といった雰囲気だ。

片隅に、柳材の繊維が浸かっている桶があり、そのわきにミセス・ハモンドが立ち、縦型のフレームに柳の糸を張っていた。細かいことは気に留めず、縒《よ》り糸を乱暴に振り回して楽しんでいるようだ。

「ほら、ほら、ハモンドさん」指導員が声をかけた。「もう少しゆっくりやりましょう」指導員はルシールのほうを向いた。「ハモンドさんはランプ台を作っているんですよ。上手でしょう?」

「ええ」ルシールは答えた。

ミセス・ハモンドは振り回し続けている。

「モローさん、何かやってみたいものがあるなら……」

「いいえ、特に何も」

「ほら、コーラ」部屋の向こう側から指導者が注意した。「作業に戻りましょう。モローさんにあなたのすてきな絵を見せてあげて。きっと気に入ってくださるわ」

「あたりまえでしょ」コーラはすまして言った。

彼女には専用の小さなスペースがあって、そこには麻布を張った木枠が置いてあった。隣のテーブルには小さなボウルに入ったマカロニや大麦、米などの食料品が並んでいる。

「こういうものを麻布に糊で貼っていくんです」指導員はルシールに説明した。「貼り終わったら色もつけます。目を見張るほどの作品もあるんですよ。コーラはあまり熱心とは言えませんけど」

「大事なのは熱心かどうかじゃないでしょ」コーラはウインクしながら言った。「芸術的なひらめきと広がりだわ」

「たしかに、十分な広がりがあるわね」木枠の上にばらばらにまき散らされた米や大麦に目を向けて、指導員は言った。「何ができあがるのか、まだわからないけれど」

「ジェイムズ・ジョイスの『ユリシーズ』を絵画的に表現したものよ。前に話したでしょ。素材がこの作品にぴったりなの」

指導員は口ごもった。「まあ、そういうことなら……モローさん、あなたもこういうのをやってみたらいかが?」

「いっしょにこれをやるといいわ」コーラが言った。

「モローさんに自分で答えさせてあげましょう、コーラ。失礼にならないようにね」

「わかりました」ルシールが答えた。「いいですよ」

ミセス・ハモンドが柳を振り回す手を止め、真剣なまなざしで器の中の食べ物を見つめていた。看護師の一人が静かに部屋の向こうからやって来て、彼女のわきに立った。

「食べ物と着る物をもっとちょうだい」ミセス・ハモンドは例の言葉をつぶやいた。「食べ物と……」

「ハモンドさん、朝食を食べたばかりでしょう。あとで、お昼の食事を出しますからね。

本当に上手な作品が……」

「……食べ物と着る物を」

看護師は木の繊維を一本つまんで手渡した。ミセス・ハモンドはそれを払い落とした。柳はヒューンと音を立てて空を切り、看護師の脚に当たった。

「食べ物と着る物をもっとちょうだい」

「わかったわ、いらっしゃい」

看護師が友だちのようにミセス・ハモンドの腕にしっかり腕を絡ませて、二人は部屋から出ていった。

「あの人は面会日になるといつも具合が悪くなるのよ」コーラが説明した。「だんなさんが会いに来るの。ほら、手を動かして作業しているふりをして。そうすれば、先生におしゃべりの邪魔をされないから」

ルシールはボウルからマカロニを一つ選び、指でつまんだままぼんやり見つめた。マカロニが目の前で膨らんでいく気がした。これが自分のこの先の生活を象徴しているようだ。

わたしは一生……と、ルシールは考えた。わたしは一生……。そのあいだも近くでコーラの声は続いていた。「ハモンドさんは裕福なユダヤ人の家に生まれたのよ。事務員か何かの男と結婚したんだけど、ユダヤ教徒じゃなかったために実家から勘当されてしまったの。二人は貧しい暮らしをしていて、お産で赤ちゃんを亡くしたんですって。赤ちゃんが亡くなったと聞かされて以来、あの言葉しか言わなくなったのよ。面会日にはだんなさんが来て、話しかけるんだけど、聞こえてるんだかどうだか。あの人は長いあいだここで暮らしているのよ」

長いあいだ？　ルシールは思った。わたしもそうなるわ。

「あなた、聞いてないの？」コーラが言った。

「聞いてるわ」

「ハモンドさんはだんなさんにひもじい思いをさせられ、赤ちゃんも殺されたと思っているにちがいないわ。それだけじゃなく、宗教を捨てたことで自分を責めてもいるんでしょうね」

双子のフィルシンガー姉妹がミス・スコットといっしょに入ってきた。聞こえてきたやり取りから、どちらがどちらなのかすぐにわかった。

「ベティをここに来させちゃだめだって、院長先生に何百回も言ったでしょ」彼女は頭をのけぞらせて叫んだ。「院長先生、院長せんせーい！」

「静かにして、メアリー」ミス・スコットが注意して、ベティのほうを向いた。「ベティ、気分はどうなの？」

「いいわよ」ベティはうつろな表情でつぶやいた。

「無理して言ってるのよ」メアリーが叫んだ。「具合がよさそうには見えないでしょ。顔色がよくないのはどんなお馬鹿さんだってわかるわよ」

彼女はベティの薔薇《ばら》色の頬を撫でた。

指導員がもう一つの部屋のほうからやって来た。

「メアリー、急がないなら、シムズさんにあなたのタオルを仕上げてもらいましょうね。今ちょうど端をかがっているところなの」

メアリーはふんと鼻を鳴らした。「さあ、ベティ、いらっしゃい。転ばないように気をつけて。こんな状態でここに降りてきちゃいけないんだから。転ばないでよ」

「気分はいいわよ」ベティは言った。

「そんなに強がらなくていいのよ。シムズさんにぶたれないなら、今すぐにでも院長先生に訴えに行くんだけど。まったくもう。ねえ、スコットさん、わたし、間違ってないでしょ?」

「ええ、間違ってませんよ」ミス・スコットは答えた。

午前の時間は過ぎていった。ときおり、院長を呼ぶメアリーの大きな声が響き渡る以外、作業の妨げとなるものはなかった。ルシールとコーラは指導員によって巧みに引き離され、ルシールはミセス・ハモンドが置いていったランプスタンドに心を惹かれた。なめらかで曲げやすい柳の繊維の感触が気に入り、自分の手で何かを作る喜びを何年ぶりかで味わった。昼食を知らせるベルが鳴るころには、自分が今いる場所も、一生ここで暮らすことになっているのも忘れかけていた。

「下へは行かないわ」ルシールは両わきに垂らした手を握りしめて、自分の部屋の窓辺にたたずんでいた。「誰にも会いたくないの」

「あら、そんなこと言わないで」ミス・スコットが促した。「今日はみなさんに面会のかたがいらしてるのよ。あの双子の姉妹にも。ここにいたら、あなたはひとりぼっちになってしまうわ。それに、ご家族がこんなすてきな薔薇を送ってくださったのだから……」

「薔薇は好きじゃないわ。誰かにあげて」

家族がこんなに気安く堂々と会いに来るなんて、ルシールは思ってもみなかった。家族の誰かが真夜中にこっそり忍びこみ、部屋を突き止め、自分を痛めつけに来ると想像していたのだ。ところが、今、みんなでここに来ている。何事もなかったかのように薔薇の花を送り、ここが普通の病院で、ちょっと体をこわした入院患者を見舞うふりをして下で待っている。

「誰でも最初は家族と顔を合わせるのは難しいものですよ」ミス・スコットは続けた。「でも、あなたが一歩踏み出せば、とてもいい結果になると思いますよ」

「ハモンドさんみたいに?」ルシールは言った。

ミス・スコットは一瞬、表情をこわばらせた。「コーラが余計なことをしゃべったようね。あなたはご主人に会いたくないの？」

ルシールは両手を胸元に当てた。**アンドルーに会いたい。いっしょに家に帰って、一生ほかの誰とも顔を合わせずにあの人とだけ暮らしたい。**

「会いたくないわ」ルシールは答えた。

「わかりました、グッドリッチ先生にそう伝えましょう。あなたはここにいてけっこうよ」

ミス・スコットが出ていくと、ルシールはベッドの端に腰を下ろした。意識がぼんやりしている。体は起きているし、目も開いているが、眠っているも同然だった。心は苦痛に悶え、悪夢が波のように押し寄せてきた——いくつもの小さな顔、柳の指、血の薔薇、衣類、米粒、スプーンの数は数えましたか、看護師さん？　表面が硬くなったマカロニの死んだ皮膚、できるだけ期待に添うよう上手にやること、あの薔薇はわたしのなの？　わたしの？

柳は桶の中で溺れていた。柔らかくなった死んだ柳の髪と頭痛が水に浮かんでいる。

院長先生！

こんなにすんなりと、かわいらしく、死んでいる。来て、コーラ、こっちへ来てよ、コーラ。

院長せんせーい！

葡萄《ぶどう》の目がつぶれ、腐った鼻が壁に飛び散り、今日のスープは気に入るはずよ、柳が浮かんでいるのよ、ねえ、看護師さん……。

ルシールはいきなりかがみこむと、嘔吐し始めた。

ミス・スコットが駆けてきた。「モローさん！　さあ、頭を低くして。頭を下げてね」

彼女はルシールの頭を膝に押しつけた。「深く息をして。そう、そうですよ。すぐによくなりますからね。きっと食べ物のせいだわ」

ミス・スコットの手が離れると、ルシールはゆっくり頭を起こした。ミス・スコットがそこにいるのがわかった。こちらを見て、話しかけている。だが、実際にはそこにいなかった。彼女は白い煙のように、手で払うこともできるし、ふっと吹き飛ばすこともできる。ミス・スコットなんか気にすることはない。そこにいないのだから何もできやしないのだ。

「お水をいかが、モローさん。さあ、口の周りを拭きましょう。唇を嚙んでいるわ。気分はよくなりました？」

（くひびるをかんらの？）

「さあ、これを飲んで。下へ行って家族に会おうとしないから気分が悪くなったんですよ。おうちのかたたちはあなたのことを心配なさってるんです。わかるでしょ？　あなたもご家族に心配をかけたくはないですよね？」

ミス・スコットは返事を期待しているわけではなかった。ドレッサーまで行き、櫛《くし》を取ってくるとルシールの髪をとかし始めた。それから、ルシールの衣服にもブラシをかけ、ベルトの位置を直した。ルシールは関心を示そうとはせず、されるがまま、部屋の外へ連れ出された。

「おうちのかたと会うのは談話室ではなく、グッドリッチ先生の診察室のほうがいいだろうということになりました。さあ、着きましたよ。一人でお入りになる？」

ルシールは首を左右に振った。一度だけ振るつもりだったが、動きが止まらなくなり、いつまでも首を振り続けていた。ミス・スコットがさっと手を伸ばして、頭を押さえた。

ドアが開き、グッドリッチ医師が姿を現した。ミス・スコットは医師を見て眉をひそめ、気づくか気づかない程度、ルシールのほうに頭をかしげた。

「そうか」医師は言った。「モローさん、お入りなさい。ご家族のみなさんがいらしてますよ」

アンドルーが歩み寄って頬にキスをした。ほかの人たちはどう振る舞えばいいかわからず、身を固くして革製のソファーにすわっている。

そのあと、イーディスも立ち上がってやって来た。

「まあ、ルシール」これまでのように一瞬、頬を触れ合った。

ルシールは立ち尽くしたまま、手で頬を拭った。

（あなたの家族よ。少なくとも、その人たちはあなたの家族だと言ってるわ。背の高い男性は少しアンドルーに似たところがあるわね。でも、あの若い女は誰？　それから若い男の人も誰かしら。キスをしたもじゃもじゃ頭の鬼婆は？　まあ、なんて冗談でしょう。でも、ちゃんとわかっているわ）

「こんにちは、ルシール」

「また会えてうれしいよ」

「こんにちは、ルシール。すてきな髪型ね」

「モローさん、おすわりください」

「わたしたち、とっても心配してたのよ。あなたが何も言わずに……」

（あの鬼婆はイーディスじゃない。声は細くて甲高《かんだか》いイーディスの声だけれど、イーディスはこんな顔じゃない。黄味がかったかさかさで皺《しわ》だらけのミイラみたいだわ。でも――でも……）

「イーディスなの？」ルシールは苦痛と戸惑いに顔を歪《ゆが》めた。「イーディスなの、あなた？」ゆっくり室内を見回した。「あなたはアンドルー？　あなたはポリー？　それにマーティン？　驚いたわ。みんなが来るなんて知らなかった」

（何かがおかしいけれど、大事なことじゃなさそうだわ。あとでゆっくり考えればいい）

「びっくりしたわ。わたし、まごついてしまって」

アンドルーは椅子を運んできて、ルシールがすわるとそのわきに立ち、力強い手を妻の肩にしっかりとのせた。

「何か困ったことがあるなら」アンドルーは優しく言った。「わたしたちに打ち明けてくれ。そのための家族なんだから」

「すっかりまごついて……それに、疲れてるの」

「わたしたちを頼りにしていいんだよ。何があったにしろ、おまえが思っているほどたいしたことじゃない」アンドルーはポリーとマーティンにも視線を向けた。「ポリー、マーティン、おまえたちからもみんなで支えると言ってやってくれ、たとえ何が……」

「もちろんよ」ポリーはよそよそしい口調だった。「ルシールだってわかっているはずでしょ」

「あたりまえじゃないか」マーティンも言ったが、部屋の反対側にいるルシールを見ようとはしなかった。

「何があったのか、話してもらえない？」イーディスが甲高い声で言った。「謎だらけなんだもの。死ぬほど心配したのよ。あの男はいったい……」

「とても疲れてるの」ルシールは言った。「失礼させてもらうわ」

ルシールは腰を浮かせた。

「そんなこと言わないで」アンドルーは肩を摑む手に力をこめた。「お願いだ！」

ルシールはいきなり叫び声を上げると、彼の手を振りほどいてドアに向かってかけ出した。廊下に出るとすぐに、グッドリッチ医師が現れ、彼女の横に寄り添った。

イーディスはアンドルーにしがみついた。爪が食いこむほど彼のコートの袖を摑み、体を震わせ、声もなくすすり泣いている。「帰りたいわ、アンドルー。お願いだから家に連れて帰って。怖いわ！　あの人――あの人、ほんとに頭がおかしくなってる！　わたしもいつかあんなふうになるのよ、きっと。同じ年ごろだし……」

「落ち着きなさい」アンドルーは不快そうに口を歪めて彼女を見た。「おまえのように分別のない人間はまず分別を失ったりしないよ。プラス・マイナス・ゼロだ」

マーティンは煙草に火をつけた。マッチの炎を眺めることで大切なことがわかるとでもいうように、じっと見つめている。

「結果論でどうこう言うのは嫌いだけど」マーティンは言った。「ぼくたちはルシールのことを軽く考えすぎていたんじゃないかな。ここへ来るべきじゃなかった。ポリーとぼくが一度だって心を許していたわけじゃないのを、ルシールはわかってる。誰かが悪いわけではなく、たまたまそうなっただけなんだけど。もし、彼女が月曜日にぼくたちから逃げ出したのなら、金曜日に心の内をすべてを打ち明けるなんて無理でしょう」

ふてくされて足元の床に視線を落としているポリーを、マーティンはちらりと見た。

「ポリーのあの晴れやかな笑顔がみんなを幸せにしてくれるわけじゃないからね」

「自分の顔を見たらどう？」ポリーが言い返した。

「見てるよ。高い基準に届いてないのは認めるよ。でも、ぼくは努力してる。努力面ではA評価だ」

「ああ、いやだ！」イーディスが声を張り上げた。「この二人はまた口げんか。ここがどういう場所かわきまえもしないで。それに、ルシールがかわいそう。この二人にとって、彼女のことなどどうでもいいみたいじゃないの」

「どうでもよくはないわ」ポリーは乾いた笑みをちらつかせながら言った。「気がついてないの？ どうでもよくないから、あたしは今日結婚しなかったし、あたしの婚約者は同じ家にいることさえできなくなったのよ。ルシールがなにもかもめちゃくちゃにしてくれたから」

「泣き言いうなよ。ジャイルズは気を利かせて事態が落ち着くまで距離をおいてるだけだ」

「そうでしょうね」ポリーは肩をすくめた。「とても気が利く人だから」

「まるで花婿に逃げられた花嫁みたいな口ぶりだな」

「どんな口の利き方をしろっていうの？ しばらく、あたしについててくれたってよかったじゃない。せめて……」

マーティンの声がポリーをさえぎった。「いつからそばに付き添っててくれって人に頼むような女になったんだ？ そんなことを望む女に」

「およしなさい！」イーディスがたしなめた。「言い争いはやめて。みっともないでしょ」

グッドリッチ医師が部屋に戻ってきた。

「残念ですが、患者さんには部屋に戻ってもらったほうがいいと思います。午前中に比べて、具合がよくないようで」医師は気の毒そうにアンドルーに視線を向けた。「こんな結果になり、申し訳ないです。ただ、こういうケースは試行錯誤をくり返すことでしか先が見えてこないもので。現在の精神医学は、いろいろ分類され、法則もたくさんあるのですが、例外のほうがはるかに多いのです。どうか性急に結果を求めないようお願いします」

「わかりました」アンドルーは静かに答えた。

「それから、当面はどなたとの面会も控えていただきましょう」

「わたしも来てはいけないということですか？」

「適切な時期が来たらご連絡いたします。それまでは、花や果物や小さなプレゼントなどを贈られるのがよろしいでしょう。みなさんから気にかけてもらっているのが伝わりますから」

「気にかけていますとも」ポリーが言葉を挟んだ。「ほかのことが考えられないくらいに」

おかしな娘だ、とグッドリッチ医師はちらりと思った。医師はアンドルーと握手を交わした。「ところで、もし町まで車でお帰りになるなら、一人同乗させてもらいたい人がいるのですが」

「かまいませんよ」

「つらい思いをされましてね。入院されている彼の——身内のかたが騒ぎ出して、顔にひっかき傷をつけられたんです。ちゃんと家に帰ってもらいたいので」

「喜んでお送りいたしますよ」

廊下で、看護師が貧相な痩せた男と立ち話をしていた。男は両手をポケットに突っこみ、疲れてしまいこれ以上頭を支えきれないといったようすでうなだれている。

「ハモンドさん」グッドリッチ医師が声をかけた。「モロー先生が町へお帰りになるので、あなたを乗せていってくださるそうです」

ハモンドは頭を起こした。顔に血の気がなく、目につく色は真っ赤になった目の縁と頰に走る長い赤い三本の筋だけだった。

「ありがとうございます」かすれた声で言った。「どうもご親切に」

ハモンドは誰とも目を合わせなかった。全身が痛そうな重い足取りで廊下を歩いていった。

第八章

「子供連れの夫婦が来てるんですが」受付の巡査部長からサンズに電話が入った。「突拍子もない話をしてるもんで、どこに回したらいいかわからなくて」

「こっちに回したいんだな」サンズは言った。

「そちら向きじゃないかと思いまして」

「よこしてくれ」

マグワイア一家はサンズのオフィスへ案内された。十歳ぐらいの少年は利発そうだが、警察の雰囲気にすっかり呑まれていた。やり手らしい母親に促されてオフィスに入ってきた。

一家は中流階級の下位に属し、実直だが自信なさそうにも見える。こういう人たちは、自信を持たせてやらないと攻撃的になることがあるのをサンズは心得ていた。

「これでよかったのかどうかわからないんですけど」ミセス・マグワイアが大きな声で言った。「ジョンにも言ったんですよ、電話ですむかもしれないけれど、直接出向いたほうがいいかしらって」

「じかに話を伺えるほうがはるかにありがたいですよ」サンズは言った。「こうやって来てくれる人はめったにいませんが」

率直な口ぶりだが、ミセス・マグワイアも同じだった。彼女はかなりリラックスしてようやく腰を下ろしたが、椅子に何かが仕掛けてあるとでも思っているようなすわり方だった。

「実はこういうことなんです。今朝、トミーが外で遊んでいました。土曜日で学校は休みですし、息子はときどき湖まで出かけます。どういうわけか、この子は水が好きで、魚みたいに泳ぐんですよ。泳ぎに連れていったことなんかないのに」

「ぼくに話させてよ」トミーが言った。「ぼくが話すってば」

「おまわりさんの前でお行儀よくしてなきゃだめでしょ！　おとなしくしてなさい」ミセス・マグワイアは、ハンドバッグを開けて新聞紙に包んだ物を取り出し、触れたくない様子で机に置いた。「あたしが新聞紙で包みました。箱の中身を見たあと、うまく元どおりにできなくて……」

「そうじゃないよ」少年が言った。

「お母さんに向かってその口の利き方はなんだ！」父親がとがめた。

「ぼくが水辺で見つけたんだよ」少年は両親を無視して話し始めた。「あそこでよくいろんな物を見つけるんだ。五十セント玉を見つけたこともある。だから、この箱を見つけたとき、中にいい物が入ってるんだろうと思って持って帰ったんだ」

「最初、自分の目が信じられませんでした」母親が興奮した口調でまくし立てた。「それが何かもわからないくらいで。水に浸かってすっかり膨らんでいたんです」

サンズが新聞紙を開けると、ぐっしょり濡れて、今にもばらばらになってしまいそうなボール箱が現れた。ミセス・マグワイアは顔を背《そむ》けたが、少年は食い入るように見つめていた。

数分後、サンズはサットン医師のオフィスにいた。

「ちょっとこれを見てもらいたいんだ」

サットンは差し出された物を見た。「墓場から盗んできたんですか？」

「なんだと思う？」

「指ですね。正確に言えば、人差し指、おそらく男の指で、専門家に切断されたものでしょう。骨がひどく砕けている。そのせいで切断しなくてはならなかったんでしょうね」医師は顔を歪《ゆが》めた。「見られたもんじゃない。持って帰ってくださいよ。冗談はおしまいにして」

「まだ始まったばかりだよ」サンズは言った。

「そんなもの、どこで手に入れたんです？」

「男の子が水辺で見つけたそうだ。誰かが湖に投げ捨てたのが波で押し戻されたんだろう。

そんなに長いあいだ浸かっていたわけじゃないと思う。でなきゃ、箱がばらばらになってたはずだから」

「持ち主の死体は見つかりましたか？」

「いや、まだだ」サンズは答えた。「もしかしたら、死体の指じゃないのかもしれない」

「そうですね。今ごろ、持ち主が捜し回ってるかもしれませんよ」

「吐き気がしそうなユーモア感覚だな」

「しかたないですね。置いていってくれたら調べておきます」

「おかしくても笑い死にするなよ」サンズはそう言って、部屋を出た。親切で単純な若者サットンに、サンズはどういうわけか苛立ちを感じていた。単純すぎるからだろうか。サットンにとって、あの指は、骨や皮膚、軟骨や神経の付いた一本の指にすぎない。サンズから見れば、人間の一部であり、かつては血が通っていて温かく、関節で体とつながり、脳からの指令を受けて風や草を、そして女性の感触を感じていた部分なのだ。


彼は自分のオフィスに戻ると、帽子をかぶってコートを着た。これからおこなわなくてはならないことを考えると、その動作はおのずと緩慢になった。

トロントの十六キロ西に、外界から入院患者を守り、そして、入院患者から外の世界を守っている、ペンウッド病院の鉄の門が立っていた。装飾の施された鉄柵から中をのぞくことはできたが、それを気に留めることもペースを乱されることもなく、門の中の小さな共同体は日々の営みを続けていた。食料はほとんど自給自足で、酪農《らくのう》場を経営し、洗濯も自分たちでおこない、刺繍《ししゅう》の見本、籐《とう》のバスケットなどを物見高い一般人に販売している。(「ねえ、頭のおかしい人が作ったのよ！　わたしたちと変わらないくらい上手だわ！」)

この共同体の父親役は精神分析医から病院経営者となった院長のネイサン医師、母親役は効率的でありほがらかでありながら冷静な看護師の一団が担っていた。空想癖のある者や感傷主義者、芸術趣味の人間はスタッフとして受け入れてはもらえない。想像力が豊かな者は危険な場合があるし、感情に流されやすい者は病棟全体の平和を乱しかねないからだ。

ミス・スコットはこのような望ましくない素質を一つも持っていなかった。それだけでなく、責任感があり、担当の患者の誰にたいしても公平に愛情を注いでいた。彼女は患者たちの話に耳を傾け、よく観察し、自分の記憶力が乏《とぼ》しいのを補うように観察したことを紙に書き留め、それが彼女の評価を高めていた。担当患者に同情していたが(彼らよりももっと気の毒な人がおおぜいいることも理解していた)、夜になって勤務が終われば、仕事のことはすっかり忘れ、次々に現れる新しいボーイフレンドと楽しく過ごしていた。大恋愛をするタイプではなく、いずれ条件のよい結婚をして、その生活を守り、適当な間隔で巻き毛の子供を産む——そんな女性だった。

サンズはそういうタイプの女性が好みというわけではないが、すぐに好感を持った。

「スコットと申します」明るい温かみのある声だった。「グッドリッチ先生はただいま回診中です。モローさんに会いにいらしたのですね？」

「はい」サンズは答えた。「サンズといいます。警部《インスペクター》です」

ミス・スコットは何を調《インスペクト》べるの、という目つきになった。

「刑事です。殺人事件担当の。ご面倒をおかけしますが、モローさんにお目にかからなくてはならないもので」

「申し訳ありませんが、グッドリッチ先生が許可なさらないと思いますよ」ミス・スコットは言った。「昨夜も調子がよくありませんでしたから。まだ、NYD、つまり診断が出ていない状態で、グッドリッチ先生は……」

「モローさんに会わなくてすむものなら、わたしもそうしたいです。子供をつねったり病人を攻撃したり、そんなことはめったにしませんが、ときにはそうしないわけにはいかないこともあるんですよ」

おかしな人だ、とミス・スコットは思い、あっけにとられて一瞬、言葉が出なかった。

「今回がそれにあてはまります。モローさんに伝えなくてはいけない話は、間接的には回復に役立つかもしれませんが、彼女を動揺させてしまう可能性が高いですね。会う前に、この点ははっきり申し上げておきます」

「それでしたら、グッドリッチ先生が面会を許可するはずがありません」

「そうかもしれませんね」サンズは顔の向きを変え、待合室の茶色い革製の家具を眺めているようだった。おそらく面会は断られるだろう。そうなったら、今わかっていることを医師に伝えなくてはならない。何をどこまで話せばいいものか……。

そのイメージはぼんやりしている。実在の人物はルシール一人だけ。悪夢につきまとわれ、自分の心の中に閉じこめてある悪魔に追われている。ほかの部分は影になってはっきりしない、人目を憚《はばか》るような形──顔（グリーリーの顔か？）、一本の指、雪原の盛り上がった箇所（ミルドレッド？）──が闇に溶けこんでいた。

「先生はすぐにいらっしゃいます」ミス・スコットはそう言って、なにもかもがより単純な精神病の世界へ戻れるのを喜んでいるように、ドアのほうへと歩いていった。

彼女は届け物係のところで足を止め、担当患者たちへの贈り物を手に取った。贈り物は一つ残らず、花でさえもいったん包装を解いて点検したあと、包み直してある。コーラにはチョコレート、モローさんにはフルーツバスケットとショートガウン。それに朝刊。といっても、もう新聞の形ではなく、選んだ記事だけを切り抜いてボール紙に貼ったものだった。ハモンドさんには家族から毎日箱に入れて届けられる食料品。ユダヤ系の珍しい食べ物はとてもおいしそうに見えたが、ハモンドさんはいつも箱を引ったくるとバスルームに入ってしまう。

新聞は、まずコーラが受け取って文句を言うのがお決まりになっていた。

「どうしてちゃんとした新聞を渡してくれないのかしらね」コーラは言った。

「ほら、コーラ」ミス・スコットは言った。「プレゼントのお菓子を見て」

「チョコレートなんか大嫌いよ。ジェインはいつになったらわかってくれるのかしら」

「今朝はちょっとご機嫌斜めのようね」

「ええ、そうよ！」コーラは腹立たしさを半分笑い飛ばした。「ほかの包みはなんなの？」

「モローさんのですよ。はい、モローさん」

「どうも」ルシールは丁寧だが冷淡な声で言った。「ありがとうございます」

ルシールが手を出そうとしないので、ミス・スコットは歓声を上げながら、代わりに包みを開けた。

「まあ！ ショートガウンよ。見て、モローさん。あなたの目の色によく合ってる。これを着たら、わたしたちきっとすてきに見えるわね」

「ほんとね」コーラも口を挟んだ。「片方の袖にあなたが腕を通して、もう片方にルシールが腕を通すわけね」

「およしなさい、コーラ」ミス・スコットがたしなめた。

「あたしがここの経営者なら、看護師にもっと知的な会話をさせるわ」

ミス・スコットは知らん顔で花束を開け、バスケットからマラガ産の白葡萄を取り出した。「カードを読んであげましょうね。ショートガウンはイーディスさんからよ。『ルシールへ、これはあなたが大好きな……』」

「読まなくてけっこうよ」ルシールが言った。

「『……色で、きっとよく似合うと思うわ。愛を込めて、イーディスより』。葡萄はポリーから。ご主人からは花束よ。『家族のみんながついているからね。アンドルー』。まあ、かわいい小菊ね」

「ええ」ルシールはつぶやいた。かわいい小菊、ぼさぼさの髪がかかった秘密めいた顔、かわいらしい花、胸にできた癌《がん》の蕾《つぼみ》、青い膨れた葡萄、溺死した女、胆汁のような緑の葉、死の宣告を受け、冷たくなり、これ以上伸びることはない。

「そうね」ルシールは言った。「どうもありがとうございます」

しかし、ミス・スコットはもう部屋にはいなかった。コーラの姿もなかった。二人が出て行くところを見ていないのに、どうやって部屋を出たのかしら。ちゃんと目を開け、物音も聞いていたはずなのに。そんなに長い時間がたったの？　一人になってから、どのくらいの時間がたったのかしら。

ルシールは花に視線を落とした。花、そうだわ。花に見つめられているのが不快だった。コーラとミス・スコットが出て行ったのには気がつかなかったかもしれないが、花のことははっきり憶えている。あの薔薇《ばら》は歪んだずるそうな小さな顔をしていた。見つけにくいけれど、ちゃんと目がある。それともないのかしら？　調べてみよう。一つちぎってばらばらにしてみれば、目が見つかるはずだわ。

ちぎれた花びらは雪片のように静かに落ちていった。

「あら、モローさん。すてきなお花をちぎったりしちゃだめでしょ」ミス・スコットが言った。「困ったわねえ」

この人は部屋を出て、また戻ってきたの？　それとも、一度も出てはいなかったの？　**いいえ、出ていったはずよ。わたしは正気なんだもの。目があると思ったら、捜すのは当然でしょう。**

ミス・スコットが花を別の場所に移した。薔薇の蕾やぼさぼさ髪の子供たちを、わたしから遠ざけている。あの人、何か言ってるわ。「かわいい子供たちをちぎったりしてはだめでしょ？」あの人、ときどきばかげたことを言うわね。まるで子供をちぎっているみたいじゃないの。

「さあ、モローさん。パーソンズさんにグッドリッチ先生のお部屋へ連れていってもらいましょうね。そうよ、さあ、行きましょう」

ちぎった花びらを指でつまんだまま、ルシールはおとなしく廊下へ出た。

コーラが部屋の奥からミス・スコットに冷たい視線を向けていた。

「あなたにまともな話をして通じるの？」

「何を言うの、コーラ」ミス・スコットは言った。「やめてちょうだい」

「ふと思ったのよね」

「しゃべりたければどうぞ」

「ええ、そうするわ。通じる可能性は低そうだけど。モローさんはね、ひどく怖がっているのよ」

「ええ、そうね、そうよね」ミス・スコットは思案顔で言った。

「彼女は家族を怖がっているのよ。ゆうべ、話してくれたわ。家族の誰かに命を狙われているんですって」

「まあ、コーラ、なんてことを言うの。分別のあるあなたがそんなことを……」

「本当だと思うわ」コーラは言った。

「そんなことで頭を悩ませることはないわよ。もし本当だとしても、ここにいれば安全だもの。ほら、元気を出して。もうすぐ院長先生が回診にいらっしゃるわ。そんな暗い顔を見せたくないでしょう？」

「あなたはこれまで何かが怖いと思ったことはない？　心の底から怖いと思ったことは」

「憶えてないわ。だいたい、どうしてモローさんが命を狙われたりするの？」

「あたしは恐怖を感じたことがあるわ」コーラは言った。「ジャネットのために。この前の戦争が終わったあと、インフルエンザがはやって……」

「髪をとかしなさいな。ひどい格好よ。ネイサン先生ががっかりなさるわ」

ルシールはサンズの顔を見て、夢を見ているときや夢うつつのときに、声にならない悲鳴を発しながら自分を追いかけてくる無数の顔の一つだとわかった。しかし、どこに当てはまるものなのか思い出せなかったし、サンズが名前を名乗ったときも、ただ漠然と恐怖や死に関わりのある人物だと感じたにすぎなかった。とはいえ、恐ろしいと感じたわけではない。グッドリッチ医師や看護師たちよりも自分の味方であることがわかっていた。彼は戸惑うことなく、まっすぐ彼女を見つめ、その顔はこう語っているように思えた――わたしは恐怖を知っているし、その力を見くびってはいないが怖れてもいませんよ。

ルシールが彼の目をじっと見つめていると、ふいに彼は遠ざかっていき、どんどん小さくなって、ついに人形と同じくらいの大きさになった。これと同じことが子供のころにもあったのを思い出した。大好きだった物か、怖いと思っていた物を見ていたときのことだ。そのときのことを思い返すと、いつも恐怖で胸がいっぱいになる。(「眠っているわけじゃない、ちゃんと目を覚ましているわ。そんなことが起こるわけはない、わたしは動いてもいないし、何も変わってはいない」「ただの夢だったのよ」「違うわ、起きているんですもの」「ただの夢よ」)

サンズ、見てくれのよくないちっぽけな古い人形。なんて出来がいいのかしら。動きなんか人間そっくり。

「あまり気分がよくないんです」ルシールははっきりした声で言った。

「モローさん、わたしの話、聞こえていましたか?」

「はい……ええ……」

「あなたが湖に投げ捨てた包みが見つかりました」

「そうですか」

「投げ捨てたのはあなたですか、それともグリーリーですか?」

サンズが実物大に戻った。

「グリーリー?」ルシールはつぶやいた。

「本名は名乗ってなかったかもしれませんね。これを見ていただけますか、モローさん。この男でしょう?」

ルシールは顔の表情を変えまいとゆっくり瞬《まばた》きをしながら、差し出された写真を見つめた。頭はきわめて明晰に働いている。(知らんぷりしてもいいけれど、すぐに嘘だとばれるわ。この男を知っていることだけは認めて、それ以外のことは何も……いっさい何も……)

「これがグリーリーです」サンズは言った。「あなたが美容院から戻るのを通りの向こうで待っていた男です。亡くなりました」

「えっ、亡くなった?」

ルシールは急に希望がわいてきた。この男が死んだのなら勝ち目はある。ここを乗りきって闘おう。

「殺されたのです」サンズは言った。

傷口から血が出るように、ルシールの希望は体の外へ流れ出て消えた。手は氷のように冷たくなり、顔には呆然とした表情が浮かんでいる。

「モローさん、あなたを苦しめようとしているのではありません。守ろうとしているんです。誰かがあなたのためにわざわざグリーリーを殺害しました。彼が邪魔だったんです。グリーリーはあなたと誰かの仲介役をしていたんです」サンズの声は容赦なく彼女の耳に襲いかかった。「あなたの死を望んでいるのは誰でしょう?」

ちょっと脅してみようとサンズは思った。やり過ぎない程度に……。

「それがわかれば」ルシールはつぶやいた。「それがわかれば……」

「理由はおわかりですね」

「いいえ」

「あなたはグリーリーに五十ドル渡したでしょう?」

(「さあ、これを持っていきなさい。手持ちのお金はこれだけなの」身を刺すような風が口の端をかすめたように、小男は口角を上げて笑った。「もうちょっと色を付けてくんないかな。それだけのことをやってやったんだからさあ」「あとであげますよ」冷たい風が薄いコートを突き抜けた。「おい、待てよ。おれだって好きこのんでこんなとこに突っ立ってたわけじゃないんだからな。中身を知ってるんだぜ。見たんだよ」「誰に渡されたの？ わたしに届けるように言ったのは誰？」「いきなり訊かれたって、思い出せるかよ」男はまたにやっと笑ったが、寒さで体調が悪いのか、今にも倒れそうに見えた。「あとでもっとあげますから」

「いいえ」と、ルシールはサンズの質問に答えた。

「おたくのメイドの一人が、箱を届けに来た男とグリーリーが同一人物だと認めているんですよ。あなたをお助けするには、背後の事情を教えてもらわなくてはどうにもなりません。冗談にしてはあまりに雑でグロテスクですね。それに、嘘をつくのは危険すぎますよ」

ルシールの体に震えが走った。今もあの風を感じる。背中に吹きつけ、水辺へ湖の中へとルシールを押しやろうとする風を。脚に冷たいうねりを感じ、額に汗が吹き出した。押し寄せる水に呑みこまれ、頭が前に倒れ、口が開いた。

部屋の中で気配がし、肩に誰かの手が優しく触れたかと思うと、グッドリッチ医師の声がした。「今日はここまでにしておきましょう」そのあと、ミス・パーソンズが額の汗を拭いてくれた。

ドアの前で振り返ると、サンズはまだこちらを見つめていた。

「さようなら」ルシールははっきりした声で言った。

今もまだサンズと奇妙なつながりを感じているのか、ルシールは判断能力があることを示す、申し訳なさそうな視線を向けた。あなたとわたし――わたしたちには秘密があるわ――それを話す時間はないけれど。

「さようなら」サンズも応えた。

ルシールは重い足取りで廊下に出た。わきからミス・パーソンズがミス・スコットをまねて話しかけてきたが、お世辞にも上手とは言えなかった。

傾斜通路に差しかかったところで、毛布にくるまれ、車椅子に乗った老人とすれ違い、老人はルシールに怪訝そうな目を向けた。ドアを抜けると、若い女性が乱れることのない一定のリズムで床の一ヶ所だけを箒で掃いていた。

「ねえ、ドリス」ミス・パーソンズが声をかけた。「次はこっち側も掃きましょうよ」

しかし、ミス・パーソンズはミス・スコットのような自信に欠けていた。ドリスと呼ばれた娘は顔を上げることも、箒の手を止めることもなかった。

ミス・パーソンズは一瞬ためらったのち、歩き続けた。こんなところにいたら、頭がおかしくなっちゃう。とても正気ではいられないわ。

ミス・パーソンズは最後の扉に鍵を掛けると、ルシールを部屋に連れていった。息づかいが整わないまま、ふたたび廊下に出て大きな鍵をミス・スコットに渡した。

「問題はなかった？」ミス・スコットが訊いた。

「ええ」

「どうかしたの？　くたびれた顔してるわ」

「いらいらするの」ミス・パーソンズは答えた。「じりじりするのよ。言い方はどうでもいいんだけど」

「元気を出して。みんなが経験することだわ」

「いったい何人ぐらいの看護師がここで勤め上げられるのか……」

「それを言うなら」ミス・スコットが現実的な口調で言った。「医者にしろ指導員にしろ、法律家にしろ、何人の人がここで勤め上げられるものかしらね」

「でも、看護師のほうが数が多いわよ」

「まあ、ばからしい」ミス・スコットは言った。「自分がいかに恵まれてるか考えてみなさい。ここはこの病院の中で一番いい病棟なのよ。ここの患者さんたちが払う金額が金額だし、わたしが担当してるんだから当然でしょ」

「そうは言っても」

「ほら、元気を出して」優しく微笑《ほほえ》んだあと、ミス・スコットはすぐに事務的な口調に戻った。「ハモンドさんにはここにいてもらうことを、作業療法部に伝えてくるわ。ネイサン先生が連続入浴療法を受けてもらう必要があるかもしれないとおっしゃってるの。来週はメトラゾール療法をおこなう予定だそうよ」

ミス・パーソンズは唇を噛んだ。「いやだわ、お手伝いしなくてすめばいいけど。去年、治療中に女の患者さんが両脚を折ったのよ――あのときの音といったら……」

「今はやり方がすっかり変わったわ」ミス・スコットが説明した。「クラレを注射して、筋肉を緩めますからね。ほんとによく――」突然、彼女は振り向いた。ミセス・モローの部屋から嘔吐か低いうめき声がするのを、耳聡《みみざと》く聞きつけたのだ。

ミス・スコットはミス・パーソンズを押しのけて、音も立てずに廊下を駆け出した。ミセス・モローがきのうのようにまた気分が悪くなったのかもしれない。

だが、ルシールは体調を崩してはいなかった。入口を入ってすぐのところに立ち尽くし、うつろな声でくり返しつぶやいている。「コーラ、コーラ、コーラ」

コーラ・グリーンが床に倒れていた。両腕を広げたまま、うつ伏せに倒れ、そのまわりに糸の切れたビーズのように青い葡萄が散らばっていた。

「まあ、コーラ」ミス・スコットは言った。

彼女はコーラのわきにひざまずいた。

(まあ、コーラ、死んでしまったのね)

第九章

ミス・スコットは静かにすばやく歩み寄ると、ルシールを廊下へ連れ出し、入口のドアに鍵を掛けた。

「いらっしゃい、モローさん。ほかのお部屋を用意しますからね」

(ルシールの心の中では、ドアが開き、コーラがくすくす笑いながら飛び出してきた。「ほらね。あの人、ばかでしょう?」)

「コーラは体調がすぐれないの」ミス・スコットの声の調子がいくぶん高くなったが、腕を摑んでいる指からはなんの感情も伝わってこなかった。「前にもこういう発作に見舞われたことがあってね。でも、いつも治まるのよ」

(**ばかだわ、ばかだわ**、と小さなコーラはおもしろがって叫んでいる。**ほんとにどうしようもないわね**)

「ああ、パーソンズさん、ラヴァーン先生に連絡してもらえない? グリーンさんの具合が悪いの」

ミス・スコットの眉の動きは、「すでに死亡しているけれど、この子たちには伏せておきましょう」と語っていた。

「まあ」ミス・パーソンズは青ざめた。「わかりました。すぐに連絡します」

電話機に手を伸ばしたが、一度ではうまく摑めなかった。

「ところで、モローさん」ミス・スコットは言った。「そろそろ作業療法の時間ね。階下へ行きましょうか」

（小さなコーラは体を折り、喉に両手を当てて笑いをこらえていた。窒息しそう……「コーラ！　コーラ、あなた毒を吞まされたのよ——コーラ」コーラはまさに息ができなくなっていた）

「毒を吞まされたの。葡萄に入っていたのよ。あの人たちに殺されたんだわ」ルシールは言った。その言葉は頭の中では明瞭な言葉だったが、舌まで伝わるあいだに輪郭を失い、口から出たときには、くぐもった音の寄せ集めになっていた。

ミス・スコットは顔を近づけて注意深く聴き、すっかり理解したような顔をしている。

「聞いてないのね」ルシールは言った。

「えっ？」

「ちゃんと聞いてないでしょ。コーラは殺されたのよ。あの葡萄はわたしに贈られた物だったの」

「ほら、ほら。誰もあなたからおいしい葡萄を取り上げたりしませんよ。葡萄のことなんかで頭を悩ませないで」

ルシールは深く息を吸いこんだ。舌を大きく動かしながらゆっくりゆっくり話せば、理解してもらえるだろう。「コーラは――コーラはね……」

ミス・スコットはうつろな笑みを浮かべた。「もちろん、だいじょうぶ。コーラはだいじょうぶですよ」

ルシールは訴えるように、苦悩に満ちた目をミス・パーソンズに向けた。彼女もミス・スコットと同じように笑おうとしている。唇が引っ張られ、歯をのぞかせているが、うろたえた目をしていた。あなた、頭がおかしいわ。とても正気とは思えなくて怖いわ。

ラヴァーン医師が向こうのドアから入ってきた。ゴム底の靴をはき、足音を立てずに歩くが、実は大声の持ち主だ。

ルシールは医師がドアに鍵を掛けるの見た。片手に診察鞄を提げ、鍵は看護師たちのように手で握って隠すのではなく、コートのポケットに入れている。とても大きな鍵で、片方の端がポケットの上部から飛び出していた。

ルシールはその鍵から目を離せなかった。あの鍵があればどの扉も開けられる。犬たちから逃れて、新しい逃げ道を切り開ける。ここに押しこめられてしまったが、あの鍵があれば……。

ルシールは用心深く視線をそらした。慎重に行動し、少しでも疑念を抱かせてはならない。コーラが毒殺されたと訴えても、誰も信じてはくれない。まともに言葉が出ないから、みんなはわたしが正気じゃないと思っている。

どれだけ頭がいいか、あの人たちはわかっていない。ルシールはもう一度、鍵に視線を向け、そこにあることを確認した。それから、気分が悪くなったふりをする。気を失ったふりのほうがいいかもしれない。医師が倒れたわたしのほうへかがみこんだら、あの鍵を奪う。いくつもの扉を開け、通路を走り、鉄の門の外へ出る。

頭を使ってミスのないように、と思いながら、ルシールはミス・スコットの腕に倒れかかった。医師がそっと歩み寄る音が聞こえた。

「先生、鍵に気をつけてくださいね」ミス・スコットの明るい声で言った。

実際に気を失ったわけではないが、疲労のため体を起こすことができないまま、ルシールはミス・スコットの膝にもたれていた。周囲でルシールの話をしているが、本人は疲れきって話が耳に入らない。みんなの促す声がする――脚を動かして、ドアの中に入って、おとなしくして、横になって、ここがあなたのお部屋ですよ、と。わたしたちはこう思います、わかっていますよ、こうしていただきたいんです、きっとそうですよ、わたしたち慈悲の天使は慎重に血をよけながら、亡くなられたかたの無感覚なお体を優しく清めてさしあげるのです。

昼食の時間、休憩の時間、散歩の時間、ネイサン医師の回診の時間、グッドリッチ医師の回診の時間、夕食の時間。

音楽、治療、カラー映画、教会、ダンス、ブリッジ。

時間はたっぷりあるのに一人で過ごせる時間はまったくなく、おおぜいの人が影のように動いていた。たまに、情景や人物が現実のものとして捉えられることがあった――ぴったり寄り添って夢見心地でウィンナーワルツを踊るフィルシンガー姉妹、ブリッジのカードを注意深く配り、そのあと同じように注意深く床にばらまくミセス・ハモンド、話しかけているグッドリッチ医師。

「モローさん、解剖結果に疑いの余地はありませんでしたよ。グリーンさんの死因は心不全です」

いいえ、違う、違うわ。

「わかりましたか？　グリーンさんはしばらく前から心臓が弱っておいででした。亡くなられたのも思いがけないことではありません。解剖は警察医によっておこなわれ、毒物はまったく検出されませんでした」

「葡萄よ」

「葡萄もすべて検査しましたよ」

嘘だわ。

「コーラの妹さんも検査結果に納得しておられます。コーラは葡萄を食べている最中に皮か何かが喉に引っかかって、あわてたのでしょう。ちょうどそのとき、あなたが部屋に入ってらして、不意をつかれたのと喉に皮が詰まったのとで……」

「大嘘つきのクソ野郎」ルシールははっきりした声で言った。「薄汚い鼻つまみのクズ……」

グッドリッチ医師は、いつものように女性の隠された語彙《ごい》力に驚きながらも、ルシールが言い終わるのを辛抱強く待った。

「毒が盛られていた形跡はまるでありませんでした」医師はくり返した。「コーラの妹さんに、こちらへ来てあなたに会ってもらえるようお願いしておきました。今、待合室においでです」

ミス・ジャネット・グリーンは、ペンウッド病院に来るのは気が進まなかった。これまでもコーラに会いにたびたび足を運んでいる。今日こそ具合がよくなっているだろうか、家に帰る気になっただろうか、いつもそんな期待を胸にやって来た。ところが、三日前にコーラは息を引き取り、その死は姉の人生と同じように謎めいていた。表面は澄みきっているのに、底のほうが妙に淀んでいる。

ジャネット・グリーンは戸惑い、釈然としない気持ちで検死審問に立ち会った。葡萄の皮が喉に引っかかったくらいでコーラがパニックを引き起こすとは、とても信じられなかった。たしかに心臓が悪かったし、ほかに死因となりそうなものはないのだが……。

検死審問のあと、グッドリッチ医師がやって来て、ミセス・モローという患者の話を聞かされた。その患者はコーラが毒殺されたと思いこんでいるのだという。

「そんなばかな！」濡れたハンカチで目元を押さえながら、ジャネットは言った。「かわいそうなコーラ。みんなに愛されていたのに」

「もちろん、モローさんの一方的な思いこみにすぎないのですが、気持ちが治まらないようなのです。病院のほうにおいでいただいて、彼女にお話し願えませんか？」

「わたしが？　お力になれることなんてないと思いますけど」

「あなたが検死審問の結果に納得していることを伝えていただけるのではないでしょうか。コーラからいろいろ聞いていたので、モローさんはあなたを自分の味方だと思っているようです。なにしろ、あなたはコーラの妹さんで、コーラの死に一番関心のあるかただから」

「そのとおりです」ジャネットはそっけない口調で言った。「でも、検死審問には納得していません。先生はいかがですか？」

「納得しているとは言えないかもしれませんね。実際に起こったことを知っているのはモローさんだけなのです」

「わかりました。そうすると、理由が二つあるのですね。こちらからお話をするのと、そのときの事情を伺うのと」

「もちろん、こんなお願いする権利はないのですが」

「けっこうです」ジャネットは無愛想に言った。「やれるだけのことはやってみましょう」

彼女は思いやりのある女性だった。他人の手助けをするのが好きで、亡くなった今、コーラには何もしてあげられないので、今度はミセス・モローに手を貸そうと考えた。

ジャネットは落ち着いた穏やかな声で、自分はコーラの妹であること、姉は心不全で亡くなったこと、そして検死審問に立ち会ったことを毅然と語った。病院には慣れているので緊張していたわけではないが、ルシールの表情には不安をかき立てる何かがあった。ジャネットの言葉を味わい、苦い味を感じてでもいるように口を歪《ゆが》めている。

それに、あの目、とジャネットは思った。絶望しきった目だ。

それでも、ジャネットは話を続けた。ルシールへの同情から嘘までついたが、嘘をつくのは性格に合わないし、とてもつらかった。

「コーラはいつも何かが喉に詰まるのを恐れていたんですよ、子供のころからね」

「コーラはあなたより十歳も年上ですよね」ルシールは言った。舌がこわばっていたが、ちゃんと聞き取れる言葉になっていた。

ジャネットは頬を紅潮させた。「姉がよくそう言っていたのを憶えているんです」

「わたしを痴呆扱いしないでね。コーラだって頭がしっかりしていたわ。毒を呑まされたことにもすぐに気がついていましたよ」

「それは間違っているわ。だって、コーラに危害を加えようとする人なんかいませんから」

「コーラじゃないんです。狙いはわたし。あの葡萄はわたしに食べさせるためのものだったんです。わたしが部屋を空けているあいだに、コーラは食べ始めていました。部屋に戻ったとき、コーラはベッドに腰掛けて食べていました」

「もう少しゆっくりお願いします、モローさん。話についていけなくて」

「わたしは駆け寄ってコーラに言いました。その葡萄には毒が仕込まれているって。懸命に取り上げようとしたのだけれど、手後れでした。わたしじゃなくて、彼女が命を失ってしまったんです」

突然、ジャネットの目の前にその光景がはっきりと浮かんだ。コーラがベッドに腰掛けて葡萄を食べているところへ、ミセス・モローが入ってくる。コーラは顔を起こし、いたずらっぽく謝るような笑いを浮かべた。なぜなら、もともと葡萄はコーラの物ではなかったから。ミセス・モローが駆け寄って、葡萄を取り上げようとしているあいだに、その笑みは消え……。「毒が入っているのよ！」

コーラは死ぬほど震え上がった。

事情はのみこめた。部屋中に葡萄が散らばっていた説明もつく。その点をジャネットは疑問に思っていたのだ。もし、コーラが腰掛けて、普通に葡萄を食べていたのなら、どうしてそんなにたくさんの葡萄が軸からむしり取られていたのか？　だが、これで疑問が解けた。すべてがはっきりした。

ジャネットは一部始終をグッドリッチ医師に説明して、帰路についた。

翌週、ジャネットはときおりルシール・モローのことを思った。たいしたことをしてあげられなかったのを申し訳なく思う一方、いくぶん恨みがましい気持ちもあった。ルシールがいなかったら、コーラは今も生きていたかもしれないからだ。

コーラの葬儀の翌日、金曜の午前中にジャネットは職場に戻った。ハンプトンズというデパートで、フランス製衣類を扱う部門のチーフ・バイヤーをしている。春の新作発表があるニューヨークへの出張を控えて仕事がたまっていたが、思うようにはかどらなかった。午前十一時ごろに刑事が面会に来たのだ。

秘書が持ってきた名刺を裏返し、刑事部サンズ警部の名前を見て、ジャネットは怪訝な顔をした。聞いたことのない名前だ。駐車違反か信号無視でもしただろうか。それにしても、警部とは……。車が盗まれたのかもしれない。

「お通しして」彼女は大きな椅子にゆったりと寄りかかった。落ち着き払って見える。警官の訪問を受けるのはこれが初めてではない。コーラがいろいろ面倒を起こしたおかげで、警察には顔見知りもできた。

しかし、そのコーラも今は面倒を起こすことはない。口の片側が上がり、悲しい笑い顔になった。

「グリーンさんですね。警部のサンズです」

「どうぞ、おかけください」

「お姉さんの件でまいりました」

「それでしたら」ジャネットは太い黒っぽい眉を上げた。「検死審問で片がついているはずですが」

「医学的な見地からは、はい……。お姉さんの死は事故死に間違いありません。伺いたいのは、お姉さんとモローさんの関係についてなんです」

警部は両手で帽子を持って、腰を下ろした。ジャネットは母親のような目を向けた。この人は警官にしては弱々しく見える。近ごろは体格のいい男性が徴兵に取られているので、警察は誰でも採用するのだろう。この人はまともな食事も休息もとっていないようだし、衣服の世話をしてくれる人も必要だ。

サンズはジャネットの表情に気がついた。これまでもこういう目で見られたことがあり、迷惑に感じていた。

あした、チャールズ・アトラスのボディビル通信講座に申し込むことにしよう。

「グッドリッチ先生ともお話ししました」ジャネットは言った。「コーラが亡くなったのは、あのかたのせいではありません。コーラにとても好意を持ってくださっていて、あのときも葡萄に毒が入れられていたと思い、必死でコーラを助けようとなさったそうです」

「そのことで伺ったのです。グリーンさんは土曜日に亡くなりましたが、あなたは前日の金曜日に面会にいらしてますね。そのとき、お姉さんはモローさんのことを何かおっしゃってませんでしたか？」

「ええ、話していたようですね。コーラはおしゃべりなので、わたしはあまり注意を払っていないこともあるんです。たしか、新しいルームメイトが気に入り、彼女に同情している、と申しておりました」

「お姉さんは何年ぐらいペンウッド病院にいらしたのですか？」

「出たり入ったりでしたが、十年近くになりますね。姉はあそこがとても気に入ってました。頭がしっかりしていたので、ほかの患者さんたちの心理状態にも関心を持っておりました」

「ほかの患者たちといっしょにいることに不安を感じてはいなかったんですね」

「ええ、少しも」

「そうなると、ちょっと変ですね。葡萄に毒が入っている、とモローさんに言われたとき、すぐに真に受けたというのは。ほかの患者たちの空想や気まぐれな言葉を聞き慣れていたでしょうに。どうしてモローさんの言葉をあっさり信じたのでしょう」

「考えたこともありませんでした」ジャネットは眉をひそめたまま答えた。「たしかに、おっしゃるとおりです。コーラなら『ばかばかしい』とかなんとか言ったはずですね。もっとも――本当に葡萄に毒が入っていなければの話ですが」

「入っていませんでした」

「なんだか混乱してしまって……。すべて解決済みだと思っていたのに、今になって実際に何が起こったのかがわかりません」

「何が起こったかははっきりしています。お姉様はショックで亡くなられました。理由はですか? それは、モローさんの話を信じ、モローさんが正気で、誰かに命を狙われていることをコーラさんもご存じだったから」

「まるで」ジャネットは言った。「あなたもそう信じているような言い方ですね」

「はい、そう思っています」

ジャネットは疑わしげな表情になった。「ペンウッドの入院患者の中にはとても説得力のあることを言う人もいるんですよ」

「ええ。でも、モローさんの関係者で命を落としたのはあなたのお姉さんが初めてではないのです。グリーンさんは三人目なのです」

「さ、三人目?」

「三人目の被害者です。グリーンさんの場合はあきらかに事故ですが、あとのお二人は殺害されました。しかも、事件はまだ未解決です」

サンズが待っていると、ジャネットはまず〈殺害〉という言葉にショックを受け、次に〈未解決〉という言葉に憤《いきどお》りの表情を浮かべた。サンズは頭の中で、三人を思い浮かべた——若くてふっくらとした美人のミルドレッド・モロー、病気を患い、社会の落伍者エディ・グリーリー、無邪気な老婦人コーラ・グリーン。

三人はばらばらの存在だが、一つだけ共通しているつながりがある——ルシール・モローだ。

「協力したくても、わたしにできることはなさそうですね」ジャネットは言った。「コーラがモローさんについて話していた言葉をあまり憶えてなくて」

サンズは立ち上がった。「どうぞお気になさらずに。どちらにせよ、わずかな可能性に賭けているのですから」

「ほんとうに申し訳ありません」ジャネットもそう言って立ち上がり、手を差し出した。

「では、失礼いたします。何かわたしにできることがありましたら……」

「いえ、けっこうですよ。それでは」

二人は握手をし、サンズは部屋を出て、フランス製衣類が並ぶ静かな売り場へと足を踏み出した。進むにつれて、空気は暖かく、人声が騒がしくなり、カウンターにはクリスマスの飾りつけが増えていった。香水、手袋、特選品コーナー、訳あり値下げ商品、フェルト製のオランダ風ボンネットをかぶった店員たち。「最新流行」「このテーブルの商品、二十九セント均一」「彼女へのプレゼントに――ストッキングを！」

主婦や女子大生の集団、げんなりしている男性客、まごついている子供たち、ベビーカー、ぶつかり合う肘、疲れている足、むっとする空気。

サンズはネクタイ売り場で足を止めて、一息ついた。目に映る光景はこんなものだった――疲れた足、力なく落ちた肩、苦痛と貧困によって皺《しわ》の刻まれた顔、どこかへ行くのではなく、どこかから出ていこうと先を急ぐ人々。

けれども、後ろに下がって目を閉じると、楽しいクリスマスムードに沸き立ち、ハッピーな世界に暮らすハッピーな人々の雑踏だけが見える。

ハッピーなんてくだらない言葉だ。愚か者《サッピー》、父ちゃん《パピー》と韻を踏んでいる。

店員が近づいてきた。「何かお探しですか？」

「いや、けっこう」サンズは言った。「間に合ってるから」

自分でも子供じみていて神経が過敏になっていると思いながら、懸命に出口を目指した。

自分の仕事がうまくいかないために、他人の欠点が目につくのだろう。

サンズは回転ドアを抜けてヤング・ストリートに出て、肺いっぱいに冷たい空気を吸いこんだ。たちまち気分がよくなり、あした、ボディビルとウィリアム・サローヤンの講座に申しこもうと思った。

店内の人込みと違い、町の群衆には目的がある。速記係、銀行員、建築業者、植字工、弁護士、エレベーター係――誰もが食べ物をめざしていた。エレベーター係は、〈ホワイト・スポット〉で、ハンバーガーとコーヒーを買った。速記係は〈ハニー・デュー〉で、膝がぶつかりそうになりながら鶏肉のクリーム煮を食べ、時間に余裕のある弁護士たちはベイ・ストリートの〈サヴァリン〉に向かっていた。

街角では、七十歳ぐらいの新聞売りが《グローブ&メイル》紙を読むように、しきりに呼びかけていた。二時になると《スター&テリー》紙を読めと大声で叫び、真夜中には、翌日の《グローブ&メイル》紙を抱えて、ふたたび姿を現す。

ヘラクレイトスの万物流転説だ、とサンズは思った。流れる川ではなく、ときどき無料乗車のおまけがつく精巧な作りのメリーゴーラウンド。

サンズは新聞を買って、わきの下に挟み、車を駐めてある駐車場に向かった。

駐車係を待つあいだ、新聞を開いて案内広告を見る。記事はあとでゆっくり読むことにして、おもしろい案内広告に目を通した。広告を見ているだけで、顔のむだ毛の永久脱毛にいくらかかるか、何匹のコッカー・スパニエルが迷い犬になっているか、修理工は何人募集中か、また付添い看護師の電話番号、所有する馬が亡くなったときに持ち主は何をすればいいか、といった知識が得られる。

町の鳥瞰図《ちょうかんず》のようなものだ。

駐車係がもどってきたので、サンズは新聞をたたみ、チップを渡して車に乗りこんだ。

昼食を取り損なったが、そのまま職場に戻った。

ドアを開けて最初に目に入ったのは、ダーシー巡査部長だった。

「お帰りなさい」ダーシーは言った。

彼は話をするとき、すました小さな口をほとんど動かさない。

「ああ」サンズも返事代わりに言った。「なんの用だい？」

「実は、バスコム警部の部署がどうも合わないんです」

「そりゃ、気の毒だね」

ダーシーは顔を赤らめた。「ええ、つまり……。バスコム警部は実に頭のいいかたですが、がさつなんです。わたしのことを理解してくれず、粗探しばかりなさいます」

「それで？」

「自分の資格や学歴から考えて、あなたの部署のほうが能力を発揮できるのではないか、と警視総監に申し上げました」警視総監はダーシーの妻の伯父である。「あなたの下でなら、粗探しされないので、気分よく働けると言ったんです」

「じゃ、今度はおれが粗探しを始める番かな」

ダーシーは冗談だと受け止めて、くすくす笑った。笑うと、大きくなった扁桃腺《へんとうせん》を空気がヒューヒューと音を立てて通り、それがあまりにもぶざまなので、サンズの軽蔑は一瞬哀れみに変わった。

「きみはなぜ警官になろうと思ったのかね?」

「自分の資格と学歴から……」

「同じことをくり返さなくていい。伯父さんは、なぜインテリアの仕事か何かをきみに始めさせなかったんだろうね。ビロードの反物《たんもの》を引きずる仕事のほうが、きみに向いてると思うんだが」

「バスコムさんみたいなことを言うんですね」ダーシーは体をこわばらせた。「伯父が聞いたら、気を悪くしますよ」

「伯父さんの耳には入らないよ」サンズはおもしろがって言った。「なぜなら、きみがここでめそめそしたり、告げ口をするのを見つけたら……」

「じゃ、ここに置いてもらえるんですね? ありがとうございます。こんなうれしいことはないです」

「さあ、仕事に戻って」サンズは自分のオフィスに入って、ドアを閉めた。

彼は内線電話を取り上げて、バスコムに電話を入れた。

「バスコムか? ダーシーの所属がまた替わるぞ」

「恥知らずが」きつい言葉が思わず口をついて出た。「トイレに行きたくなったとき、やつがいなくて困るだろうな。昼飯は食ったか?」

「まだだ」

「定食をおごってやるよ」

「何かあるな?」

「ないよ。きのう、エレンから手紙が来たんだ」

「へえ」

「まだハルにいるんだが、もう電気技師には飽きちまって、うちに戻りたいと言ってる」

「そういうことか。わかった。おれに飯をおごる代わりにアドバイスしろと言うんだな。どうせ聞きもしないくせに」

「とんでもない、アドバイスなんかいるもんか」バスコムは言った。「帰りの旅費を電信為替《かわせ》で送ってやったよ」

「そりゃめでたい。亭主の鑑《かがみ》だな。あいにく、腹は減ってないんで」

「今回はいい勉強になった、と本人も反省してる」

「ようやくなんとか小学校を卒業したってとこか。勉強はたいへんなはずだが、どうやら彼女は好きらしいな」

「金を送ってやる以外、おれに何ができると言うんだ? 女房なんだからな」

「法律上はそうだな」サンズは静かに受話器を置いた。

元の鞘《さや》に収まった。ダーシーは元の部署に戻り、エレンも戻ってくる。エレンはうまくやった。いずれは誰かに首輪をつけられるだろうが、それまでは世の中を見て回り、あちこちの寝室でいろいろな壁紙を目にするのだろう。

電話が鳴った。バスコムだったが、さっきの威勢のよさは消えていた。

「それで、おれはどうすればいいんだ?」

「アパートに鍵を掛けて、行方をくらましてしまえ。良心がとがめるなら、弁護士に会って、手当をやる手続きをしてやればいい。肝心なのは、エレンが尻軽だってことじゃない。彼女におまえを気遣う気持ちがあるなら、いや、これまでにそういう気持ちを持ったことがあるなら、ああいうことをするはずはないってことさ。肉体的な問題じゃない。人一倍欲求が強すぎるってわけじゃないんだろ。要するに、映画の中で安っぽい愛を求めている女たちみたいな頭の足りない人間なんだよ。ロマンス、薄暗い照明、ムードたっぷりな音楽。そんな飾り付けにごまかされ、そのあとの影響などおかまいなし。それですむ場合もあるが、エレンはそうはいかない。そこまで頭が働かないからね」

沈黙が流れた。やがてバスコムが口を開いた。「定食をおごる話はまだ白紙になってはいないんだが」

「わかった、行くよ。じゃ、そっちに寄るから」

食事のあいだ、二人はエレンの話には触れなかった。話題はモロー家の事件だった。ルシール・モローが見つかったので、バスコムの部署は事件とは関係なくなったが、警官として彼はこの事件に関心を示し、コーラ・グリーン死亡の経緯に熱心に聞き入った。

「三人か」サンズが話し終わると、バスコムはつぶやいた。「実に妙な話だな」

「もちろん、ミス・グリーンは事故死だ。他の二人を殺した犯人による計画的なものではないし、そんなことになると想像したとも思えない。だが、最悪なのは、彼女の死が犯人の目的に適《かな》ってしまったこと。ミセス・モローを正気と狂気の境界に追い詰める――それがこの事件の究極の動機にちがいない。その裏にある大きな力は憎しみだ。ミセス・モローを苦しめ、おそらく最後には殺害しようと考えているのだろう。だが、現在の状態が続くかもしれない。ミセス・モローが壊れかけた精神に必死にしがみついているのを、快感を味わいながら眺めている人間がいるんだ」

「ひでえな」バスコムは言った。「それにしても、ちょん切られた指を見ただけで精神が壊れちまうっていうのもおかしくないか?」

「そうじゃない。指そのものじゃなくて、そのときの彼女の心理状態と、指が暗示しているもののせいなんだ。指は、亡くなった前妻ミルドレッドを暗示していると同時に、後妻である彼女の死を予言している。もっとも本人が口を開かないのだから、推測の域を出ないが。もしかしたら、指は性的シンボル、結婚の象徴だったのかもしれない」彼はバスコムを見つめ、静かに言い添えた。「あるいは、それ以上の深い意味があったとも考えられる。」

もちろん、家族の誰かの仕業だろう。ほかの人間がそれほどまでに彼女を憎むことはないだろうし、彼女の弱みを握り、精神が異常をきたすほど追い詰めることができるとも思えない。ここにはグリーリーも一枚嚙んでいる。教養があり、平穏で快適な暮らしをしてきた女性にとって、グリーリーのような男と関わりを持つだけでもショックだったにちがいない。それに、指を送りつけるなんて、これまで見たことがないほどの心理的サディズムだ」

「いったい誰が思いついたのかねえ。それに、どこから取ってきたんだろうか」

「モロー一家からはなんのヒントも得られない。団結が固く、警察に介入する権利はないとか、これ以上のトラブルはごめんだ、と言って受けつけない。自宅で一人一人に事情聴取をしたんだが。帰り際に、モロー医師にわきへ呼ばれ、指のことを根掘り葉掘り訊かれたよ。あの脅えた様子からはまだかなりのことを隠しているな」

「モロー家の女たちも運が悪いね」バスコムは突き放すように言った。

「しかし、やり方はずいぶん上品になったよ。斧から暗示に変わったんだから。ミルドレッド・モロー事件の調書や新聞の切り抜きにも目を通した。妻が殺害された場合、まず目を向けるべきは夫だが、モロー医師の場合、完璧なアリバイがあるだけでなく、妻の死の直後、脳炎を患《わずら》って入院までしている。それに関して、虚偽は一切ない。カルテや入院記録が事実を立証しているし、犯行時刻に、モロー医師に赤ん坊を取り上げてもらった女性が今も存命で、当夜のことはよく憶えている。そういった証拠や証言、それに動機もないことから、モロー医師はシロだ」

「モローも運の悪い男のようだな」バスコムはパイを食べ終えて、皿をわきへ押しやった。

「おれたちと同じだな」

「おまえは自業自得だろ」

「そう言うなよ。行くか？」

サンズはオフィスには戻らないと答えた。フォードホテルで人と会う約束があった。

十五分後、彼はフォードホテルの小さなデスクを挟んで、フルーム中尉と向かい合っていた。

フルームは堅苦しく、いかにも軍人らしかった。ウッドワースにあるカナダ自動車運転修理学校の輸送将校課程を最近終えたことを、はきはきした口調で説明した。現在は海外赴任を控えて待機中で、この最後の休暇を利用して結婚するつもりだった。ところが、実際にはこのわびしいホテルで、ポリー・モローが決心してくれるのをただ待っている、と。話を続けていくうちに軍人らしさが影を潜め、フルームは不満を抱えたごくふつうの青年になっていった。

「理解できないんですが」彼はサンズに言った。「彼女はぼくに捨てられたと思いこんでいるんです。実際にはこのホテルに移っただけなんですけどね。家族のみんなはぼくが家に滞在しているのを望んではいませんでした。無理もないです。ぼくとは会ったばかりなんですから」フルームはサンズが公務中の警官であることを忘れていた。サンズも口を挟まず、しゃべるに任せておいた。彼は人の悩みを聞くのが好きだ。案内広告以上にその人物のことがわかる。

「マーティンはいい人ですよ。彼に言わせると、ふだんポリーは人に指図をするのが好きですが、緊急事態になると、誰かの指示を仰ぎたくなるのだそうです。女性のことはどうも理解できませんね。ぼくはアルバータ州西部の出身で、あっちでは女性はそんなふうじゃないですから」

「そうですか」サンズは小声で言った。

「実際、彼女の家族と会ったときから、なにもかもめちゃくちゃだったんです。まともに挨拶も交わさないうちに、列車事故に遭遇しました」

「ほう。いっしょにいたご家族というのは?」

「ポリーと彼女の父親とマーティンです。彼女の家族と会うというだけで、ぼくは神経がぴりぴりしていました。彼女ともまだ知り合ってわずか三週間です。それなのに、あんな事故に巻きこまれ、しまいには死体の運び出しまで手伝わされ……」まるですべてがサンズの計画だったとでもいうように険《けわ》しい目を向けた。「まあ、いいでしょう。それで何を訊きたいんですか?」

サンズは微笑んだ。「別に何も。あなたがどうなさっているか、様子を見に寄っただけです」

笑顔のまま、サンズはロビーを横切り、ドアのところで立ち止まって陽気に手を振った。

「みんなどうかしてる」しばらくたってから、フルーム中尉はバーテンダーにそう言った。

「ぼく以外の人間はみんな頭がおかしい」

「そうですね」バーテンダーは答えた。「そうですとも」

第十章

コーラが亡くなった日、ルシールは個室に移され、特別な看護師が付き添うことになった。

ミス・ユースタスは特殊な難しい仕事を専門としてきた。自らフリーの精神科看護師と称し、凶暴性があったり抑鬱《よくうつ》状態にある患者が自身や他人を傷つけることがないよう、病院や個人宅で二十四時間体制で看護に当たっている。

評判も報酬も高く、精神科病棟の八時間勤務でさえストレスに感じている他の看護師たちの尊敬のまなざしを集めていた。ミス・ユースタスは四十を超えた自分を退屈な女性だと思い、特殊な技能や持久力や忍耐力を褒められるたびに意外に感じている。そんな資質に加えて、信仰心が篤《あつ》く、柔道の心得もあり、また、すぐに眠りについたり目覚めたりできる特技を持っていた。一度だけ仕事中にけがをしたことがあり、原因が編み針だったため、それ以降、きっぱり編み物はやめて、暇なときにはソリティアをしたり、手紙を書いたり、ただおしゃべりをしたりして過ごすようにしている。

ルシールは一週間近く食事を拒み、四日目にミス・ユースタスが強制的にチューブで食べ物を体内に送りこんだ。

その作業が終わると、ミス・ユースタスは落ち着いた声で言った。「自尊心が傷つくでしょう？　特にあなたのように美しいかたは」

ルシールはほとんど無意識に金網張りの鏡のほうに顔を向けた。美しい？　わたしが？　わたしの髪はどうなったの？

「今夜はいっしょにスープを少しいただきましょうね」ミス・ユースタスは続けた。「いいこと？　食べ物を拒んで飢えて死のうなんて無理ですからね。それには長い時間がかかるんですよ」

普通の訓練を受けてきたミス・スコットが、ミス・ユースタスが口にした〈飢える〉だの〈死ぬ〉だのという言葉を聞いたら仰天したにちがいない。理屈だけで言えば、ミス・スコットの考えが正しいのかもしれないが、ミス・ユースタスのやり方には結果が伴っていた。ルシールは夕食にスープ一皿とカスタードを食べ、青ざめていた顔にかすかに血の気が戻った。

しかし、体重は急激に減少していた。衣服はぶかぶかになり、頬骨の下にくぼみができ、顎の肉がたるんで下がっている。髪をとかさなくても平気になり、言われなければ手も洗わなかった。話しかけるとちゃんと聞いているようだが、返事をすることはめったになく、自分から話すのは夜、鎮静剤を与えられてからだ。このときのルシールは、自分では呂律《ろれつ》が回らないことに気がつかず、頭も会話もまともだと思っている酔っ払いに似ていた。

ミス・ユースタスはソリティアを続け、点数を記録していった。百四十九回のうち、勝ったのはたった十一回。(「でも、とても難しいタイプのソリティアなのよ」と、母親に宛てた手紙に書いた)

「なにもかもミルドレッドのせいよ」暗がりに向かって、ルシールがつぶやいた。「ミルドレッド……」

(「わたしの患者がちょうど眠りについたわ」ミス・ユースタスはそのまま書き続けた。「ここはフロアライトしか点いてなくて薄暗いので、乱筆を許してね」)

「ユースタスさん!」

「ここにいますよ」ミス・ユースタスは明るい声で応えた。「何か飲みますか?」

「ミルドレッドのことを考え続けているの」

「寝返りを打って、別のことを考えましょうよ」

「あの人たち、わたしの髪に何をしたの?」

(「彼女は自分の髪に何をされたのかを知りたがっています」ミス・ユースタスは書き続けた。「ここの入院患者はときどき本当におかしなことを口にするんですよ」)

ルシールは寝返りを打った。ほかのことを考えなくては。ミルドレッドのことじゃなく。でも、ほら、ミルドレッドの髪が見えるわ。なんてごわごわした髪なの、一本一本がチューブみたいに太くて、とぐろを巻いているわ。ユースタスさん、ああ、神様。

(「ご家族が一番お気の毒だと思うわ。みなさんは精神がまともなのだから。今日は面会日で、わたしの患者の家族も来ましたが、グッドリッチ先生の指示で患者に会わせてはもらえませんでした」)

何匹もの蛇がミルドレッドの顔に覆い被さりながら身をくねらせ、血を噴き出している。向こうへ行って、行ってちょうだい、あんたなんか見たくない……。

「ちくしょう、ちくしょう」ルシールはつぶやいた。

(「なんてことを言うんでしょう! そりゃ、信心深いわたしだってひどい言葉は知ってます。でも、それを口にするのは憚《はばか》られるわ。かわいいラッシーのことを誰かが『犬畜生《ビッチ》』と言うのを耳にしただけでぎくりとします。そんな言葉にはなじめない。ラッシーにわたしからだと言って骨をやって、もうすぐうちに帰ると伝えてね」)

「眠れないわ」ルシールが言った。

「一生懸命眠ろうとしすぎるのよ。ただ目を閉じて、心が落ち着くことを考えればいいの、雨とか、風にそよぐ草とか、木々のことを」

草。草や木のことを思い浮かべましょう。夜更けの公園。真っ暗だけれど、何かが動いている。形や影が動いている。気をつけて。振り返ると、何かがいるから。気をつけて! あら、マーティンだわ。怖がることはないわね。マーティンでしょ? それともイーディスかしら？　暗くてわからない。でも、親しい人だってことはわかる。あんなに優しくて、遠慮のない誠実な顔をしているんだもの。

突然、その顔は拳のようにぎゅっと縮まった。目や口のあったところは皮膚の皺《しわ》になり、鼻は二つの穴だけに、耳は小さな突起になった。

「耐えられないわ、もういや」

「何がいやなの？　教えてくださいな、すぐに直しますから」

「見えるものが……」

「温かいミルクはいかが？　温かいミルクを飲むとそんなものは見えなくなると思うけど」

「いいえ、いらないわ」

温かいミルクが運ばれてきたが、ルシールは飲む気になれなかった。

「変な臭いがする」

「あら、変な臭いなんてぜんぜんしないわよ。まず、わたしが飲んでみるわね。それならどう？」

「臭いわ」

ルシールに飲む気を起こさせようと、ミス・ユースタスが何度も飲んでみせるうちに、ミルクはなくなった。ミス・ユースタスは気持ちがよくなり、ふたたび手紙にもどった。

ミルクの匂いが部屋に漂っていた。ちょうど新雪か血の臭いのように、ほんのりと。

「気の毒に、この患者さんは誰かに毒を盛られていると思いこんでいるんです」ミス・ユースタスはゆっくりしたリズムで紙面にペンを走らせた。「彼女が食べる前にわたしが毒見をしてあげればいいでしょう。それで患者さんが安心できるなら。もっとも、衛生的ではないでしょうけれど」

ペンの音は聞こえるか聞こえない程度の音だったが、ルシールの耳には増幅されて聞こえた。鎮静剤が切れてきて神経が過敏になり、五感が鋭くなっていた。飲んでもいないのに、舌にミルクの味がし、灰色がかった白い不快感を感じる。大きな鉤爪《かぎづめ》状のペンが紙面を深く削り、ミス・ユースタスの静かな息づかいは風の音のように響いた。

ルシールはまた寝返りを打った。重ねた毛布が体に重く、痛みと息苦しさを覚える。はねのけると、むき出しの脚が冷気に包まれ、震えが走った。

ミス・ユースタスが音もなく部屋の向こうからやって来て、窓を閉めた。

「お背中をマッサージしましょうか?」

「いえ、けっこう」

「効くかもしれませんよ。これ以上、鎮静剤はお出しできませんから」

ふいに怒りがこみ上げてきて、ルシールは鎮静剤を全部くれと言い出した。

ミス・ユースタスは少しも動じなかった。「さあ、さあ」

「わたしのミルク、あなたがみんな飲んでしまったでしょ。飲みたかったのに！」

「新しいのを持ってきてあげますよ」

「さっきのミルクを飲みたかったの！」

ミス・ユースタスは足早に浴室へ行き、ベビーパウダーを手に戻ってきた。

「うつ伏せになって。背中をマッサージしましょう」

「いやよ！」ルシールは子供のようにくり返した。「いや！」言われるとおりに従いながらも、まだそう言った。

ミス・ユースタスが腕まくりをすると、経験豊富な看護師らしい筋肉の発達した前腕が現れた。

上へ下へ。右へ左へ。マッサージの手を動かしながら、ミス・ユースタスは自分の母親や愛犬ラッシー、それに結婚したばかりのかわいい妹のことを、抑揚のない声で話し続けた。

最初はその手の力がルシールには耐えがたかったが、しだいに体がリラックスしてきて、夢の世界に身を委ねていった。

ミス・ユースタスは窓を開け、簡易ベッドの端に腰掛け、室内履きを脱いだ。最後にルシールに毛布を掛け、ようやくベッドに入った。

薄い毛布に脚や腰の動きを妨げられているのか、ルシールは眠りながら何度も寝返りをくり返した。眠っていても精神は活発に動き、指、乳首、腰、腿、足の裏に感覚はあったが、言葉の網に捕らわれて横たわっているように思えた。**ミス・ユースタスわたしのおとうさんとおかあさんは夜になると塔みたいな飼鳥場で一晩中気取って羽ばたいていたバカみたい愛する人よ牢屋の悲しみに満ちた扉からわたしを夜の安らぎへと連れ出したまえ。**言葉の網の中でもがくうちに、毛布は床に落ち、網は切れた。

彼女の夢見る心は、忘れようのない無意識の荒野で、さまざまなイメージに取り囲まれて動いていた。その光景は永遠にくり返されるのに、いつも初めて見るようだった。点々と足跡が続く雪原を、かもめのように、悪霊のように、歩いていく。足跡は残らず、影を落とすこともない。鉄の門が少し開いたまま後ろにある。頭上には、空が弧を描いてかぶさっている。平然と、どっしり構えているところは、まるで口を開けたはさみ罠のようだ。彼女が目指している家に向かって定規で引かれたように道路が走り、車の列が通っていく。タイヤの音が死者を悼んでいる。運転している者たちには顔がなく、ただ悲しみと疑いと悪意だけが感じられる。ポリー、マーティン、アンドルー、イーディス。顔のない者たちがまっすぐな細いベルトコンベアに乗って、虚無へと運ばれていく。

のっぺらぼうの灰色の服の男が、四方を見渡し、門のそばで車を停めた。水平線へと進んでいた車列も止まった。男はポプラの葉のように震える灰色の手を伸ばし、彼女が降りるのを支えてくれた。彼女が外に出ると、口を閉じるようにそっと車のドアが閉まった。

灰色の車はまた走り出し、車列もまた待ちかねたように動き始めた。運転している男は前方の道路を確認すると、後部座席にすわっている女を見た。そして、排水溝の血に染まった雪に視線を投げた。目がないということは、すべてが見えるということでもあった。

彼女のまわりでさきほどの車は霧のように消えた。葬列は、いくつもの丘を越えていつまでも続いている。盛り上がる丘には点々と血が付いていた。気がつくと、彼女は一人で松林にいた。水滴のしたたり落ちる暗い松のトンネルを歩いていた。その先には、あの家が、あの家が、あの家があった。白い柱廊《ポーチコ》がはっきり見えた。まるで長い歯を剝いて口を歪《ゆが》めているようだ。口を歪めているのは苦痛をこらえているのだろうか、それとも脅しているのか。薄笑いを浮かべる支柱の後ろには扉がいくつかあり、窓があって、明かりが灯っている。だが、家には誰も人がいないことを彼女は知っていた。

近づくと、明かりはゆっくり消えていった。まるで末期の目が死期を悟るようだ。あとは、蛆虫《うじむし》に喰われて骨だけになった顎のように、柱廊が口を歪めて笑っているだけだった。一本の柱のそばを通りながら手で触れてみると、腐った漆喰《しっくい》の感触があった。家の中には苦い悔恨のようにうっすらと黴《かび》の臭いが漂っている。土臭い闇の中を歩きながら、ここは墓だ、と気がついた。墓に入るのは恐ろしかったが、どうしても欲しいものがあった。それを手に入れるため、ここまで来たのだ。命の本。それは死の本でもあった。

そのとき、突然、家の気配が変わり、多様性のある、親しみやすい雰囲気が満ちてきた。

きのこが殖《ふ》えるように、次から次へと子供が生まれ、急に大家族ができたようだった。弓なりに曲がった階段を上がっていると、忌まわしい期待をこめて壁が背中を押し、悪意のある子供たちの笑いのように足元が軋んだ。踊り場のカーテンが内側に膨らみ、指のように先が分かれて彼女の腰をつまみ、腿を撫でようとした。胸元からナイフを取り出し、彼女はその指を切り落とした。何本もの切られた指が下に落ち、足元で赤ん坊のように躍った。

あの本を見つけないと。内心の恐怖がそうつぶやいた。そして、彼女は自分の部屋に行き、タンスの引き出しを開けた。聖杯のように燦然《さんぜん》と輝く本が部屋を照らした。それは憶えていたとおりの本だった。自分でも気がついていたが、彼女は記憶の中に、夢の中にいた。**神様、ありがとう、**と彼女は言った。あるいは、そんな夢を見た。両手にはあの日記があった。**神様、ありがとう。この日記は誰にも取られていませんでした。**日記を開くと、箱の蓋のように表紙が取れた。中では、叩きつぶされたミミズに似た指が一本、くねくねと蠢《うごめ》いていた。

歯を剝いて嘲笑する墓、墓臭い家から走って出ると、髪の毛が頭上で蛇のようにとぐろを巻いていた。それは何年も前に死んだ手の神経質な動きのようでもあった。あの灰色の車が扉の前にやって来て、あの灰色の男が狭い部屋へと彼女を導いた。襞《ひだ》の寄ったカーテンの後ろにあるその部屋では、墓臭い花の下で、死者がローラーの上で眠っていた。窓に灰色のカーテンが引かれた細長い自動車は、ローラーに乗って、街に投げられたコンクリートの網のような車道の迷路を進み、極寒の湖や丘に囲まれた森を通り過ぎ、三位一体の塔や乳首のような頂《いただき》がいくつもある山々をあとにして、茫漠《ぼうばく》とした空間に飛びこむと、赫奕《かくえき》たる悲痛な光に包まれ、そのまた先にある非情で異質な輝きを抜けて、果ての果てにある鋭く尖った場所へとたどり着いた。それは殺伐とした光を放つ死の刃《やいば》だった。

ペンウッド病院の照明は二十四時間消されることがない。夜間は、外の世界と同じように闇や眠りが自然にやってくると錯覚させるために照明は絞られるが、それでも真夜中でさえ遠くから見ると、ペンウッドが光に包まれているのがわかる。

夜間であっても物音は絶えない。誰かが叫び声を上げたり、トイレに行きたいと訴える者もいる。あるいは、亡くなる患者が出て、院内の傾斜通路をストレッチャーが静かに移動することもある。

朝になって、時を告げる雄鶏《おんどり》の声や、悲しげな牛の鳴き声を聞くと、夜勤の看護師は患者に顔を洗わせて勤務を終える。そして、新たな一日が始まるのだ。朝食、医師の回診、作業療法、昼食、休息、屋外での散歩や体育室でのウォーキング、診療室での医師との面談、夕食、音楽鑑賞やトランプをしたのちに就寝。

この日課は突然、変更されることがある。湿布や連続入浴治療をおこなわなくてはならなかったり、ミス・シムズが内なる声に命じられるまま、食卓の食べ物を顔に塗りたくったり、ミス・フィルシンガーが持ち出し禁止のスプーンを食堂から持って出ることもある。

ミス・ユースタスは、朝早くに目を覚ますとすぐに仕事の態勢に入る。ルシールはもぞもぞ体を動かしていたが、まだ目を開けてはいなかったので、ミス・ユースタスは先にバスルームを使った。顔と手を洗い、ていねいに歯を磨き、きれいな制服を身につけた。戻ってくると、ルシールが目を覚ましていた。

「おはよう。よく眠れました？」

「朝なの？」ルシールはつぶやいた。

「ええ、そうですよ。でも、そうは見えないでしょ。冬はこれだからいやね、日が昇る前に起きなくちゃいけないもの」

しゃべりながらも、ミス・ユースタスは専門家の目でルシールを眺めた。休息をとって、穏やかな気持ちになっているようだ。その落ち着きが長く続かないことはわかっているが、つかのまであってもよい徴候は利用したほうがよい、というのが彼女の考えだった。

「けさは朝食に降りていきましょう」ミス・ユースタスは明るい声で言った。「新しい人たちと会うのもいいわよ。わたしとばかり顔を突き合わせているのはうんざりでしょう」

ルシールは意外そうな表情を見せた。このときまで、彼女はミス・ユースタスに顔があるのを意識したことがなかったのだ。ミス・ユースタスは制服と権威、糊《のり》のきいた白い服を着た非人間的な〈わたしたち〉の象徴でしかなかった。

「赤いワンピースを着ましょうね。冬の朝、赤いものは気持ちを明るくしてくれるから」

ルシールは返事のしようがなかった。何も言えなかった。この冬の朝、赤いワンピースを着せてルシールを朝食に連れていく、とミス・ユースタスが決めてしまったのだから。

「保育園みたいね」ルシールは言った。

「えっ、何が？」

「ここが」

ミス・ユースタスはけらけら笑った。「そうかもしれないわね。はい、歯ブラシ」

ルシールが身支度を調《ととの》えているあいだ、ミス・ユースタスは時間を計りながら二人分のベッド・メイキングをすませた。ルシールのベッドに二分、自身のベッドに一分三十七秒。かかった秒数を、ソリティアの点数記録帳に誇らしげに書き記した。

部屋を出る前に、新鮮な空気を入れるため二つの窓を大きく開け、ルシールのナイトガウンをクローゼットに吊し、自身のくしゃくしゃの制服をランドリー・バッグに入れた。それから、清い心と健全な食欲とともに食堂へと降りていった。

食堂は静かで整然としていた。患者は三人か四人ずつのグループになり、小さな円テーブルを囲んでいる。

ルシールは、ごく自然にこれまでコーラやフィルシンガー姉妹と同席していたテーブルに足を向けた。

ミス・ユースタスは「おはようございます」と双子の姉妹に声をかけ、ルシールとともに腰を下ろした。

「そこにすわってもらいたくないんだけど」メアリー・フィルシンガーが言った。「二人だけでいたいのよ。院長先生にもう十回以上そう言ってるのに、ねえ、ベティ？」

「知らないわ」ベティは食べ物をほおばったまま、答えた。

「そんなに口いっぱいに詰めこまないで。いやだわ。ちゃんと百回噛んで食べなさいな」

「なんでも丸呑みできるのよ」ベティはミス・ユースタスに自慢した。

「この人に話しかけちゃだめ」メアリーが言った。「スパイなんだから」

ミス・ユースタスは穏やかな笑顔で、田舎の家のことやそのころ朝食に食べていた物の話、春に彼女のユリノキが最初に花をつけ、花が散ると葉が出てくることなどを話した。

「何色の花なの？」メアリーが怪訝そうに尋ねた。

「淡いピンクよ。ほとんど白に近いの」

「葉っぱの話は変だわ。信じられない」

「本当よ」突然、ルシールが言葉を挟んだ。「うちにもユリノキがあったから」

「あたしも欲しい」ベティが言った。

姉がその手に触れた。「買ってあげるわよ」

「いつもそう言うだけで、買ってくれたことなんかないじゃない」

「まあ、感謝知らずの嘘つきね」

「そんなこと言うなら、丸のまま呑みこんじゃうわよ」

「よしなさい、ベティ。いい子だから、そんなことしないで」

メイドが、オレンジジュースとレーズン入りのオートミールとエッグ・トーストの入った蓋付きの容れ物を運んできた。

双子は恋人同士のようにけんかを続け、ミス・ユースタスは犬の話を始めた。コリーはとてもいい犬種ね、コッカー・スパニエルもだわ。でも、わたしはエアデール・テリアのほうが好き。とても忠実な犬種なのよ。

「猫が一番よ」メアリーはミス・ユースタスが撒《ま》いた餌に食いついた。「あたしたち、何より猫が好きなの」

「ええ、猫もいいわね」ミス・ユースタスも調子を合わせた。「あなたは何が好きなの、モローさん?」

「さあ、わからないわ」ルシールはつぶやいた。「犬かしら」

「犬は凶暴よ」メアリーはそう言いきると、トーストを口に入れて強く嚙みしめた。

「そうね、そういう犬もいるわね」ミス・ユースタスは続けた。「でも、たいていは訓練次第だし、ある程度は遺伝も関係しているのよ。たとえば、個人的にはチャウチャウはどうしても信用できないわ」

「あたしはユリノキのほうがいい」ベティが言った。

メアリーが顔を寄せて何か耳打ちしたが、ベティは頭を振って、ばかにしたような顔で姉を見た。

ルシールが興味を示しているか、あるいは動揺しているか、ミス・ユースタスは視野の端でうかがっていた。オートミールを半分ぐらい食べているのを見て、彼女は安堵した。ユリノキ以外の話に積極的に加わろうとはしないが、会話の内容はわかっているようだ。今日はいい一日になりそうだと思い、ミス・ユースタスは満足感を覚えた。

双子はまたけんかを始めた。声は低いが、鋭い目つきで相手を睨《にら》み、身振り手振りも激しくなった。とうとうメアリーが険悪な表情で黙りこみ、手にしたスプーンを後頭部のシニヨンにそっと差しこむのがミス・ユースタスの目に留まった。周囲を見回し、様子をうかがってメアリーは席を立ち、出口に向かった。ミス・ユースタスも立ち上がった。

「スプーンを持ち出してはいけないことになっていますよ」丁寧な口調でメアリーに声をかけた。「戻してくださいな」

「スプーンですって？」メアリーは大げさに驚きの声を上げた。「なんのスプーンのこと？」

「戻しなさい」

「何言ってるんだかわからないわ」

食堂担当の看護師がテーブルのあいだを縫って二人に歩み寄り、メアリー本人が気がつかないうちに、シニヨンからスプーンを抜き取った。

「ほらほら、メアリー、こんなことをしちゃいけないのはわかってるでしょう。今週はこれで二度目ですよ」

「逃げ出してやる！」メアリーは声を荒らげた。「ベティなんか放っておいて。あたしをこんな目に遭わせて、ただで済むわけないいんだから。出てってやるわ。そうすれば、誰にも面倒を見てもらえないで一人残されるのがどんなものか、ベティにもわかるはずよ！」

「何か呑みこんでみるわ」冷静な声で言うと、ベティは指輪を外して周囲が止める間もなく口に放りこんだ。ごくりと呑みこみ、息を止めると、看護師が引きずるように外へ連れ出し、背中を何度も強く叩いた。だが、手後れだった。指輪はすでにベティの胃の中のコレクションに加わっていた。

顰蹙《ひんしゅく》を買った双子は、ミス・スコットに連れられて出て行った。

「あの人のおなかの中、博物館みたいでしょうね」食堂担当の看護師がミス・ユースタスに言った。「わたし、叱られちゃうわ」

「あなたのせいじゃないわよ」ミス・ユースタスはそう言って席に戻り、食事を続けた。

どうやらルシールはこの騒ぎを意に介するふうもなく、トーストを小さくちぎって左右対称に皿に並べることに没頭していた。

彼女は協力的で、一生懸命食べようとしている、とミス・ユースタスは思った。

「コーヒーにお砂糖は？」ミス・ユースタスは尋ねた。

「はい、お願いします」

ごろんとしたピンクの砂糖入れが回ってきた。ルシールはその肉のようなピンクの器をどうしても触ろうとしなかった。本物の肉のはずはないのだが、それが呼吸しているのがわかるので本物だと感じる。

ミス・ユースタスのスプーンがガリガリした砂糖の粒に当たって、音を立てた。「一つ？　二つ？」

「一つ」

「はい。よくかき混ぜてから飲んでね。だめ、だめ、先にかき混ぜて」

ルシールはその感触が怖いのか、恐る恐るスプーンを取り上げた。すべての物が息づいていて、苦しみを与えようとする。ルシールはスプーンを痛めつけてやろうと、きつく握った。丸みのある不格好な形をしたスプーンは、彼女の指に食いこみ、応戦してくる。

「そんなに強く握らないで、モローさん」

スプーンは、怒りと痛みをぶつけるように熱くどろどろした波を立て、カップの中の小さな生き物たちを激しくかき混ぜた。ルシールはその生き物たちを飲みこんだ。闘いに勝利した勝ち誇った気分と、呑みこんで姿が見えなくなった物たちに仕返しをされるだろうという絶望感を味わいながら。すべての物が生きている。床は靴を痛めつけ、靴は足を痛めつける。ナプキンは服を押しつけ、服は腿を締めつける。どこもかしこも痛い。プライバシーなどない。一時《いっとき》たりとも一人にはなれないのだ。四六時中、何かに触っているか、触られているかのどちらかだ。呑みこむか、呑みこまれるか、呑みこんでそのまま体内に取りこまなくてはならない――生きている物を……。

ルシールの肩がぴくぴく動き出した。

食堂から出たがっている、とミス・ユースタスは感じた。いい徴候だ。いつもなら、すわらされた場所にずっとそのままとどまっていたがるのだから。

ミス・ユースタスは腰を上げた。床を蹴って立ち上がり、ナプキンを雑にたたんだ。

「郵便物を取りに行きましょう」

ルシールが立ち上がるのを助けようとミス・ユースタスは手を差し伸べた。ルシールはその手をじっと見つめた。叫び声がこみ上げてきて、喉が詰まり、ひりひりと痛む。

切迫した目の表情を見て、ミス・ユースタスは早口でしゃべりながら、優しく手でなだめるようにして彼女を廊下に連れ出した。

今朝は――ルシールを押す――何が届くことになっていたかしら。郵便って予想がつかないわ――ぐいと押す――でも、贈り物は最高ね。

ルシールの腕を取り、親しい友人のように腕を組んで廊下を進んだ。

郵便係のデスクのところで二人は足を止めた。アンドルーから毎日送られてくる花の入った箱は届いていたが、手紙類はまだ配達されていなかった。窓口の向こうで若い女性が患者が外部に送る手紙に目を通していた。彼女の手にある封筒には赤いクレヨンで「あかおさま」と書いてある。

「これ見て」郵便係の女性は窓口からミス・ユースタスに手紙を渡した。「この人、毎日何十通もこうやって書いてるんですよ」

「あかおさまって、なんなの？」

「〈あ〉と〈お〉を間違って書いてるんです。彼の〈おかあさま〉のこと。このまま出すわけにはいかないから、全部ネイサン先生にお渡ししてます。文面は不平不満だらけで、息子からこんな手紙を受け取ったら、親御さんも心を痛めるでしょうから」

「しっ」ミス・ユースタスは眉をひそめ、ちらりとルシールのほうに視線を投げた。だが、ルシールはまるで聞いていなかった。花の入った箱を両手で抱くようにして立っている。箱がきつく当たる痛みを感じていた。

「でも、手紙を差し止めするのはいやなんです」郵便係の女性は言った。「わたしの主義に反しますから」

「あかおさまへ」ミス・ユースタスは読み上げた。「ぼくは世界情勢のインフレを誘発する取引にこれ以上我慢できない。あかおさま、おの人たちはぼくに残酷で、ぼくを嫌ってあり、現状ではどんなことも失敗にあわる」

サインはなく、一番下にキスを表す×印が並んでいた。

「お気の毒ね」ミス・ユースタスはため息を漏らした。「いつも言ってるけど、一番苦しんでいるのはご家族だもの」声を大きくした。「モローさん、箱が潰れてしまうわ。いったん上に戻りましょうか？　それともここで郵便が届くまで待ちますか？」

「さあ、どうしましょう」

「じゃあ、待っていましょうか。お花の箱を開けましょうね」

一瞬、箱を摑んでいた力がゆるみ、箱はルシールの手から抜けて床に落ちた。蓋が開き、中からすみれの花がこぼれた。

「まあ、かわいい」ミス・ユースタスはすみれを拾った。「すてきじゃない？　土の香りがするわ」鼻を近づけて匂いを嗅いだ。ルシールはすみれの痛みを思って、黙って見つめていた。手足の長い華奢《きゃしゃ》な子供たちは弱々しくて息をすることもできず、顔は死人のように青ざめ、土の臭い――土に埋められた棺の臭い――を発している。

生きている床が足の下で震え、空気が頰や腕に触れ、その愛撫は警告とも脅迫とも思える。そして、すみれは生き返った。すみれはコーラのように息を殺していただけなのだ。傷ついた小さな顔を苦痛に歪めて！　**ああ、わたしが傷つけたの、傷つけてしまったんだわ。なんてことをしたのかしら。まあ、なんてことを。**

小さな顔はどれもこわばった悲しげな表情になり、やがて、ぐったりした一本足を箱の中に入れている濡れた青い目に変わっていった。

「はい、どうぞ」ミス・ユースタスはルシールに箱を渡した。「ちょうどあなたの目の色と同じね」

箱の角が腕に当たって、ルシールは痛みを覚えた。激しく耐えがたいほどだったので、思わず箱を摑み、ナイフのようにその角を胸に突き立てずにはいられなかった。

わたしは死んだわ。死んでしまったのよ。

ルシールは笑みを浮かべ、死の象徴を摑んだまま、何も言わず足早に廊下を歩き出した。

「モローさん、ちょっと待って！」ミス・ユースタスは息を弾ませながら追いついた。「驚いたわ、そんなに急いでいるなんて。どこかへ行くつもりなの？」

「外よ」

「外のどこへ？」

「新鮮な空気が吸いたいの」

「あら、そうなの」ミス・ユースタスはうれしい気持ちと疑いの気持ちが相半ばしていた。「新鮮な空気が吸いたいの」

「それなら、もう少し日差しが強くなるまで待って、ルーフ・ガーデンに行きましょう。あそこからの眺めはすばらしいのよ。ここでちょっと待っててね。郵便物を取ってきますから」

ミス・ユースタスはルシールから目を離さないよう、横歩きに近い歩き方で窓口に戻った。ルシールは逃げようとはしなかった。何か大切な物を守ってでもいるように、緊張してまっすぐに立っていた。

ミス・ユースタスが戻ってきた。「はい、あなたへのお手紙。待っててよかったわね」ルシールがどうしても受け取ろうとしないので、ミス・ユースタスは自分の制服のポケットに手紙を入れた。手紙に興味を示さないなんておかしい、と彼女は思った。部屋に戻ると、もう一度、試してみた。

「あなた宛てのお手紙ですよ。わたしが日誌に書きこんでいるあいだに読むといいわ。そこにすわって。そのお花、お水に入れましょうね」

ルシールを椅子にすわらせ、膝に手紙を置いた。それから、小声でハミングしながらバスルームへ行き、モーネルの花瓶に水を入れた。ミス・ユースタスは自分のであれ他人のであれ、郵便物にはいつも心がときめく。封緘され、消印が捺《お》され、ジョージ六世の切手が貼られた封筒から出てくると、平凡な天気についての話でさえ魅力的に思える。

誰からの手紙だろう、と思いながら、ミス・ユースタスは部屋に戻った。「お手紙、読んであげましょうか?」

「どっちでもいいわ」

ミス・ユースタスはわくわくしながら親指の爪で封筒を開けた。

「イーディスとサインしてありますよ。差し出し人を確かめるために、いつも文面の最後を先に見るんです。じゃ、読みますね。『ルシールへ　おととい送ったチョコレートやクッションを受け取ってくださったと思います』もちろん、受け取りましたよね？　あのクッション、とても気持ちがいいわ。『近ごろはチョコレートが手に入りにくくなって、列に並ばなくてはならないんですよ』こんなに苦労して送ってくださった物をめちゃくちゃにしてしまうなんで、よくないわね」

ルシールは顔を背《そむ》け、わざと窓の外を見た。**近ごろは毒入りのチョコレートが手に入りにくくなって、列に並ばなくてはならないんですよ。**

「わたしたちみんな、あなたがいなくなって寂しくてたまりません。でも、それを信じてもらえないと思うととてもつらいです」

とてもつらいです。

「『なにもかもひどい状況です。サンズという刑事がまたやって来て、列車事故の話をしていました。あの午後のこと、憶えているでしょう？　あの刑事がどういうつもりなのかわからないけれど、ルシール、あなたに何かした人がいたとしたら、それはわたしじゃありませんからね！　わたしはもう何も考えることができなくなりました。一日中、ひどい頭痛がするし、マーティンのせいで頭がおかしくなりそうです』」

「このかた、気分がよさそうじゃないわね」ミス・ユースタスは非難めいた口調で言った。

「先を続けましょうか?」

「どうぞ」

「わかりました。『これまで、あの二人には自分の子供のように接してきました。今はどういうわけか、二人が他人のような気がします。食事時が最悪なのです。みんなお互いに監視しているんです。たいしたことには思えないでしょうが、ひどいものですよ——お互いを監視しているんですから」

愚かな女性だ、とミス・ユースタスは思い、ページをめくった。

「こんな手紙を書いてアンドルーがいやがるのはわかっています。でもね、ルシール、今のわたしにはあなたしか話せる人がいないの。できれば、あなたといっしょにそちらにいたいくらいよ。今までもずっとあなたのことが好きで、信頼していたわ」

わたしはずっとあなたが大嫌いで、妬ましく思っていたわ。わたしたちお互いに監視していたでしょ。

「なにもかもがめちゃくちゃよ。ジャイルズが来た晩、わたしたちは幸せな家族だ、とわたしが言ったのを憶えているかしら。今度のことは、わたしの自己満足と邪《よこしま》な気持ちに対する天罰だと思っています。いったいどんなふうに片がつくのか、見当もつきません」

今度のことはわたしの邪な気持ちに対する天罰です。そのうち、すっかり片がつくでし

よう。

「これでおしまいよ」ミス・ユースタスは言った。

おしまい。いつか片がついておしまいになるの。

ミス・ユースタスは手紙を封筒に戻した。気分を害しているのが手の動きの速さに表れていた。手紙に悩み事を書くのはよくない。退屈でもいいから、手紙にはのんびりした気楽なことを書くべきだ。

「暖かくして、新鮮な空気を吸いに行きましょう」

ルシールは動こうとしなかった。ミス・ユースタスがコートの袖に彼女の腕を通し、頭にスカーフを巻き、手袋をはめさせているあいだ、ぼうっとすわっていた。

ルーフ・ガーデンは日の光にきらめいていた。高いフェンスに雪が貼りつき、てっぺんにめぐらされた有刺鉄線の刺《とげ》の部分には雪の玉が載っている。

ルシールはゆっくりとフェンスに近づき、手をかけた。上向きの顔に雪が降りかかり、まぶたにふんわり冷たいものを感じた。フェンス越しに見下ろすと、小さな人影が見え、雪に足跡が残っていることから現実の人間であることがわかる。遠くから見ていると、ちょうど自宅の窓から見ていた公園のスキーヤーのように、ちっぽけでつまらない存在に思える。

つまらない、なんの意味もない人、そう思いながら、ルシールは額をきつくフェンスに押しつけ、額に菱形《ひしがた》の跡がついた。

「まあ、いやだ、高いところから下をのぞきこむなんて」ミス・ユースタスは言った。「目がくらんでしまう」

そうは言ったものの、ミス・ユースタスは寒さと怖い物見たさに身震いしながら、下をのぞきこんだ。それから後ずさりし、目を細めて太陽に顔を向けて深呼吸した。仕事柄、新鮮な空気を吸うことはめったにないので、チャンスがあるときはできるだけ吸っておきたかった。

吸って――止めて――吐いて――止めて――吸って――止めて……。

ミス・ユースタスは生きている実感を味わった。

ルシールはフェンスに顔を押しつけたままでいた。寒さも痛みも日差しのぬくもりも感じない。ミス・ユースタスが背後にいることも意識になかった。下をのぞきこみ、目を凝《こ》らす。突然、雪がオレンジ色の炎を上げ、くっきりした黒い影が彼女を指さし、こちらに向かって煙が巻き上がる。いくつもの窓がこちらを睨みつけ、風が「片がついておしまいになる」とささやきながら吹き抜けた。

吸って、吐いて、とミス・ユースタスは深呼吸を続けた。少し息が切れはじめたが、やがて勝ち誇ったように声を上げた。

「百回。やったわ！ 息を吸ったり吐いたりするだけでこんなにたいへんだなんて思ってもみなかった。でも、いつも言ってるとおり、深呼吸百回で治らない病気なんてまずないわ。さあ、少し歩きましょうか」

ルシールの返事はなかったが、ミス・ユースタスはすっかり気分がよくなって、それも気にならなかった。しっかりした足取りで歩き出し、雪の上にきれいな足跡を残していく。強くなってきた風の中を北へ二十歩、南へ二十歩。

片がついておしまいになる。

「モローさん、あなたも少し動き回らないと、体が冷えてしまいますよ」

あの人たちはわたしが雪の中で燃え上がり、片がついておしまいになるのを待っている。

「だめですよ、手袋を外したりしちゃ。手が凍えてしまうわ」

ミス・ユースタスが後ろから近づいてくる気配を感じたが、ルシールは手元に視線を向けることもなく、おもむろにもう片方の手袋も脱いだ。力がわき上がってくるのを感じる。何週間もたって、やっと自分が何をすべきかがわかったからだ。誰にも、ミス・ユースタスであろうとも、それを阻むことはできない。

ルシールの両手が鷲《わし》の鉤爪《かぎづめ》のようにフェンスを摑み、よじ登り始めた。ゆっくりと。急ぐことはない。フェンスの穴にヒールをかけて、しっかり体を支えた。上まで登りきると、上体を曲げて前のめりになり、コートが風にはためいた。

ミス・ユースタスは「やめて！」と悲鳴を上げ、ルシールの片方の足首を摑んで引っ張った。もう一方の靴のヒールが容赦なく彼女の鼻梁《びりょう》を打ち、骨が砕け、血が噴き出した。ミス・ユースタスは後ろによろめいて、目に入った血を拭った。

「戻って！　戻ってちょうだい！」

いいえ、これはわたしの邪な気持ちに対する天罰なの……。

有刺鉄線が手や顔を切り裂いたが、ルシールは何も感じなかったし、声一つ上げなかった。フェンスのてっぺんで、動きはぎこちないがものすごい力をこめて体を持ち上げた。コートが有刺鉄線に引っかかり、血が流れ、衣服をはためかせたグロテスクな物体が一瞬、宙にぶら下がった。

まもなく、コートの生地が裂けて、ルシールは落ちた。大きな黒い影が音もなく建物の壁を滑るように落ちていった。

第三部　猟犬

第十一章

「はい、モローさん。どうぞお掛けになって」

「これでおしまいでしょうか？　おしまいですわね。彼女は亡くなり、検死も終わり、今日の午後、埋葬されます」

「どうぞおすわりください」サンズはそう言って、ポリーが椅子に腰を下ろすのを待った。彼女は黒い服に暗い色の毛皮のコートを着、目が隠れるくらいのつばのある黒い帽子を被っている。記憶にあるより痩せて弱々しく見えた。帽子で顔を隠そうとしているのか、うつむきがちのまま話し始めた。

「どうしてここに来たのか、自分でもわかりません。家族から離れたかったのか、あの花の匂いに耐えられなかったからか……。カラーリリーです。あの花は自分の耳から生えてきたみたいな気がして」

「そんなことはありませんよ」

「サンズさん？」

ポリーは堅い口元をほんの少し緩めた。「よかったわ。とにかく、ここに伺う理由はないし、お話しすることも何もないんです。ただ、誰かに聞いてもらいたかっただけで」

「ごく普通のことですよ」

「そうですか？　たいていの人は、継母の葬儀の朝、町中を駆け回っているなんて頭がどうかしていると言うでしょうね。特に、あんな亡くなり方をしたあとですし。グッドリッチ先生の話では、あのフェンスをよじ登るなんて人間業《わざ》ではないそうです。でも、ルシールは実際によじ登ったんです」ポリーは下唇を噛んだ。「あの人らしいと思いません？　最後の最後まで、みんなをびっくりさせて。あの人は自分のことを話さなかったので、家族の誰も彼女のことをよくわかっていないんです。本人がしゃべらなければ、その人を理解するのは無理でしょう？　たとえ日常的に会話していたとしても……」

「そうですね」サンズは相槌《あいづち》を打った。

「ひどい話」ポリーは暗い顔で机の隅を見つめた。「ほんとにとんでもないわ」

「なぜこんなひどい目に遭わなければならないのか、そうおっしゃりたいように思えますが」

「ええ、そうです。どうしてなんでしょう」

「わたしにはわかりませんね。でも、人の正義という点でこの世の中における論理的な解釈を求めているのなら、あなたはわたしが思っていたよりまだ若いですね」

「二十五歳です。でも、若いときなんてありませんでした」

「どういうわけか女性はその言葉が大好きですね。多少の真実は含まれているんでしょうが。女性は男性より自分の行動に責任を持つものだし、そうすることで年をとっていく」

おそらく、わたしの行動だってそうだ、とサンズは思った。「目には目を」「心には心を」のくり返しなのだから。

ポリーは頭を起こしてサンズを見た。「昔お会いしたときとすっかりお変わりになりましたね」

「あなたもですよ。こんなになるなんて、お互いなんの報《むく》いでしょうね」

サンズは笑みを浮かべたが、ポリーは真顔で見つめていた。「わたし、まじめに言ったんです」

「わかってますよ。いいじゃないですか」

ポリーは手袋をはめ始めた。「お時間を無駄にさせているようだから、失礼したほうがいいわね。わたしの話を本気にしていただけないんだもの」

「本気にしていないですって?」サンズは眉をつり上げた。「四人の犠牲者が出ているのに、あなたの話をまじめに受け取っていないと言うんですか? 四人もですよ。合計四人。おっしゃるように、これでおしまいにしなくてはなりません。登れるはずのない高いフェンスによじ登り、ドスン、キャーッでフィナーレにしなくては」

「そんなことまでおっしゃらなくても……」

「必要はなくても言いますよ。彼女は無残な亡くなり方をし、あなたがたの一人にその責任がある。あなたか、お父さんか、お兄さんか、叔母さんのうちの誰かに。単純そうで、かなり複雑な話です。彼女は直接誰かが手を下して殺したわけじゃない。じわじわと追い詰められて亡くなったのです。ほかにも二人、その巻き添えとなって殺された」

「わたしたちって、とっても愉快な家族なんですね」ポリーはぼんやりとつぶやいた。

「お褒めにあずかって光栄よ。では、失礼しますわ。ありがとう、あなたとカラーリリーのおかげで、元気が出てきました」

「あなたを元気づけるのはわたしの役目じゃありませんよ。フルーム中尉はフォードホテルにいらっしゃいます」

「それがどうかしました？」

「好青年ですね。少々動揺されてはいますが……女性問題でね。外国へ行けば、それも忘れられるでしょう」

ポリーは腰を上げ、コートの前を合わせた。「婚約指輪を送り返したんです。この騒動に彼を巻きこんでも仕方がないですから。あなたが指摘してくださったように、これは身内の問題で、家族の中だけにとどめておくつもりです」

「それは、彼自身に決めさせてあげてはどうです？」

「自分のことは自分で決めます。いつもそうしていますから」

「そうですか。あなたは個性的なかただ。だから、ときには間違っていることでも声高に主張される可能性がある」サンズは立ち上がって、デスク越しに手を差し出した。「では、お元気で。お目にかかれてよかったです」

ポリーは彼の仕草が皮肉だと気づいて、差し出された手を無視した。「さようなら」

「では、また葬儀の際に」

ポリーはドアのほうへ歩きかけ、途中で足を止めて振り返った。「いらっしゃるのですか?」

「ええ、葬儀は好きですからね。顧客を丁重にお見送りしたいのです。花輪も注文しましたよ、『みごとなダイビング!』と言葉を添えて」

ポリーは顔を歪《ゆが》め、片手を差し出してバランスをとるような仕草をした。「これまで会ったことないわ、あなたみたいに冷酷な人」

「冷酷ですって?」サンズはゆっくりと歩み寄った。「この連続殺人事件の解決につながる情報を、おたくのどなたも提供してくれなかったんですよ。コーラ・グリーンとあなたのお継母《かあ》さんとエディ・グリーリーを救うことができたかもしれないのに」

「頭のおかしい二人と薬物中毒患者ね」ポリーは辛辣《しんらつ》に言い放った。「安楽死みたいなものじゃない。みんな年をとっていて将来の望みのない人たちだもの。若いマーティンとわたしはどう? このことが頭から離れず、ごく普通の幸せな生活を送ることもできずに一生過ごさなくちゃいけないのよ。わたしは心から愛していたただ一人の人もあきらめたわ。彼にまで汚名を着せるわけにはいかないから。将校をスキャンダルに巻きこむわけにはいかないのよ」

「それは彼の問題でしょう」

「いいえ、わたしの問題。このことで彼が将校の地位を失うことになったら、結婚しても生涯けんかするたびに当てつけられるに決まってるわ」

「そういうタイプの人間なら、何も理由がなくても暴言を吐きますよ」

「彼がそういう人だって言ってるんじゃないわ！　そんな人じゃないもの！」

「あなたが言いたいのは、自分が彼の立場ならそうするってことでしょう？　まあ、わたしはドロシー・ディックスみたいな結婚相談の専門家じゃないから、殺人事件にでもならない限り、あなたが何をしようとかまいませんが」

サンズは彼女が出ていき、力任せにドアを閉めるだろうと思っていた。ところが、ポリーは戻ってくると、もう一度、腰を下ろして手袋を外した。

「わかりました」落ち着いた口調で言った。「真相を突き止めるお手伝いをするにはどうすればいいのかしら」

「話をしてください」

「なんの話？」

「あの日曜日、あなたとお父さんとお兄さんがフルーム中尉を出迎えに行った日のことを。それから、月曜日、お継母さんが家を出た日のこと。その二日間にあったことをすべて、誰が何を言ったか、どんな細かいことでもいいので話してください」

「それがなんのお役に立つのかわからないけれど」

「役に立つんです。その時点まで、あなたがたはかなりまともな家族でした。あなたは実の母親の死と折り合いをつけ、普通の暮らしをしていらした。些細なけんかをしたり、冗談を言ったり、愛情を感じたり……」

「それは違うわ。少なくとも、わたしはそうじゃなかった。母の死と折り合いをつけることなんかできなかったし、ルシールに愛情を感じることもなかった。父が再婚したことをどうしても許せなかったのよ」

「ともかく、ほかの人たちと同じように、なんとかルシールさんといっしょに生活をし、ときには彼女に助けられているとか、彼女にもすぐれたところがある、と感じることもあったのでしょう?」

「そうね」

「わたしは、あの日曜日に、今回の出来事のきっかけとなる何かがあったにちがいないと思っているのです。ルシールさんに切断された指を送りつける計画を何年間も温め、都合よく列車事故が起こるのを待っていたとは思えませんから。あの日、天から啓示を受け、また、列車事故そのものがルシールさんへの復讐の方法を思いつかせたのではないかと思うのです」

「だったら、イーディスは除外されるわね。おばは家にいたのだから」

「そうですね」

「それに、あの日はふだんと同じごく普通の日曜だったわ。わたしはいつもの日曜と同じ時刻に起きて、一番に朝食に降りていった。あなたがお聞きになりたいのはこういうこと?」

「はい」

「アニーがオレンジジュースとトーストとコーヒーを出してくれたわ。もう一人のメイドのデラは教会に出かけていたの。少したって、イーディスも降りてきたけれど、ジャイルズをうちに迎えることでそわそわしていたわ。『よりによって今日という日に』と何度も言うものだから、神経に障ったのを憶えてます。そうやって騒ぐのは好きじゃないもので」

ポリーは言葉を切り、両手に視線を落として考えこんだ。「そうそう、それから、父がいつものように捜し物が見つからなくて、二階の階段のところから、下のルシールと話しているのが聞こえました。家族はみんな子供で、彼女一人が有能な世話係みたいな調子なんです。ルシールは杉のクローゼットの中を見てみるように父に言ったあと、ダイニングルームに入ってきて朝食を食べ、イーディスとしゃべっていました。おばは、そのうち、わたしの行儀作法や姿勢の悪さを指摘しました——いつものことなんですよ。そのあと、おばは二階へ父の様子を見に行きました。やがて、兄が降りてきて、ジャイルズのことでわたしをからかい始めましたが、マーティンが現れるとまもなく、ルシールは出ていきました。わざとらしかったから憶えているんです」

「わざとらしかった？」

「ええ。父もイーディスもいないときは、無理をしてわたしたちのおしゃべりにつき合う必要がないので、彼女は席を立って出ていくんです。父のいるところでは優しく、物腰も柔らかなんですが。いえ、考えすぎじゃありませんよ。わたしが結婚を切り出したときの彼女の表情を見せてあげたかったわ。心からの笑顔でしたよ。邪魔者が一人いなくなった、あと二人——わかります？　いずれ、マーティンも結婚するでしょうし、イーディスは死ぬかもしれない。そうしたら、彼女は父と二人きりになれるんです。それこそルシールが願っていたことだわ。マーティンとわたしは一度だってごまかされなかった——もっと前から……」

ポリーは言葉に詰まった。

「あなたがたの実のお母さんが亡くなる前から、という意味ですね？」サンズが言った。

「ええ。そのころから。ルシールはおとなたちの前ではうまく隠しているんですけど、子供の目はだまされません。二人とも特に敏感なほうではなかったけれど、おとなは子供の前で隠しごとをするのがほんとに下手だから。一生懸命隠そうとするから、遠くからでもばれてしまうの。わたしたちがあの人を好きじゃなかったのはそのためなの——彼女が父を愛していたから。そして、その愛情はいつまでも変わらなかったわ」

「お父さんのほうは？」

「ええ、父も愛していましたね」ポリーは悔しそうに言った。「母に対する愛し方と同じではなかったけれど。ルシールは母とまるで違っていましたから。母のミルドレッドの場合は、いつも父が世話を焼いていましたが、ルシールと結婚したら、今度は彼女が父の世話を焼くようになりました。ルシールとイーディスと二人で。かわいそうなお父さん」

「なぜかわいそうなんです？」

「さあ、なんて言ったらいいか……。つまり、父を理解している人があまりいないように思うんです。優秀な医者で、産婦人科医としてはこの町で一番です。昼間はずっと、夜も半分は診察室やどこかの病院で診察したり往診したりしていて、腕は確かで、患者にとても信頼されています。ところが、家に帰ると、健康によい食事を出され、じゅうぶんな休息をとるためにアスピリンを飲んで寝るよう、やんわりと仕向けられます。まるで別人のような生活です。そんな状態の中で、父は優しく親切で信頼できる人として生きてきました。二年ほど前、イーディスとルシールはそんな父を説得して仕事時間をぐっと減らし、第一線から退かせてしまいました。二人が正しかったのかもしれませんけど、わたしにはよくわかりません。父はけっして体が丈夫ではありませんでしたし、医者の仕事はハードですから。だとしても、そんなことは本人が決めるものでしょう?」

「結婚と同じようにね」

ポリーは頰を紅潮させ、きっぱりと言った。「それとは違います」

「支配欲の強い女性は同じタイプの女性を毛嫌いするものですね」

「正面から支配しようとする女性と、裏で巧みに操る女性は別物ですわ」

「いかにもフェミニズム的な発想ですね」

「わたしは議論しにここに来たわけじゃないんですよ」

「では、日曜日の話に戻りましょう」

「全部お話ししました。ごく普通の日曜日だったんです、列車事故があるまでは。そのあとはてんてこ舞いでしたけど。夜遅くまでみんな働きどおしでした。ほかの三人ともほとんど顔を合わせなかったくらいだわ。負傷者の服を脱がせるのを手伝ったり、傷口を洗ったり、横になる場所を用意してあげたり……。本格的な医療訓練を受けたことがないので、わたしにできるのはそのくらいでした。時間を見つけて、家に電話しました。イーディスが心配しているのがわかっていたので」そのあと、おもしろくなさそうな声で付け加えた。

「ルシールもでしょうね。全員のことが心配なわけじゃないにしても。わたしがお話しできるのはこのくらいよ」

ポリーは立ち上がった。がっちりした体格の健康的な女性は、いくぶん挑戦的な目でまっすぐに見つめた。

「しゃべりすぎたわ」ぶっきらぼうに言うと、手袋を引っ張りながらはめた。

「とても役に立ちました」

「あの、わたしが今日来たことをほかの人には言わないでもらいたいの。みんないやがると思うから」誇らしげに頭をぐっと上げた。「怖がってるわけじゃないのよ」

「少し怖がってみせるのも賢明かもしれませんよ」

「ほんのちょっとでも怖がっていると認めたりしたら、二度と家には帰れないわ」

そう言って、ポリーは部屋を出た。今の言葉が耳の中で響いていた――二度と家には帰れないわ、二度と家には帰れないわ。

しかし、挑戦に応じないわけにはいかなかった。とりわけ、自分自身に向けた挑戦の場合は。ポリーはまっすぐ家に向かって車を走らせた。

自分で鍵を開けて中に入った。ドアを開けたとたん、カラーリリーの重苦しい匂いや毒毒しいカーネーションの甘い香りが鼻をついた。葬式の花だ。

ご逝去を悼《いた》み、謹んでお悔やみ申し上げます。悲報に接し、悲しみにたえません。

供花は辞退すると新聞に出しておいたのに、花がないと葬式にならないと考える人がいるらしく、使いの者や花屋の配達が次から次へと運んでくる。アニーが包みを開け、真っ赤な目をし、憔悴《しょうすい》しきったイーディスがおぼつかない手で居間に並べていた。

「ばかよ」食いしばった歯のあいだから、ポリーはつぶやいた。「ばか、ばか」

イーディスが居間から出てきた。悲壮感あふれる姿は老けて見え、痛みを和《やわ》らげようと片手で頭を押しつづけた。

「くたくたよ。こんなにたくさんの花、どうしていいかわからないわ」

「捨ててしまいなさいよ」

「そうはいかないでしょう。誰が見てるかわからないじゃない。本人はもういないのに花を送ってくるなんて、ばかげてるわ」言葉の最後がすすり泣きに変わった。「頭痛がひどくて、考えることもできないの」

「お父さんに言って、薬を出してもらったら？」

「煩《わずら》わせたくないのよ。一晩中、一睡もしてないんだから」

玄関のドアが開き、マーティンが入ってきた。冷たい風がホールに吹きこんだ。

「やあ」マーティンは明るい声で言った。「ポリー、出かけてたんだね」

イーディスは背を向け、マーティンと言葉を交わすことなく、急いで二階へ上がっていった。

その後ろ姿を見て、マーティンは顔をしかめた。「最近おかしいね。どうしたんだろう。

ぼくが来たとたんに行ってしまうんだ」

「あなたのことが神経に障《さわ》るんでしょ。無理もないわ。煙草ちょうだい」

マーティンは妹のほうに煙草を軽く投げた。「どうしてぼくがおばさんの神経に障るんだい？」

「亡くなった人にたいする敬意とか、そんなようなことね」

「もう二週間もずっとこんななんだよ。二週間前、ルシールはまだ生きてたじゃないか」

「気になるなら、自分で訊いたらいいでしょ」

「いやだよ。できるだけほかの家族には関わらない——それがぼくのやり方だ」

「あたしもよ」ポリーはそっけなく言った。「偶然かしら？」

マーティンは我関せずといったようすで妹を見た。「今朝はずいぶん攻撃的だな。どこへ行ってたんだ？」

「あっちこっち」

「へえ、そう」マーティンはおもしろがっているように見えたが、その目の細め方で、ポリーには彼が不機嫌なのがわかった。「今日はどうも女性受けがよくないようだな。一人は出ていってしまうし、もう一人はろくに口も利いてくれない」

「単にねたましいだけよ。あたしたちだって、本に没頭できたらどんなにいいか」

「やらなくちゃいけない仕事なんだよ」

「『――たとえ火の中水の中』。それを実行してみせてるってわけ」

「おいおい」マーティンは妹の腕をとって、ふいに笑顔をのぞかせた。「ぼくたち二人がけんかしたってなんにもならないだろ。がっちり協力しなくちゃいけないんだ、そう思わないか？」

つかのま、ポリーは言葉を失った。兄の声や目から緊張が伝わってくる。目には笑い皺《じわ》が寄っているが、つねに自分の内面に向けられたものなので温かみは感じられない。

「ええ、そうね」落ち着いた声で言うと、ポリーは肩をすくめて兄の手をはずした。「みんなでしっかり協力しなくちゃね。ほかにできることはあまりないもの」


「午後は出かけてそのまま戻らないわ」ジャネット・グリーンは秘書に告げた。「午前中にこれを用意して、ランスさんにサンプルを渡してね。それから……」視線はぼんやりデスクに向けられていた。「ええ、それだけだわ」

秘書は眉をひそめてサンプルを取り上げた。この二、三日、ミス・グリーンはひどくぼんやりしている。物忘ればかりしているし、話の途中で言葉が途切れる。過労が続いているのだ。秘書としては、お姉さんが亡くなったあと、休暇をとって休んでほしかった。デスクの前を通り過ぎるとき、秘書はミス・グリーンに鋭い視線を向けた。ジャネットはその視線を受け止めた。

「だめだわ」ドアが閉まったとき、ジャネットはつぶやいた。「仕事に専念しなくちゃ。行くべきじゃないわね。わたしには関係のないことなんだから」

いや、関係がある、と心の中で否定した。彼女の葬儀に参列する理由はちゃんとある。彼女が原因で姉のコーラは死んだのだから。

ルシールが自殺したことを新聞で読んでから、ジャネットは良心の呵責《かしゃく》に苛まれていた。ルシールを救うためにじゅうぶんなことをしたとは言えない、その意味で彼女の自殺は自分にも責任があるように思えてならないのだ。説明を聞いて安心したいと思い、二度、サンズに電話を掛けようとしたが、そのたびに受話器を戻してしまった。次に、モロー家を訪ね、家族に会いたいという思いに駆られた。家族にじかに会えば、事態がはっきりし、謎だらけのもやもやした部分がすっきりするのではないか、そんな気がするのだ。

面と向かって家族と会うのはいやなので、ルシールが埋葬される墓地へ行くことにした。物見高い野次馬が集まってくるだろうから、誰にも気がつかれずにすむはずだ。

けれども、人知れず参列したいというジャネットの願いは、墓地に到着するなり一掃されてしまった。悪天候のせいで野次馬はほとんどいなかったし、さらに悪いことに、到着が遅かったため、最初にサンズと顔を合わせる羽目になった。

彼は、墓穴の周囲に集まっている人たちから少し離れて立っていた。帽子を脱いだ髪が、吹きつける雪に白くなっていた。ジャネットは雪を踏みしめる音を気にしながら、反対側に回った。

サンズはその音を聞きつけて顔を上げ、軽く会釈《えしゃく》した。

ジャネットは躊躇《ちゅうちょ》して、そのまま立ち止まった。こんなところに来てしまうとは、なんて悪趣味な、なんて愚かなんだろう。静かに立ち去れるものなら……。

だが、手後れだった。立ち去ることはできない。牧師が祈りを捧げ、墓を取り囲んでいる人たちの一人が振り返って、彼女を見た。黒い服に身を包んだやつれた顔の年配女性だった。疲れた黒い目には怒りも敵意もなく、ただこう語っていた——**ここで何をなさっているの？　わたしたちをそっとしておいてください。**

灰は灰に。

塵は塵に。

「イーディス・モロー」耳元でサンズの声がした。ジャネットは飛び上がった。近づいてくる音が聞こえなかったし、イーディス・モローという言い方に不吉な響きを感じたのだ。

「モロー先生の妹さんですよ」サンズは言った。「どうしてここへ？」

「モロー家の人たちにお会いしたかったので」

「それなら、ほら、あそこに。寄り添って立っています。いつものようにきちんと」

その言葉を打ち消すように、イーディス・モローが後ろを向いて、二人のほうに歩いてきた。

「あなたにはここに来る権利はありませんよ」イーディスはサンズに向かって甲高《かんだか》い声で吐き捨てるように言った。「お墓にまでつけてくるなんて――卑劣な人……」黒い手袋をはめた手を苛立たしげに振り回した。「それにほかの人たちも。なんのために来るの？どうしてわたしたちをほうっておいてくれないの？」

「こちらはグリーンさんです」サンズは静かな声で言った。「コーラ・グリーンさんの妹さんです」

「コ、コーラ・グリーン……？」

ジャネットは顔を赤らめた。「おっしゃるとおりですわ。来るべきではありませんでした。すぐに失礼します」

「どっちにしろ、もう全部終わりました」イーディスは強い口調で言った。

「申し訳ありません。お宅に伺おうかとも思ったのですが、面識もありませんし……」

「なぜ、うちに来たいと思われたんです？」

「よくわかりません。何かお役に立てるかもしれないと思って。モローさんとは病院でお目にかかりました」ジャネットは自分が場違いなことを言っているのに気がつき、助け船を求めてサンズのほうに顔を向けた。だが、彼はもうそこにはいなかった。周囲を見回しても、姿は見当たらなかった。

ジャネットが視線を戻すと、イーディスはまっすぐに見つめていた。

「失礼いたしました」イーディスは言った。「謝らなくてはいけないのはわたしのほうです」

「いいえ、とんでもないです」

「お姉さまを亡くされたのですね？」

「はい」

「わたしたちの、いえ、家族の誰が……」

「いえ、そんなふうには思っておりません」ジャネットは当惑していた。「ただ、みなさまにお目にかかりたいと思っただけで」

「わたしたちを見極めるために？」

「ええ、まあ」

「今、ごらんになったでしょ」イーディスは顔を寄せてささやいた。「教えてくださいな。誰だと思います？　よくごらんになって。わたしたちのうちの、誰です？」

沈黙が流れた。やがて、ジャネットは深い共感を込めて言った。「お気の毒に。さぞかしおつらかったでしょう」

ジャネットはもう気詰まりを感じてはいなかった。ここにいるのは慰めを必要としている人なのだ。

「サンズ警部が間違うことだってありますよ」ジャネットは深みのある声で言った。「警官はよく思い違いをしますから。あの人の考えすぎだとわかって、お互いに疑り深くなっていただけだと笑い合える日がきっと来ますよ」

「わたしもそんなふうに考えられたら……」

「本当にね。誰もが物事を真剣にとらえすぎるんです。コーラは違いましたけれど。姉は笑ってばかりいる人でした。夜、一人で気が滅入ると、姉が言った冗談を思い出して一人で笑っているんですよ。わたしには親しい友だちがいなくて、仲よくしているのはコーラだけでした」

「わたしもです」

「ずっと忙しくて友だちを作る暇がありませんでした。友だちがいたらいいのに、と思うことはあるのですが、どうやって作ったらいいのかわからないんです」

「わたしも同じよ」イーディスは答えた。こんな場違いのときに見ず知らずの人と個人的なことを話していることに、イーディス自身が驚いていた。風が吹きつけるせいで頬が紅潮し、こわばっていた首筋がほぐれ、喉につかえていた固まりが解けていくのを感じる。自分の世界から一歩外に足を踏み出した彼女は、いつもの世界に戻りたくなかった。家族が待っているのがわかっていたが、初対面だからこそ心を許せそうなジャネットから視線をはずそうとはしなかった。

「あなたはどうなさっているんです？」イーディスは言った。「つまり、楽しみたいと思ったとき、どうなさいます？」

「そうですね、着飾って一人で夕食に出かけます」ジャネットは微笑《ほほえ》んだ。「それから、コンサートや映画館に行ったりします」

「そんなことをしてみたいわ」

「いつかいっしょに行きましょうよ」

「ごいっしょしてもかまわないの？」

「ぜひそうしましょう。はめをはずして、シャンパンを一瓶頼んでもいいし」

「シャンパンを飲んだことがおありなの？」

「一度だけね。うきうきした気分になって『アイーダ』の観劇中、ずっと笑っていました」

シャンパン、くらくらするような陽気な飲み物、結婚式の飲み物、若い人たちが飲む物で、孤独な中年女二人の飲み物ではない、とイーディスは思った。

「いいですわね」と答えたが、期待してはいなかった。「あのう……家族が待っているので、もう行かなくては」

「ちょっとお待ちになって。本気なんですよ、いっしょに食事に出かける話。具体的な日にちを決めましょう」

「いつでもけっこうよ。毎日同じですから」

「次の火曜日はいかが?」

「火曜日ね。けっこうですよ」

「アルカディアン・コートで会って、よかったら、そのあと『ザ・ドウガールズ』(アメリカのコメディ映画、一九四四年公開)を見に行きましょう」

ジャネットは、イーディスがうわの空になっていることに心地悪さを覚えた。この数分間に、何ヶ月分あるいは何年分と言ってもいいような感情の変化を経て——反感から友情へ——さらに、倦怠《けんたい》にまで達してしまったような気がする。

「では、火曜日に」そんな気持ちの埋め合わせをするように、ジャネットは真心をこめて言った。「それから、どうかあまり思い詰めないように。わたしたちの悩みなんて、本人が思っているほど深刻なものではないんですよ」ほんの一瞬、イーディスの腕に触れた。

「さようなら、お気をつけて」

「さようなら」そう言って、イーディスは自分の世界へ戻っていった。

ジャネットは同情と理解のこもった目でその姿を追った。墓のわきで何人かが彼女を待っている。そこに加わろうとしたとき、イーディスはつまずき、若い男が支えようとさっと手を出した。イーディスは身を引き、黒いベールを下ろして顔を隠した。

一つの動作に過ぎなかったが、ジャネットはそれを目にしたのを恥ずかしく思い、急ぎ足で車へと戻った。

帰り道、彼女は火曜日のプランをあれこれ考えた。アルカディアン・コートはちょっと息苦しいのではないか。イーディスがスパゲティ好きなら、アンジェロの店がいいかもしれない。さもなければ、〈ザ・ヴィレッジ〉のどこかの店に行けば、おもしろい人たちと出会えるかもしれない……。

家に帰り着くまでに、プランはすっかりできあがっていた。けれども、彼女がイーディスと会うことは二度となかった。

第十二章

「誰なの？」マーティンが尋ねた。

「お友だちよ」そう答えて、ヴェールの内側で唇を一文字に結んだ。「あなたの知らない人」

「つまり、余計なお世話ってこと？」

「そうよ」

「わかったよ。ぼくも別に知りたくて訊いたわけじゃないから」

マーティンが車のドアを開け、イーディスは後部座席に乗りこんだ。興奮しているのか呼吸が速かった。

「気持ちを楽にするといいよ、イーディス」アンドルーが隣にすわり、ドアを閉めた。

「急ぐ必要はないんだ。そうだろう？」

「ええ」

アンドルーは少し大きな声で言った。「マーティン、どこかで停めて、煙草を買ってきてくれないか？」一家の主らしく、これまでと変わった境遇に合わせるよう、肩の力を抜いた自然な口調で言った。

イーディスは感謝の表情で見つめ、両手で兄の手を包んだ。「ありがとう、アンドルー」

彼には通じなかった。「何が？」

「あら、ふだんどおりにしてくれることですよ」

彼は疲れたように目を閉じた。「わたしはいつだってふだんどおりだよ」

「いえ、そうじゃなくて……」

「さあ、もういいから、イーディス」

二人は心地よい沈黙に包まれ、前の席では、マーティンが書評で取り上げている本について、ポリーと話し合っていた。

最初のドラッグストアでマーティンは車を停め、煙草を買いに行った。口笛を吹いて店を出てきたが、車が目に入るなり口をつぐみ、まるで鏡に映った場違いな表情に気がついたかのように、表情を引き締めた。

そんな些細なことに目を留めたのは、イーディスだけだった。ヴェールの奥で彼女の目が光った。マーティンはばかにしたような視線を向けて、運転席に滑り込んだ。

わたしたちはお互いを監視している、とイーディスは思った。

その言葉が頭の中でこだました。**わたしたちはお互いを監視しているんだわ。**最近、誰かが同じことを言っていた。誰だったかしら。

自分がルシールに宛てた手紙に書いた言葉であることを思い出して、イーディスはぎくっとした。投函してから、あの手紙のことはすっかり忘れていた。愚かなことをしたものだ、と今になって顔を赤らめた。あんなことを書くべきではなかった。あの手紙は今、どこにあるのだろう。たぶんもう処分されただろう。でも、もし処分されていないとしたら……。今朝、病院から送られてきた衣類や身の回りの品々の中に入っているのではないか。心をかき乱された。あの手紙を取り返さなくては……。アンドルーに見られてはならない、ほかの誰にも……。

家に帰り着くなり、頭痛がすると言い訳をして、イーディスは二階へ上がった。まっすぐルシールの部屋へ行き、病院から届いた荷物を検《あらた》めて手紙があるかどうかを確かめるつもりだった。ところが、その前に、廊下で絨毯に掃除機をかけているアニーに出くわした。イーディスの姿を目にして、アニーがスイッチを切ると、掃除機は間延びしたうなり声を上げて止まった。

「こんなときに絨毯の掃除なんかすることないでしょ」イーディスは言った。

アニーはちょっと驚いたあと、むすっとした顔をした。「そうかもしれませんけど、何かしていたいと思ったんです。お葬式には行かせていただけないにしても」この反撃に、イーディスがたじろぐのを見て、アニーは気をよくし、もう一歩踏みこんだ。「ご面倒でなければ、フードグラインダーを見ていただけませんか？　動かないんです。わたしが部品をなくしたからだとデラは言うんですけれど、そんなことしてません」

「今度ね、今じゃなくて」

「子牛肉の詰め物を作るのに使いたいんですが」

思い知らせてやるわ、とアニーの目は語っていた。家族全員分合わせたより礼儀正しくて、教養ある人の葬儀に、あたしをのけ者にしたらどういうことになるか……。

「直したほうがいいと思ったんですけど。もうこの型のグラインダーは売ってないから」

「わかったわ、見てみましょう」

イーディスは素知《そし》らぬ顔でルシールの部屋を通り過ぎ、アニーを従えて階段を降りた。アニーは病院からの荷物を開けて、あの手紙を見たにちがいない。ここで懐柔《かいじゅう》しておいたほうがいい、と突拍子もないことを考えた。

「ルシールの衣類だけど」イーディスはなるべく感情を抑えて切り出した。

「だんな様のお部屋に運んでおきました」アニーは答えた。「ごらんになりたいだろうと思ったので。わたしは何一つ触ってません」

「触ったなんて言ってないわよ」

「これです」イーディスはグラインダーを差し出した。「ほら、ねじが外れているんです」

イーディスは上体を乗り出してのぞきこんだ。ぐったり疲れきっていて、もう二度と上体を起こせないのではないかと思った。

「ずいぶん複雑ね」イーディスは小声で言った。

「奥様がいらっしゃれば、おわかりになるんですけど。奥様はいろいろなことにとても器用でしたから」

「悪いけど、わたしには……」

「お加減が悪そうですね。紅茶でもお淹《い》れしましょう。お二階で横になっていてください。すぐにお持ちしますから。子牛肉には詰め物を入れなくてもいいですし」

だったら、どうして先にそう言わないの？　イーディスは心の中で叫んだ。どうしてそう言わなかったのよ！

「詰め物がなくてもおいしいですから。紅茶はすぐにお持ちしますね」

「お願いするわ」そう言って、イーディスは背を向け、重い足取りで階段を上がっていった。アニーと言い争ってもしかたがない。こんなことで感情的になるのもばかばかしい。あの手紙だってどうということはない。きっともう処分されてしまっただろうし、もし、ここにあるとしても、あそこに書かれているのは自分の恐怖と愚かさの記録にすぎない。どうするかあとで考えよう。イーディスはそう思って、ベッドに横になり、片方の腕で目を覆って光を遮《さえぎ》った。

アニーが紅茶を運んできて、また出ていった。イーディスは身動《みじろ》ぎ一つしないで横になっていた。片頭痛が始まりかけているのがわかった。首の片側の血管が脈打ち、耳の後ろの動脈へと上がってくる。まもなく、ほんとうの痛みと、それに続いて吐き気に襲われるのだ。最初にその症状に見舞われたとき、アンドルーが教えてくれたように、首の横の血管をやさしくマッサージし始めた。

だが、効き目はなかった。夕食のころには痛みは激しくなり、食事が終わるとすぐに部屋に戻って横になり、家じゅうの音に耳を傾けた。キッチンでアニーとデラが食器を洗い、そのあと三階のそれぞれの部屋へと引き上げた。少したって、二人はひそひそ話しながらまた降りていき、裏口のドアの開く音と閉まる音が続いた。

二人で映画を見に行ったんだろう、と思いながら、イーディスはジャネット・グリーンとの火曜日の約束を思い出した。それから、今日の葬儀のこと、そしてふたたび手紙のことが頭に浮かんだ。

暗いなか、イーディスはベッドを抜け出し、忍び足でドアを抜けて廊下に出た。居間での話し声が聞こえる。しばらく待って、声を聞き分け、全員がそこにいるのを確かめた。ポリーの声、マーティンの声、アンドルーの声——ということは二階にいるのは自分一人だ。

急に自分のこそこそした態度に嫌気がさし、どうしようかとためらった。階下にいるのは自分の家族ではないか。それにわたしにはアンドルーの部屋に入ってルシールの衣類を仕分けする権利がある。権利というより、アンドルーの手間を省いてあげるのは自分の役目だ。何を恐れることがあろうか。

そう考えたものの、スリッパをはいた足で音を立てないように廊下を横切った。恐れがすっかり消えたのは、アンドルーの部屋の明かりをつけたときだった。部屋はアンドルー自身と似ていた。慣れ親しんだ、居心地よい部屋で、年数はたっているがまだじゅうぶんに使える。その匂い――よく磨かれた革と本と煙草――でさえ、心を落ち着かせてくれた。

革製の椅子のわきに置かれた灰皿スタンドのほうに視線を向けた。葉巻の保湿箱の蓋が開けっぱなしになっている。イーディスは反射的に歩み寄って、蓋を閉じた。灰皿にはパイプが置かれ、開いたままの本が椅子の肘掛けにかぶせてある。

アンドルーは一晩中起きていたにちがいない。室内を歩き回り、葉巻を吸い、本を読んだり、また歩き回ったりしていたのだろう。ふいに兄が気の毒でたまらなくなり、膝の力が抜けて椅子にぶつかった。

肘掛けからはずれて、本が床に落ちた。小さな音だったが、イーディスは思わず身をこわばらせ、背すじに氷水が伝い落ちるような感覚に襲われた。動物が音や合図を待つときのように、耳をそばだてた。

だが、何も聞こえない。急いでかがんで本を拾い上げた。それは日記だった。

妙ね。アンドルーが日記をつけているなんて知らなかったわ、とイーディスは思った。

だが、アンドルーの日記ではなかった。その筆跡は丸くて大きく、インクが色褪せている。

見てはいけない……自分には関係のないことだ。手紙を捜さなくては……。

イーディスは日記を閉じて、ふたたび椅子の肘掛けに載せた。離れようと歩きかけ、表紙の名前に胸を突かれた。

そのとき、外の廊下を歩いてくる足音に気がついた。耳のあたりで血管がずきんずきんと脈打ち、イーディスは無意識のうちに首をマッサージした。

「ここで何をしているんだ」アンドルーの声がして、背後でドアが閉まった。

イーディスの手が止まった。「あの――ルシールの衣類を捜していたのよ」

「それならクローゼットの中にある。下ではみんな、もうおまえが寝ていると思っていたよ」

「いいえ、寝つけなくて」

イーディスは、アンドルーの視線が椅子のほうに向けられ、そこで止まるのがわかった。

「読んでないわ。落ちたから、拾い上げただけよ。読んでなんかいませんよ」

「子供みたいなことを言うんじゃないよ。読んだからって、どうってことはない」アンドルーは一瞬目を閉じた。「ミルドレッドは他人に見られて困るようなことは何一つ書いてないからね」

「兄さんは読んだの――ゆうべ?」

「ああ」

「何年間もずっと取ってあったのね」

「ああ、ずうっとね」

イーディスの手がそろそろと動いて、また首筋を揉んだ。「でも、たしか、ミルドレッドが亡くなったあと、紛失したんじゃなかった？　あの警官が……」

「そう、見つけられなかっただろう。わたしが持っていたんだよ。妻の日記を警官に渡さなくちゃいけない理由が思い当たらなかった。あのあと、紛失した物はミルドレッドが身につけていた宝石と日記だけだ、と警官に言ったのはおまえだったな」

「ええ、そう。わたしよ」

「まったくばかだな、おまえは」アンドルーは優しい声で言った。「日記の中に何か手がかりでもあると思ったのかい？」

「もしかしたら――しばらく……」

アンドルーは日記帳を取り上げて、イーディスに差し出した。「持っていきなさい」

「いいわ、いらないわよ。読みたくないわ。気持ちが動揺するでしょ。それでなくても頭痛がするのに」

「動揺するようなものじゃない。ごく普通の日記だよ。日常のこまごまとしたことが書いてあるだけだ。子供たちやわたしたちのことがね」

日記帳がまだ目の前に差し出されたままだったので、イーディスはなんの気なしに手に取った。

「子供たちには見せないように。あの子たちはまだ、過去に慰めを見出す年齢じゃないから」

「疲れているようね」イーディスはいつものしっかり者に戻っていた。「早く寝なさいよ」

「もう少し葉巻を吸ってから」

「体のことも考えなくちゃだめよ、アンドルー。規則正しい生活をして。今夜もサラダは一口も食べなかったわね」

「うるさく言うなよ」

「うるさくなんて言ってません」

「自分こそ寝たらいい」

「眠れるものなら寝てるわよ」イーディスはむっとして言い返した。「眠りを促《うなが》す薬も出してくれないくせに」

「習慣になるから」

「一度なら習慣になんかならないわ！」どんどん声の調子が高くなっていき、イーディス自身も抑えようとした。だが、今日は一日、あまりにもたくさんの出来事がありすぎた。ルシールの葬儀、ジャネットとのこと、ミルドレッドの日記、片頭痛――自制が利かなくなっているのが自分でもわかった。「ほかのお医者様なら睡眠薬を処方してくれるわ！

医者の妹だというのに、毎晩毎晩不眠に悩まされながらベッドに横になっているなんて……」

「おまえはすぐ習慣になるタイプだからね」アンドルーは穏やかな声で言った。「しかし、こんなヒステリーを起こされるくらいなら、良識に目をつぶったほうがよさそうだな」

思いがかなえられたにもかかわらず、イーディスはしゃべり続けた。医薬品を保管してある鍵付きの戸棚、そして、水をくみに入った寝室までも、その声はアンドルーを追いかけていった。

「ほら、これを飲みなさい。一時間かそこらで効くはずだから。もうベッドに入って」

半ば強引に妹を追い出した。ようやく邪魔者がいなくなり、アンドルーは薄暗く平穏な自分の部屋で自分だけの時間に浸れるのを喜んだ。

十時ごろ、メイド二人が帰宅し、小声でしゃべりながら三階への階段を登っていった。それからまもなく、マーティンがベッドに入り、最後まで起きていたのはポリーだった。家の戸締まりをして、明かりを消し、イーディスの部屋の前で足を止めて軽くノックした。

「誰？」

「あたし、ポリーよ」

「そう。ベッドに入っているの」

「明かりが漏れているのが見えたから」

「お入りなさい。ドア越しに大きな声でしゃべるのはやめてちょうだい」

イーディスは上体を起こしてベッドに入っていた。頰は紅潮し、目はぎらぎら輝き、焦点が合っていないように見える。ショートガウンを着ていた。

「明かりを消す前にちょっとすわっていただけよ」

イーディスが引き攣《つ》ったように片方の腕を動かしたとき、ショートガウンの袖が上がり、喪服の袖が少しのぞいた。あわてて隠すのを、ポリーは見逃さなかった。

「特に話があるわけじゃないの」ポリーは知らん顔を決めこんだ。「わたしも寝るわ。頭痛はどう?」

「頭痛? ええ、だいじょうぶよ」

「じゃ、おやすみなさい」

「おやすみ」

二人の目が一瞬合ったが、暗い通りで出会った他人のように、すぐに離れた。

ドアが閉まると、イーディスはベッドを出てショートガウンを脱いだ。コートを着て、頭に黒いスカーフをかぶり、寝具の下に入れてあった日記帳を取り出した。

やがて、黒い人影は家の中を抜け、通りへと出て行った。

第十三章

「おはようございます、バスコム警部」ダーシーが言った。「サンズ警部もちょうどいらしたところです。あなたが異動なさると聞いて、ほんとうに残念です」

バスコムは足を止めて、ダーシーを上から下まで眺めた。「そうだろうな」

「将校に任官されたそうで、みんな興奮してましたよ。堂々としていて軍服もよくお似合いでしょうね」

「おまえに代わってやってもいいよ、結果はどうなるか知らんが」

ダーシーはいやな顔をした。「やめてくださいよ。最後の日ぐらい優しくしてくれると思ってたんですけど」

バスコムは、冷ややかな笑みを浮かべてサンズの部屋に入っていった。

サンズは顔を上げた。「おはよう。今朝の軍情報部はどうだね？」

バスコムは素早く敬礼をした。「警部、報告いたします。芝生庭園師団A五六である自分は、あなたの部屋に臆病者《パンジー》を発見いたしました。根っこに肥やしをやるか、根こそぎ抜き取ってしまうことをお勧めします」

サンズは声を上げて笑った。「まあ、すわれよ。出発はいつなんだ？」

「そんなことも軍事機密で、教えられないんだよ」

「エレンが戻ってきたんだって？」

「そうなんだ。〈あたしのヒーローがいなくなったらどうやって生きていけばいいの〉ってな戯言《ざれごと》を言ってるよ。あいつに家族手当が行くよう書類にサインをしてやって、これまでのことは全部水に流そうと思ってる」バスコムはデスクの端に腰かけて片足をぶらぶらさせた。「そのつもりでいるんだが」

「不安があるのか？」

「まあな。へまをしかねないからな。おれを待ち受けてることに比べたら、ここでやってきたことなんて、子供のお遊びみたいなもんだ」

「恐れることはないよ。ダーシーによると、おまえは実に優秀な頭脳の持ち主だそうじゃないか」

「よく言うよ！」バスコムは照れくさそうに弾みをつけてデスクから降りた。「じゃあ、またな」彼は手を差し出した。「こんな掃き溜めにもまともなやつがいてくれて、ありがたかったよ」

サンズもきまりが悪かった。立ち上がり、デスク越しに握手した。「それじゃ、がんばれよ。幸運を祈ってる」

「世話になったな」

バスコムは部屋を出た。外のオフィスで、ダーシーが中年女性と話をしているのが目に留まった。女が大きな革のハンドバッグを持っていたからだ。

まったく女ってやつは。もう勝手にするがいい。

「さあ、どうぞ」ダーシーが女に言った。

女は動揺しているように見えた。「どうも。あの、急ぎの用なんです」

「どうぞ、中へ」ダーシーが仰々しくサンズの部屋のドアを開けた。「警部、グリーンさんがおいでです」

「おはようございます、グリーンさん」サンズは彼女の気持ちの昂りを意外に思った。「どうなさいました？」

「さっぱり訳がわからないんです。見てください」彼女は大きなバッグを開けて、紙袋を引っ張り出した。

「ダーシー、扉を閉めて」

「かしこまりました」

ジャネット・グリーンは紙袋をデスクに置いた。切手が貼られ、消印も捺《お》されている。宛先には彼女の名前と住所が震える文字で書かれていた。

「どう考えたらいいのかわからないんです。今朝、少し前にこれが届きました。日記帳です。なんでわたしに日記が送られてきたのか……」

サンズは慎重に紙袋から日記帳を取り出した。革の装丁が施され、金文字の名前が入っている――ミルドレッド・スコット・モロー。サンズは中を開けた。インクは色褪せていたが、読むのに差し支えはなかった。「一九二八年七月三日。今日はわたしの誕生日。イーディスがこのすてきな日記帳をプレゼントしてくれた。何を書けばいいのかしら、とわたしは彼女に訊いた。特におもしろい話なんてないんですもの」

「どうしてわたしなんでしょう?」ジャネットは憤慨《ふんがい》していた。「もちろん、モローという名前を見て、差出人はイーディス・モローさんにちがいないと思いましたよ。モロー家のほかのかたは存じ上げませんから。彼女にしても、きのう初めてお会いしたばかりなのに」

「おそらく、理由はそれでしょう」

「どういうことです?」

「あなたには個人的な思惑が何もない。だから、彼女はあなたを信頼できた」

「ええ、でも、見たところ、日記には特に何もありませんよ。どうして自分の手元に置いておかなかったんでしょう。おかしなことと言えば、ところどころ誰かが印をつけた文がありました。たいていルシールさんについて書かれた部分でしたが」

「続けてください」

「はい。中を見て、すぐにイーディス・モローさんに電話をかけました。モローさんのお宅にかけたのですが、電話に出たかたの応対が変だったんです。モローさんは電話に出られないと言うと、いきなり電話を切ってしまいました」

ジャネットがしまいまで言い終わらないうちに、サンズは腰を上げた。「わざわざありがとうございました。これはお預かりしておきます。一刻を争いますので」

「まさか、わたしをこのまま……」

「すみません。ダーシーに送らせます。至急出かけなくてはならないので」

サンズはコート掛けの前へ行き、コートのポケットに日記帳をすべりこませた。それから、コートを腕にかけて部屋を出ていった。

モロー家に着き、玄関のベルを鳴らすと、アニーが扉を開けた。

サンズだとわかると、アニーは「まあ！」と言って、口を手でふさいだ。

「イーディス・モローさんにお話があるのですが」

「それは無理です」

「なぜですか？」

「亡くなられました。今回は警察には関係のないことです。原因は自然なものですから。おやすみになっているあいだに息を引き取られました」

アニーはドアの開きを少し広げたが、人が楽に通れるほどではなかった。このようなときでも家に上がりこもうとする図太い神経の持ち主なら、なんとか通り抜けられる程度の広さだった。

「それはお辛いでしょうね」サンズの誠実さを感じて、アニーの顔から警戒の表情が消えた。

「わたしもひどく胸が痛みます。きのう、ちょっと失礼な態度をとってしまい、その償《つぐな》いもできなくなってしまいました。今朝、お亡くなりになっているとわかったとき、そのことが一番に頭に浮かびました。安らかなお顔で冷たくなってベッドに寝ていらしたんです。もう遅い、二度ときのうの埋め合わせはできないのだと思いました」

「ご家族のみなさんはどちらに？」

「二階のイーディス様のところにおいでです」

「お邪魔をするつもりはありませんので」遅かった。イーディスはもう、安らかな顔で冷たくなって家族のもとにいる。「どこかで待たせてもらいましょう。わたしが来たことは知らせなくていいですからね。待ってますから」

「お伝えしなかったら叱られます。みなさん、警官にうろうろされるのはお嫌いですから。だんな様の書斎に暖炉がありますので、そちらでお待ちください。いやがるかたもいるかもしれませんが」

「ともかく、そうしましょう」

アニーはサンズを残して出ていった。階段を上がる足音が聞こえたころ、彼はコートのポケットから日記を出して読み始めた。

最初の数ページには印をつけた箇所はなかった。ルシールについての記述がないのだ。ミルドレッド・モローが主に関心を持っていたのは、家族のことや家でのこまごまとしたことだった。サンズは適当なページを拾い読みしていった。

八月四日

今日は雨。ポリーに巻き毛を切ってくれとせがまれる。時代遅れかもしれないけれど、わたしは切ってほしくない。でも、わたしがだめだと言えば、あの子はアンドルーのところへ行って、切らせるだろう。お父さんっ子だから。子供たちはお父さんと顔を合わせる時間がほとんどなくてかわいそうだ、とアンドルーにも言ったことがある。でも、彼は世の中のためになることをしているのだから、そんなことを言うわたしが自分勝手な気もする。

八月三十一日

今日のイーディスはとてもすてき！　新しいワンピースを着ているので、何か特別なことをしなくちゃ、とイーディスに提案し、二人で公園でピクニックをすることにした。ルシールもいっしょに。ルシールはもう少し溌剌《はつらつ》としてさえいれば（イーディスみたいに）、とてもすてきに見えるのに。亡くなったご主人のことを嘆いて過ごすにはまだ若すぎるわ。ご主人は彼女よりずっと年上で、わたしたちの見た感じでは、ルシールほどいい人ではなかった。子供たちもピクニックに連れてきたが、あの子たちはルシールのことが好きではないらしい。彼女は内気すぎるから。

この最後の一文に新しいインクで線が引いてあった。

九月六日

ルシールとアンドルーを会わせることに、ようやく成功した。夜、アンドルーは暇ができた。長いあいだ、お隣どうしで暮らしているのに、アンドルーはルシールのことをほとんど知らない。それだけ、家を空けているってことね！　いっしょにトランプ（ブリッジではない）をして、アンドルーにこう言ってあげたの。「一日中、女の人たちを診たあと、こうして女三人に囲まれていると、女性はもううんざりでしょ」って。アンドルーったら、「そんなことはない、食欲を刺激されるよ」なんて言うもんだから、みんなで大笑い。

それからの二ヶ月間、ルシールについて短い記述がいくつもあった。

今日は二人でショッピングに出かけた。ルシールがたいして買い物をしないことに戸惑いを覚える。服だって必要なはずなのに。

ルシールへの好感が増してきた。いったん知り合うと、とても楽しい人だ。そう言っても、アンドルーとイーディスには信じてもらえないけれど。マーティンは生意気な年ごろになってきて、ルシールのことを〈ブロンディ〉なんて呼ぶ。まったく始末に負えない。あの子は勉強はできるけれど、背骨を折ってから、スポーツの試合や何かに参加できないことを気にしているようだ。ルシールに言わせると、あの子はその分を差し引いても余りあるのだとか。どういう意味かよくわからないけど。ルシールはわたしよりずっと頭がいい。

比べようもないほど頭がいい、とサンズは思った。ミルドレッド、あなたには太刀打《たちう》ちできないほどですよ。亡くなって十六年後に、無邪気でかわいいお人好しとして紙面で息を吹き返したこの女性を、サンズは哀れに思った。

十一月十二日

今日から、クリスマス用の買い物を始めた。今夜、イーディスは自分のクラブに出かけ、アンドルーはもちろん仕事。だから、わたしはルシールの家に行き、編み物をしている彼女と同じ居間でこれを書いている。彼女は目をつぶっても編めるんですって。信じられる？ 何を考えているのかと訊いたら、今年はクリスマスのお祝いはしないことにしようと考えているという返事だった。クリスマスのお祝いをしないなんて！ わたしは驚いて、「どうして？」と聞き返した。ルシールは一瞬、むっとした表情になって、そのあとこう言った。「周りを見て。この家、この服、それでもわからない？」そう言われれば、わかるけれど。とても気まずくなって、お金がいるなら、貸してもいいし、あげてもいいと言ったら、きっぱり断られた。たぶん、アンドルーのことが引っかかって断ったのだと思う。アンドルーによく思われていないのを知っているから。

十二月二日

ポリーが今日、気づいたのだけれど（いかにもポリーらしい！ 勘の鋭い子）、誰もがガレージにあると思っていたのに、ルシールの車は売り払われていた。

十二月四日

今日、モリスンの店に行き、わたしの肖像画を修復に出した。ルシールもいっしょで、そのあと映画を見て、チャイルズでチョコレート・ドリンクを飲んだ（ほんとは飲まないほうがいいのだけれど）。物静かで忍耐強いので、彼女といっしょに出歩くのは楽しい。イーディスはいつもせかせかとせわしなくて。

物静かで忍耐強く、計画を実行に移す時期を待っていたのだ、とサンズは思った。結局はミルドレッドだけでなく、ルシール自身やそのほかの三人の命をも奪うことになる計画を。その計画はどのように始まったのだろうか。いったいいつ、ミルドレッドの夫とミルドレッドの財産を自分のものにしたいと思い始めたのだろうか。

十二月五日

今夜もルシールの家に来ている。もう習慣になってきたわ、とルシールに言った。でも、子供たちを寝かしつけたあと、アンドルーがまだ仕事から戻らず、イーディスが出かけているときに、ちょっと訪ねられる友だちがいるのはすばらしい（ほんとうにそう思っているのよ）。ジョージ・マッケンジーという男がイーディスに熱を上げている。でも、ルシールはイーディスが彼と結婚するとは思わないという。アンドルーのことで頭がいっぱいだからだそうだ。それを聞いて、わたしはびっくりした。イーディスがアンドルーを崇拝し、自分の生活を二の次にしているのは知っているけれど、それは伴侶《はんりょ》が見つからないからだと思っていた。そうルシールに話したら、彼女はただ笑っていた。今でもわたしの考えが正しいと思っている。いくらあなたでもなにもかもわかっているわけじゃないわ、とルシールに言った。もちろん、冗談で。

日記の残りがほとんどなくなり、一ページごとにミルドレッドの人物像がはっきりしてきた。なんの心配もなく微笑《ほほえ》んでいるミルドレッド。彼女は疑問を抱くこともなく、背後に迫ってくる避けられない運命を振り返ってみようともしない。幸せなミルドレッド。夫や夫の職業を誇らしく思い、自分の人生が果てしないくり返しであることに安心しきっている――アンドルー、イーディス、子供たち、新しいドレス、チョコレート・ドリンク、そのくり返し。そして、彼女自身が子供のようにそのくり返しにけっして飽きることはなかった。

十二月七日

午後、ルシールと公園を散歩しながら、結婚について話をした。たしか、アンドルーが女性にもてると、わたしが言い出したのがきっかけだったと思う。ときどき診察室で騒ぎを起こす患者がいて、かわいそうなアンドルーはそんなときにうろたえてしまう。彼は自分を古くさい人間だと思っている。まだ三十四歳なのに！　ともかく、わたしがそんな話をすると、どういうわけかいつもの控えめさが影を潜め、ルシールは自分の結婚生活について話し始めた。十七歳のとき、ホテル火災で両親を亡くし、その後まもなく父親の友人で、ルシールよりはるかに年上の男性と結婚した。一日目から夫を嫌悪していたという（そのときの彼女の言い方ったら！　いつもの彼女と同じ人間とは思えないくらい）。憎みながら十年間もいっしょに生活するなんて……。彼女の中にその傷痕が残っていたとしても不思議はない。その傷を癒やす手助けを、わたしにさせてくれるといいのだけれど。ぜひ再婚すべきだわ、とわたしは彼女に言った。

十二月十日

今日、ルシールへのクリスマスプレゼントを買った。高級な革製の化粧箱。当然、ポリーも欲しがっている。アンドルーから、帰りが夜遅くなるとの電話があった。出産が迫っているのに、ミセス・ピーターソンが病院へ行くのをいやがっているのだという。そこで、ちょっとルシールの家に行くことにした。アンドルーが買ってくれた新しいイヤリングを見せに。

（さっきの続き）――ということで、ルシールの家に来た。松にリボンを結んだクリスマス飾りで、居間は美しく飾られていた。うらやましくなって、どこで買ったのか尋ねたら、公園へ行って切ってきただけだという。二人で声を上げて笑った。わたしもやってみようかしら。とても新鮮で清潔な香りがするし、自分で切るのもおもしろそう！

そこで日記は終わっていた。もう言葉は書かれていないが、サンズの心にその情景が思い浮かんだ。

松林を背にした、かわいいピンクのミルドレッド。

「すてきだわ！　新鮮で清潔な匂いがする」

「ほんとね。わたしが自分で切ったのよ」

「おもしろそうだわ」

「いっしょに行って、あなたのも切ってきましょうよ。雪が降ってるし、夜だから暗いでしょ。それに、斧もあるから」

「斧？　すごーい！」

「ええ、斧よ」

このとき、急に細かな部分まですべて思いついたのだろうか？　それとも念入りに計画を練って、松を餌として使い、どんな魚より騙されやすいミルドレッドに食いつかせたのか？　今となっては誰にもわからない。ルシールの秘密は棺とともに土の中に埋められた。

二人は笑いながら、雪の中へ出ていった。

「まあ、楽しい！　アンドルーに話したらびっくりするわ」

「さあ、わたしが切ってあげるわ。わたしのほうが背が高いから」

「気をつけてね。こんなところに一人で来たら怖いわね」

「わたしは平気よ」

「だって、暗いじゃない。あなたの姿もよく見えないわ。ルシール！　ルシール！　どこにいるの？　ルシール！」

「ここよ。あなたのすぐ後ろに。手に斧を持って」

斧が振り下ろされ、空気を切る音がした。音もなく雪が降り積もり、ミルドレッドの体も足跡も覆いつくした。

ルシールは斧をどうしたのだろうか。かまどにくべたのではないか、とサンズは思った。柄は燃え尽き、火の温度が高ければ刃も見分けがつかないくらいに変形してしまうだろう。それから、ミルドレッドの宝石類は？　斧といっしょに焼却してしまったのか、それともあとで売るつもりで隠しておいたのだろうか。おそらく、売る気はなく、ミルドレッドの死を強盗の仕業と見せかけるために取っただけではないか。

実際、そう判断された、とサンズは苦々しく思った。ハニガン警部の不手際のおかげで。

サンズはルシールに考えを戻した。斧を処分し、宝石類を隠したあと、居間に残されていたミルドレッドの日記がふいに目に留まる。もし、時間が限られていなければ、その場ですぐに目を通し、処分しなければいけない物だと気がついたかもしれない。しかし、読んでいる時間はなかったし、自分に不利に働く物でないのなら、余計なことはしないほうがいいと判断したのかもしれない。

それから何年ものあいだ、どこにあったのだろう。

午前一時に、アンドルー・モローが帰宅する。

「イーディス！　イーディス、起きてくれ！　ミルドレッドがまだ帰ってないんだ。彼女の身に何かあったにちがいない」

「そんな……ルシールの家に行っただけですよ」

「これから迎えに行ってくる」

二人はルシールの家を訪ねたが、ミルドレッドはいなかった。

「何時間も前にお帰りになりましたよ。十一時前だったかしら。まっすぐ帰ったものと思っていましたけど」

「家には戻ってないんです」

「散歩でもしていたのかしら。何かにつまずいて、転んでしまったとか……」

「イーディス、ミルドレッドを捜そう」

「ちょっと待ってください。着替えてお手伝いします」

ルシールは捜索を手伝い、ミルドレッドが横たわっている木に近づかないよう二人を導きながら、公園の中を歩き回った。

ルシールはそのあとも先に立って行動した。イーディスを慰め、アンドルーが病気になると看病し、子供たちを学校に送っていった。一家にとってルシールが欠かせない存在になったとき、アンドルーは彼女と結婚した。

サンズは日記を閉じて、ポケットに戻した。イーディスが日記を手にこっそり二階から降りてくる様子を思い浮かべる。包装するためになんとか見つけた紙袋に入れ、サンズにではなく、新しく友だちになったジャネット・グリーンに送っている。

サンズに送れば、決定的で動かしようのない行動になってしまうからだろう。彼女は日記の扱いについて考えあぐね、どうするか決めるまで一時的にこの家以外のどこか安全な場所に移したかっただけなのだろう。

サンズは急にイーディスを哀れに思った。亡くなったからではなく、日記の扱いを決めかね、子供みたいな衝動に駆られてジャネット・グリーンに送ってしまったからだ。

ポリーが入ってきて、片手で頭を抱え、深く椅子に沈みこんでいるサンズに目を留めた。ポリーを見てサンズも立ち上がったが、つかのま、二人とも何も言葉を発しなかった。

ポリーの顔に涙の跡は認められないが、ひどくこわばった表情から、心の中で苦い涙を流しているのがうかがえる。

「わたし――わたしたち、ちょうどあなたにお電話しようと思っていたんです。父もすぐに降りてきます。父の見立てでは、イーディスは自殺ではないかと」

「なぜです？」サンズはくり返さずにはいられなかった。「なぜです？」

「自然死ではありませんでしたから」ポリーは顔の向きを変え、硬い表情で窓の外を見つめた。「父はモルヒネだと考えています」

「なぜモルヒネなんです？」

「さあ。ただ、父はそう思っているようです。昨夜、イーディスが父の部屋で、眠れるようになる薬をくれと訴えたそうです。まるでヒステリーを起こしているみたいに。しかたなく父は戸棚の鍵を開け、鎮静剤を調合しにバスルームへ行きました。父が言うにはそのときだ、と」

「何がですか？」

「イーディスがモルヒネを盗《と》ったのが」

「どうしてです？」

ポリーは向き直って、サンズを正視した。「理由ばかり訊かれても、わたしにはわかりません」

「忠告を聞いてもらえますか？」

「どういうことかわかりませんけど……」

「今すぐ、この家を出てください。外に出たら、後ろを振り返ってはいけない」

「頭がどうかしてるんじゃないの？」

「中尉のところへお行きなさい。荷物を詰めたり考えたりしないで、今すぐコートを持って出ていきなさい」

「そんなこと――できません」

「四の五の言わずに」

ポリーは目を大きく見開いた。「さっぱりわからないわ。怖がらせようとしているの？　父を置いて行けるわけないでしょ。だいたい出ていく理由なんかないわ。理由なんか何も……」

サンズは歩み寄り、彼女の肩を乱暴に摑んだ。

「この家から出ていくんだ。走って。何があっても止まっちゃいけない」

二人ともアンドルーの足音が耳に入ってはいなかった。ドアのほうから声がした。「サンズ警部の言うとおりだ。わたしからも出ていくようにアドバイスするよ」

疲れた声だったが、沈着さを失ってはいなかった。「フルーム中尉の休暇は日曜までだったね。今日は木曜だ。もうあまり時間はない」

ポリーは困惑し、口を半開きにしたまま二人の男を見比べた。

「どういうことなの？　お父さんをここに置いて、出ていけるわけないでしょう？」

「いいじゃないか。一人のほうがわたしも気が楽でいい、と考えたことはないのかね？」

サンズは後ろに下がって、父と娘を眺めた。ごくありふれた家庭内の言い争いかもしれないが、娘の目には恐怖がみなぎり、父の声はとげとげしかった。

「ポリー、わたしも少しは自由を認めてもらってもいい年齢だと思うよ。イーディスが死んで、なにもかも終わった。それがわたしにとって、どんな現実を意味するかわかるかね？　これで電話に悩まされなくてすむということだ」

ポリーの顔に動きがあり、このばかげた言葉に泣き出すか、あるいは笑い出すのかと思われた。

「つまり、どこへでも好きなときに行け、自宅への電話を強制されることもない。今どこにいるか、誰といっしょなのか、体調はどうなのか、いちいち報告する必要はないんだ。ようやく解放されて自由に行動できる。つらく苦しい年月をへて、やっとここにたどり着いた。もう何かを要求されることは一切ない」

「あたしはそんな干渉がましいタイプじゃないわ」ポリーは蔑《さげす》むような冷たい言い方をしようとしたが、声は震えていた。「十分おきに報告しろなんて言わないし、電話連絡を強制するつもりもないわ。あたしは――あたしはイーディスじゃないんだから」

「そうだな。だが、イーディスだって、いつもああだったわけじゃないよ。昔はイーディスもある青年と婚約していた。ところが、ミルドレッドが亡くなると、わたしといっしょにいるのが自分の務めだと言って、婚約を解消してしまった。実際のところは、結婚に踏み切るほどあの青年を愛してはいなかったから〈務め〉という言葉にかこつけて逃げたんだろう。時がたつにつれて、イーディスはそういう現実に心を閉ざすようになった。実を結ばなかった恋愛をわたしのせいにしたんだ。おおっぴらにではないが、優しくなじるような言い方で、わたしにもそれを当てつけるようになった」

ポリーは押し黙った頑な表情で父を見つめた。

「似た例を挙げても時間の無駄だな。はっきり命令しよう。ポリー、この家から出ていきなさい」

「いやよ。こんなの、ばかげてるわ」

「せめて声を落としたらどうだ？　メイドたちが……」

アンドルーは娘に家を出る気がないのがわかった。本心では行きたいと思っているのかもしれないが、頑固な性格が邪魔をしている。

「すまんな」彼はそう言って、娘の頰を平手で打った。

打たれた顔がばらばらに分解しそうに思えた。ポリーは突然泣き声を上げ、片手で頰を押さえながら部屋を飛び出していった。

二人の男は黙って立ち尽くしていた。玄関の扉が開き、大きな音を立てて閉まり、車のエンジンがうなりを上げ、クラクションが鳴り、やがて、ふたたび静寂が訪れた。

「すみませんね」アンドルーが言った。「暴力を信じているわけではないんだが」

「ええ」サンズも同意した。「自分に戻ってきますからね」

「かわいそうに。ポリーはひどく脅えていた」

「きっと乗り越えますよ。イーディスさんには無理だったでしょうが」

「イーディス――そうですね。イーディスをごらんになりたいでしょう？」

「はい」

「とても安らかな顔をしていますよ。モルヒネは安らかな死をもたらします。眠りにつき、夢を見て、その夢がどこで終わったのかもわからないまま」

その夢がどこで終わったのかもわからないまま、グリーリーは路地で、イーディスは柔らかな自分のベッドで息を引き取った。

第十四章

彼女は服を着替えていなかった。おなかまで毛布を掛け、二段重ねの枕にゆったりと頭をのせてベッドに横たわっていた。

「ベッドには入ってなかったんですよ」アンドルーは小声で言った。イーディスが目を覚まし、兄が寝室にいて自分の話をしているのを知ったらいやがるとでもいうように。「寝間着姿は見られたくなかったと思うんです」

「では、覚悟のうえだったと？」

「そうじゃないかと思います。推測にすぎませんが。われわれはこうするのが精一杯でした」

サンズはベッドに歩み寄った。イーディスは手を組み、指の一本にインクの汚れが付いている。サンズはベッドわきのナイトテーブルに視線を移した。グラスに入った水と水差し、スタンド、そのそばにいい加減にキャップをかぶせた万年筆が置いてあった。

ここにすわって、日記の文章に線を引いていたのだろう、とサンズは思った。彼女は行動を急いでいた。なぜだろう。時間に追われていたのか、それとも早く眠ろうとしていたのだろうか？　夢を見て、死ぬのを？

「なぜ……」サンズは疑問を口にした。なぜわざわざ日記に線を引き、中立だからこそ安全な人物の手に委ねたのか。

「命を絶った理由ですか？」アンドルーが静かな声で言った。「それはイーディスが手紙を出したからですよ。ゆうべ、わたしが二階に上がったとき、彼女はわたしの部屋で一生懸命手紙を捜していました。その手紙は病院から送り返されてきたルシールの衣類といっしょに入っていました。イーディスは、わたしがその手紙を読んで、ルシールを自殺に追いこんだことがばれるのを恐れていたんです」

「そうですか」

「これです。昨夜、読みました」

　アンドルーはポケットから手紙を出して、サンズに手渡した。

　サンズは興奮状態で書いたような文に目を通した。

「ルシールへ
　おととい送ったチョコレートやクッションを受け取ってくださったと思います。近ごろはチョコレートが手に入りにくくなって、列に並ばなくてはならないんですよ。わたしたちみんな、あなたがいなくなって寂しくてたまりません。でも、それを信じてもらえないと思うととてもつらいです。なにもかもひどい状況です。サンズという刑事がまたやって来て、列車事故の話をしていました。あの午後のこと、憶えているでしょう？　あの刑事がどういうつもりなのかわからないけれど、ルシール、あなたに何かした人がいたとしたら、それはわたしじゃありませんからね！　わたしはもう何も考えることができなくなりました。一日中、ひどい頭痛がするし、マーティンのせいで頭がおかしくなりそうです。これまであの二人には自分の子供のように接してきました。今はどういうわけか、二人が他人のような気がします。食事時が最悪なのです。みんなお互いに監視しているんです。たいしたことには思えないでしょうが、ひどいものですよ――お互いを監視しているんですから。こんな手紙を書いてアンドルーがいやがるのはわかっています。でもね、ルシール、今のわたしにはあなたしか話せる人がいないの。できれば、あなたといっしょにそちらにいたいくらいよ。今までもずっとあなたのことが好きで、信頼していたわ。なにもかもがめちゃくちゃよ。ジャイルズが来た晩、わたしたちは幸せな家族だ、とわたしが言ったのを憶えているかしら。今度のことは、わたしの自己満足と邪《よこしま》な気持ちに対する天罰だと思っています。いったいどんなふうに片がつくのか、見当もつきません。イーディス」

二人にとって、もうすべて片がついた。イーディスの落ち着き払った冷たい顔は、まったく何も知らないことを主張している。**あなたに何かした人がいたとしたら、それはわたしじゃありませんからね！**　そのひと言はまさしく真実の言葉として、サンズの心に響いた。

「イーディスは手紙を取り戻さなくてはならなかったんです」アンドルーが言った。「その手紙を読んでもらった直後にルシールが命を絶ったと知ったので。ほかの人に読まれたら、ルシールの自殺の直接的な原因がそれだとわかってしまいますから」

サンズはほとんど聞いていなかった。イーディスを見つめ、その顔がすべてを否定していることを悟った。コートのポケットに入っている日記は、入れたときから成長し続けているように、大きく、重くなっている。

サンズはふいに踵《きびす》を返し、ドアのほうへ向かった。ポケットの日記がその動きとともに体に当たり、アンドルーのわきを通り過ぎるとき、ポケットに視線が向けられているのを感じた。

「銃を携帯しているんですか？」アンドルーは尋ねた。

「いいえ」

「それはなんです？」

「本ですよ」

「銃を携帯しないで、緊急時にはどうするんです？」

「事前にしっかり備えています。そうすれば緊急事態なんて起こりませんから」サンズはかすかな笑みを浮かべた。「あなたは銃をお持ちですか？」

「いや」

「うっかりしていました、暴力には反対なんでしたね。すみません、電話をお借りして連絡したいのですが……。妹さんのことで人を呼ばなくてはならないので」

「ああ、そうですね。電話の場所はご存じでしょう」

サンズは十分ほど中座した。戻ってくると、アンドルーはイーディスの部屋の前の廊下で待っていた。

「ポケットの中の本は」アンドルーが口を開いた。「妻の日記ですね?」

「はい」

「そうではないかと思ってました。見つからなかったので。ゆうべ、読むように言って、イーディスに渡したんですよ」

「なぜです?」

「手紙を捜しにきたときに、イーディスがわたしの部屋で見つけたんです。妹にも読ませてやるのが自然だと思ったので」

「自然ですか」サンズはつぶやいた。「なにもかもが自然な流れだったのですね。すべてがただ自然にそうなった……」

「わかっていただけてよかった。わたしもそう確信しているんですよ」

「そうでしょうね」

「ただ一つ不自然なのは、あなたがどこで妻の日記を手に入れたのか」

「昨晩亡くなる前に、妹さんが紙袋に入れて、ジャネット・グリーン宛てに郵送したんです」アンドルーの怪訝な表情を見て、さらに言い添えた。「きのう、葬儀に来ていた女性です。コーラ・グリーンの妹さん」

「そうですか。葡萄《ぶどう》を食べた小柄なお年寄りの」彼はほんの一瞬、なんとも言えない表情でサンズを見た。「あの件については、事故ということで異論はないですよね」

「はい、そうです」

「それに、ルシールもグリーリーという男も、そして今度はイーディスまでも――みんな事故だ」

「もし、事故が計画して起こされたものなら」サンズは険しい顔で言った。「もうそれは事故ではありません」

アンドルーは声を上げて笑った。「そうですね、緊急事態と同じだ」サンズの顔を見て、アンドルーは真顔になり、思わずその冷たい凝視から目をそらした。「なんの話をしていたんでしたかな？」

「事故です」

「ああ、日記だ。まさかイーディスがジャネット・グリーンに日記を送るなんて、そんな非常識なことをするとは思ってもいませんでしたよ」

「どうして彼女に読ませようと日記を渡したんですか?」

「さっき言ったように、わたしの部屋で日記を見つけたのだから、読みたいだろうと思ったんですよ」

「違いますね。もう一度、実験してみようと思ったのでしょう。今度はイーディスさんの精神を試してみようと。あなたは初めて日記を読んだとき、仰天した。それで、イーディスさんならどんな反応を示すか、知りたかったんでしょう」

「初めて日記を読んだとき?」アンドルーはおうむ返しに言った。「どういうことです、イーディスにも言いましたが、わたしは昔からずっと日記を持っていたんですよ」

「しかし、日記を読んで、イーディスさんもあなたが嘘をついていると見抜いた。わたしと同じようにね。あなたは二週間前の日曜日に日記を見つけた――わたしはそう思っています」

二人とも黙りこんだ。二週間前の日曜日という言葉が二人のあいだでぐるぐる回っている。きのうの朝、彼のオフィスでぼんやりつぶやいたポリーの姿が、サンズのまぶたに浮かんだ。「ごく普通の日曜日だったんです……父がいつものように捜し物が見つからなくて……」

「あの日記が、長いあいだずっとあなたの手元にあったとは思えませんね」サンズが言った。「もしそうなら、ルシールが最初の奥さんを殺害したことがわかっていたでしょうから。それをわかっていながら、十五年間もいっしょに暮らせるはずはない。人間として不可能でしょう」

廊下の突き当たりにあるドアが開き、マーティンが出てきた。ゆっくりした足取りだが、サンズは彼が自分を抑えている印象を受けた。誰も見ていなかったら、動物のように何も気にせず廊下を跳ね回ることだろう。

「ああ、お父さん、こんなところに」マーティンは言ったが、その声もわざと抑えた感じだった。視線の先はイーディスの部屋の扉に向けられたあと、父親へと戻った。「廊下で会議ですか？」

「サンズさんと話をしていたところだ」

父の言葉にマーティンは眉をぴくりと動かした。「まさか、ぼくのことじゃないでしょうね？　後ろめたそうな顔つきだなあ」

「後ろめたそうだって?」アンドルーは笑い声を上げたが、罪悪感の皺《しわ》を伸ばそうとでもいうのか片手で顔をなで上げた。「おまえには信じられないだろうが、人はおまえ以外のこともよく話題にするんだよ」

「そうでしょうね」

「ああ……ポリーならいないよ。フルーム中尉に会いに行った。今日の午後にでも結婚するんじゃないかな」

マーティンはイーディスの部屋にもう一度、視線を向けた。「すごいタイミングだな」

「わたしがお勧めしたんですよ」サンズが言った。

「説明は不要だ」アンドルーはぶっきらぼうに言うと、マーティンのほうに向き直った。

「それで、おまえに今すぐいってもらいたいんだが……。ええと、場所は……フォードホテルだったかな？」

「そうですよ」

「すぐにそこへ行ってくれないか。実は、ポリーに金を渡してやるのを忘れたんだ。小切手を書くから、それを持っていってもらいたい。それから、幸せを祈っていると伝えてくれ」

「ずいぶんおかしなときに小切手と感動的な伝言を頼まれたものだ」

「頼んでいるんじゃない、これは言いつけだ。階下へ来い、小切手を書くから」

アンドルーは階段のほうへ歩き出した。少したためらってからマーティンもあとに従い、サンズの前を通り過ぎるときに顔をしかめた。サンズがいなかったら、黙って従うようなことはしないで執拗に父に説明を求めただろう。だが、サンズがいる。どういうわけか二人は妙に結託して、マーティンの反対を許さないような権威を振りかざしている。

それに、都会派のマーティンは驚きを表に出そうとはしない。書斎でも、渡された小切手をすなおに受け取り、関心がないというようにちょっと口を歪《ゆが》めた。

「幸せを祈っている、と伝えてくれ」

「わかったよ」そう言うと、マーティンは屈託なく手を振って出ていった。

さすが都会的な洗練された若者、ブルックス・ブラザーズの申し子だ、とサンズは思った。

「そこに腰掛けて楽にしてください、サンズさん」アンドルーは言った。「いろいろ話すことがあるから。煙草はいかがです?」

「どうも」

「ドアを閉めてもかまわないね?」

「もちろんです」

「わたしが犯した殺人の話を、メイドたちには聞かれたくないから。彼女たちに医者への信頼を失わせてしまうかもしれない」アンドルーはドアを閉めた。「殺人……何人殺してしまったのか、その理由もどれだけあったのかわからないが……。誤診や手術にかかるとてつもないプレッシャー、あるいは手術のタイミングが悪かったり、知識や経験が足りなかったり……。患者が亡くなるたびに気に病んだものです。そのうち、こう考えるようになりました。この世が終わるまでに、あらゆるものがもう一度元に戻るんじゃないか、と。永遠の国では、帝王切開で亡くなった赤ん坊が二度目のチャンスを与えられ、息を吹き返し、りっぱに成長する。ミルドレッドはそれを信仰と呼んでいましたね」

煙草の煙が顔をなでるように上っていった。「あなたは〈人間として不可能〉という表現を使われましたね。実際には、人間の能力に限界などない。究極の正義を――つまり、この空間のどこかに正義がぶら下がっていて、悪人を懲《こ》らしめ、善人に報いると――信じていれば、人はどんなことにも耐えられる。それが宗教の動作原理ですよ。因果応報ですね」

アンドルーは身を乗り出した。「考えてみてください。この空間のどこかに、公平で偉大な正義が巨人のように宇宙をまたいで立っている。大きくて強いだけではなく、優しい心を持ち、それでいてわたしたちと同じように手首には合わせて十六本の骨があり、小さな布で慎み深く陰毛を隠している」

サンズは、この人も堕落した理想主義者、多大な期待をし、自分の信念を失った男だと思った。しかも、いっぺんに失ったのではなく、じょじょに不安と苦い疑惑のうちに失っていったのだ。

「子供じみたことを言わないでください」サンズはちらりと時計を見た。「五分ほどで仲間が来ます」

「そのあとは？」

「そのあとは」サンズは慎重な口ぶりで言った。「あなたの殺人罪を立証できるよう努めます」

「証拠はないわけだね？」

「状況証拠だけです。グリーリーの場合はかなり手堅いですよ。あなたには殺害手段があったし、犯行時刻に現場付近にいた」

「そんな人物はほかにもたくさんいる」

「そうですね。それから、グリーンさんの死に関しては問題ありません。あなたに問えるのは道義的な罪、道義的責任の欠如だけです。邪心と恐怖は癌《がん》細胞のようにあてどなく無情に広がり、触れる物すべてを破壊する。コーラ・グリーンもその犠牲者の一人です」サンズは瞬《まばた》きをして、遠い目をした。「状況証拠だけですね。おそらく、宇宙をまたいでいるあの巨人があなたをつかまえに来るまで、われわれは待たなくてはならないのでしょう」

「そんな男、怖くないですよ」

「ええっ？」サンズは大げさに驚いてみせた。「あんなに巨大で栄養も行き届いているんですよ」

二人とも笑みを浮かべたが、アンドルーは瞳に怒りをちらつかせ、荒々しい手つきで煙草をもみ消した。

「まるで愚か者か悪党扱いだね。わたしはそのどちらでもない。ごく普通の人間だ。ありえないようなことが起こったとしても、それは起こるべくして起こったことなんだ。わかるかね？　ただ偶然起こった。あなたもそう言ったでしょ。日記を見つけたときも、それを捜していたわけじゃない。日記のことなんかすっかり忘れてましたよ。ルシールが去年のクリスマスにくれたスカーフを捜していたんです。小さなグレーの模様が入った黒いスカーフです」

「黒ですか。小さなグレーの模様入りの？　よさそうなスカーフですね」

彼は椅子の背にもたれかかり、すべてがあまりおもしろくない冗談だとでもいうようにアンドルーを眺めた。

アンドルーの顔がしだいに怒りに染まってきた。サンズが誘《おび》き出そうとしているのはわかる。だから、自分を抑えなくてはならない。だが、同時に、自分が笑ってすまされる子供ではないことをこの男にわからせなくてはならない、とも思っていた。

「スカーフは、ルシールがあると言っていた杉の戸棚にはなかった。自分の部屋を捜し、それからルシールの部屋も捜した。あの日記は彼女のライティング・デスクの引き出しに入っていたんだ。隠してあるわけでもなく、無造作に入れてあった。まるで、ときおり出して読んでいるように……」言葉を切って、大きく息をついた。「考えてみてくださいよ。彼女はわたしの妻を殺した。そのうえ、十数年ものあいだ、自分の有罪を示す証拠の品をなんの気なしにライティング・デスクに入れてあったんです」

「ずっとそこにあったわけではないかもしれませんね」サンズが言った。「きちんと隠しであって、たまたま目について取り出し、もう一度読みたいと思ったのかもしれない」なんのために？　当時を再現し、自分の心を悩ませている幽霊を葬り去るために？

「そうですね。あの日曜日、ルシールはずっとミルドレッドのことを考えてましたから。ルシールが描いたミルドレッドのスケッチも、マーティンといっしょに見つけましたよ。煙草で目が焼き抜かれていました」また口をつぐむと、悲しみと怒りの表情で首を振った。

「女の整然とした非論理というやつだ。男には信じられないがね。女は怒ると、冷たく情け容赦ない。不満の種はひそかに隠しておいて、なんの関係もない不可解なときに持ち出す。まるで涙のようだ。憎んでいる男ともけっこう幸せに暮らせるし、愛している男を死ぬまで苦しめることもある」

「あなたのように？」

「そう、わたしのように。わたしは争いを好まない性格なので、これまで女性の餌食《えじき》にされ続けてきた。家庭の平和のために自主性のある自由な生活をあきらめ、支配者たちの言いなりになってきた――母、イーディス、ルシール。男は優しい声での命令に反対をするすべを持たないし、愛情を傾け、『あなたのためならなんでもするわ』という女性たちの声から逃れることができない」

　アンドルーからは怒りの表情は消え、自分の言葉にうんざりしているようにも見えた。自身の中で何十回となくくり返した言葉を暗唱しているだけという感じだった。

「わたしがイーディスを殺しました」

サンズは何も言わなかった。

「彼女がうるさく責め立てたからです。睡眠薬を求められ、渡しました。計画を立てていたわけでも、事前に考えていたわけでもない。本人が突然、眠らせてくれと訴えてきたんです。わかりますか？　ただそれだけのこと、起こるべくして起こっただけです。本人にそう頼まれたんですよ」

「そうですか」

「息を引き取ったあと、日記を捜して処分しようと彼女の部屋に入りました。ところが、見つかりませんでした。もっとも、たいして気にもしていませんでしたが」

「気にすべきでしょう。これがあなたを絞首台へ送ることになるかもしれないのだから」

「そんなことはない。これはあなたと二人だけの話だし、イーディスが自殺であることを裏付ける証拠はじゅうぶんにある。あなたのお仲間がイーディスのグラスからモルヒネを検出するだろうし、ペンウッド病院のルシールに宛てたイーディスの手紙も提出できる」

「関係者の中で、イーディスさんだけは、切断された指をルシールさんに送ることができなかったのではないですか？」

「そんなことではごまかされない」アンドルーは言った。「わたしを裁判にかけるとしても、一件ずつしか審理できないはずだ。たぶんわたしがグリーリーを殺した、だからたぶんイーディスも殺した。そんな理屈は通用しませんよ。たぶんを二回重ねても客観的事実にはなりません」

「そのとおりです」

「ところで、なぜわたしを絞首台に送りたいのですか？　復讐ですか？　罰を与えたいからですか？　わたしに思い知らせたいから？　それともほかの人たちへの見せしめ？」

「それが仕事だからです」サンズは苦々しく言った。

「個人的な感情はまったくないわけですか？」

「いえ、完全にないというわけでは……」

「それはどうしてです？」

「あなたがまた手を下すかもしれないと思うからです」

「ばかばかしい。ほかに殺す理由のある人間なんていませんよ」

「グリーリーだって、殺す理由はなかったでしょう？」

「あの男はわたしの邪魔をした。あの男にしろほかの誰かにしろ、殺すつもりなどなかった。ほんとうに計画など立てていない。日記を読んだあと、ぼうっとしていて、車でジャイルズを迎えに行ったこともよく憶えていないくらいだ。わたしの頭にあったのはルシールの二つの顔――わたしに見せていた顔と、ミルドレッドの日記に書かれていたもう一つの顔。ポリーの結婚式が終わるまでは何も言わずにいて、そのあとルシールに日記を突きつけようかと思っていた。しかし、そんなことをしてどうなるだろうか。ルシールは白状するだろうか、それとも嘘をつくだろうか？　もしかしたら、自分の身を守るために、わたしのことも殺そうとするのではないか？　そんなことを考えているうちに列車事故に出くわして、あの状況が問題を解決してくれた。ルシールを試してみる方法が見つかったんです。汚物入れにあの指が入っているのを見て、それを拾い、ハンカチで包んだ」

　そのグロテスクな光景がサンズの頭に浮かんだ。男が一人、人目を忍んで汚物入れにかがみこみ、宝石を扱うように拾った指をていねいにハンカチで包んでいる。

「そんなことをして、どんな気持ちになるかわかりますか？　頭がおかしくなったような気分ですよ」

「そうでしょうね」

「おわかりでしょうが、あれはルシールを試すためにおこなったことだ。彼女が罪悪感を持っているのかどうか、知る必要があった。実際にどのような結果をもたらすかまでは予見できなかった。彼女が精神に異常を来《きた》したのはそのせいではない。自分が人を殺したことを誰かが知っている、誰かに真相を突き止められたことがわかったからだ。十六年ものあいだ、何事もない幸せな生活を送ってきた彼女が、犯人だと指さされたのだから」アンドルーは少し間を置いた。「箱を開けたとき、ルシールがどんな反応を示すだろうかと考え続けていましたよ。彼女が悲鳴を上げたことはわかっています。そのあと、日記を確かめにライティング・デスクまで駆けていったはずです。なくなっているのがわかり、家族の誰かが取ったにちがいないと思ったでしょう」

「あの指は象徴だったのですね」

アンドルーは肩をすくめてサンズの言葉を無視した。

「あの指は朝までポケットに入ったままでした。診療所へ行く途中、雑貨屋で箱を買い、それに入れて包装しました。郵便で送るつもりでいたところ、たまたま新聞売りのスタンドわきに、みすぼらしい身なりの男が立っているのが目に入ったのです。この小包を二ドルで配達してくれないかと尋ねると、承諾してくれました」

「配達料を五十セント下げておけば、余計なトラブルが避けられたものを。配達するだけで二ドルももらえる小包は、開けてみる価値がありますからね。もう少し頭を働かせるべきでした」

「信用ならない男だとは思いもしなかった。そういうことには疎《うと》いもので」

「もちろんやつは、すぐさまトイレに行って、それを開けた。中身を見てちょっと驚いたかもしれないが、そうでもなかったかもしれない。グリーリーはこれまでの人生でいろんなものを見てきましたからね。あの男が関心を持つのは金の匂いのするものだけで、あの小包を開けたときにそれを嗅ぎ取った。グリーリーはちゃんと配達しましたよ。そのあと、何が起こるかとぶらぶらしながら待ち、さらにサニーサイドまでルシールさんをつけていきました。彼女が美容院にいるあいだも外で待ち、出てきたところで話を持ちかけたんです。ルシールさんは口止め料として五十ドル渡し、それからレイクサイド・ホテルに部屋を取りました。このとき、グリーリーは彼女がしばらくそこに滞在すると確信して、彼にとっての豪遊に出かけたわけです。その晩は至福のひとときでした。三流ではあるものの、バーでシャンパンを飲み、数多くの男の相手をしている女とはいえ、ともかく女を連れていました。脚は痛かったでしょうが、女と踊り、安っぽい夢を見るためにモルヒネも射《う》ちました。しかし、何よりも、彼には未来があったのです。

追加の金を払うことをルシールさんが約束したにちがいありません。やつは連れの女に人と会う約束があると言って、レイクサイドに戻っています。バスコム警部とわたしが着いたのと同じころ、やつもあそこにいました。グリーリーのような連中は二つのことに異常に鼻が利くんです——金と警官。だから、たぶんわたしたちのこともすぐにわかったのでしょう。こちらの目的は知らなかったはずです。ルシールさんのことも考えられるし、そうでないかもしれない。しばらく路地でぶらぶらしているところへあなたがやって来た。あなたのことはグリーリーもすぐにわかりました」

「驚きましたよ」アンドルーは言った。「まさかあの男と出会うなんて夢にも思っていなかった。あの男のことは忘れかけていたくらいです。そのとき、前日の午後に気がついて当然だったことに、思い当たったんです——この男はモルヒネ中毒だ、と。あんな計画に気を取られていなければ、最初に見かけたときに気がついたはずなんですが。ホテルのネオンが当たって男の目がはっきり見えました。瞳孔が開ききっていて、光を失った人のようでした。あのとき、ルシールに鎮静剤を与えなければならないかもしれないと思って、診察鞄を提げていました。それが悲劇でしたね」

「悲劇ですって?」

「わたしが医者だとわかってしまいましたから」

「そういうことですか」

「中毒患者にとって医者が意味するのはただ一つ、薬を手に入れるチャンスなんです。医者は誰でも一度や二度、連中にせびられた経験があります。あの男も開口一番『医者だな?』と言いましたよ。違うと答えましたが、信じてはもらえなかった。勝ち誇ったように顔を輝かせていました。どんなところに足を踏み入れてしまったか、わたしにもわかりました。法律に反することは何もしていないが、たいていの人が忌まわしいと思うようなことをやってしまった、だから秘密にしておきたかったんです。ところが、あの男はわたしが犯罪に及んだと思いこんだ。

『けっこうな小包だったな。残りはどこにあるんだい?』と言ったのです。返事をしないでいると、モルヒネを要求してきました。入手が難しく、苦労してやっと手に入れたものを薄めて使っている、と言ってました。『余分には持ってない。四分の一グレインしかないから、あなたにはそれでは足りないでしょう』
肝心なのはここなんです。最初に求められるまま渡していたら、向こうも疑いを持ったでしょう。しかし、わたしが最初に断ったから、彼はこう言いました。『おれのことなんか知らねえだろう。それでいいんだよ、今のところは』
彼はそのとき、射つ必要はなかったんです。すでに注射してたっぷり体内に入っていたんですから。それでも、みすみすチャンスを逃したくはなかったんですね。連中は薬が切れたときにどうなるかわかっているから、むやみに欲しがるんです。ともかく、路地へとわたしを連れこんだ。暗くて、ひどく寒かったです。診察鞄を下に置いて、開けました。グリーリーはマッチを擦って、消えないように両手で覆っていました。それから、二人でそのわきにしゃがんだ。妙な光景でしょう？　みだらな感じさえする。
言っときますが、やつを殺そうと思い立ったのはそのときですよ。理由はわからないが……。特にないんですよ。殺人なんてみんなそうなのかもしれませんね。わたしはあの男が恐ろしかったし、どのみちそう長くは生きられそうになかったから、そうやって死んだほうがましだとも言える。それに、わたしの信頼を裏切ったわけだし、その場の情景がひどく醜悪だったせいもある。
殺すのはたやすいことでした。どれほどの量を注射したか本人はわかってない。早くしろと言いながら、路地の入口のほうに目を光らせていましたから。わたしは注射器を用意して、コートを脱ぐように言いました。すると、『何言ってんだ、おれにはそんな面倒なまねはいらねえよ』と腕を突き出しました。

二グレイン射ってやりましたよ。すっかり終わるまで十分もかからなかった」

二グレインのモルヒネで十分間、それがグリーリーの最期か、とサンズは思った。

「簡単ですね。ごく自然だ。分量を誤った事故死に見える」サンズはつぶやいた。

「そう言ったでしょう」

「そうですね。一連の出来事の論理的結末は殺人というわけですか。人生の論理的結末が死であるように」

「皮肉を言われてもなんとも思いませんよ」アンドルーは言った。「わたしは率直に嘘偽りなくお話ししたつもりです。あなたは教養のあるかただから理解してもらえると思いましてね」

「真空状態なら教養を身につけるのは簡単ですよ。真空のガラス容器に入れたマウスを普通のマウスと比較はできません。そもそも真空状態では、死んでしまいます」

「そのとおりですね」

玄関のベルが鳴った。

「お仲間がいらっしゃいましたよ」アンドルーは媚びるように言った。

警官がいるあいだ、アンドルーはドアを閉めて書斎にこもっていた。上では、男たちができるだけ音を立てないように作業している。耳をそばだてないと聞き取れないくらいだった。

警察は二階で何をしているのだろうか。

なんでもない。耳を澄ます必要はない。

何か見落としている点はないだろうか。

何もない。すべて手はずは整っている。かわいそうなイーディスは後悔の念に苛まれて、自ら命を絶った。

イーディスも結局、グリーリーと似たような行動を取っていた。どちらも執拗につまらない死を求め、実際にそれが手に入って仰天したことだろう。

アンドルーはどちらのことも気にかけてはいなかった。グリーリーにたいしてはなんの感情もわかない。イーディスについては自ら死を招いた点でかわいそうだとは思うが、生き返ってほしいとは思わなかった。アンドルーは人生の角を曲がってしまった。振り返っても、名もない建物の灰色の鋭角しか見えないだろう。前方にはさまざまな形や影が霧の星雲のように渦を巻いている――まだ顔になっているとは言えない顔、まだ音とも言えない音。歩いているうちに霧は晴れるだろう。だが、今は恐ろしい。霧は目を刺し、耳をふさぎ、肺の奥まで入りこみ、咳きこませる。彼は口にその味を感じた。ちょうど子供のころ食べた新雪の味。

ぼく、気持ちが悪い。

アンドルー、あなた雪を食べたの？

ぼく、気持ちが悪いよ。

この子の体調がおかしいの。すぐにお医者様を呼んで。

モロー先生、モロー先生、至急おいでください。患者様が……。

ああ、アンドルー。雪にはばい菌がいっぱいいるのよ。きれいに見えるけれど、ばい菌だらけだから食べちゃだめ。お誕生日に顕微鏡を買ってあげるわね。そこらじゅうにばい菌がどれだけいるか、自分で見てごらんなさい。

数え切れないほどのばい菌がいるのよ、あっちこっちに。


アンドルーは上の物音がやんでいることに気がついた。家の中にはもう誰もいない。ミルドレッドはいないし、子供たちもいない、イーディスもルシールも——残っているのはメイドたちだけだが、二人にも出ていってもらわなくてはならない。自分一人になって、考えなければならない。

アンドルーは痛みを覚えながら立ち上がった。緊張してすわっていたため、両脚が攣《つ》った。後ろを振り返ったり、先のことを考えるのをやめなくてはいけない。では、どこを見ればいいのか？　自分自身だ。歯科用の小さな鏡のように目を内側に向け、細部にわたって拡大した自分の内部を見るのだ。髪の毛の一本一本、ばい菌がうようよしている毛穴の一つ一つを。

しかし、ほうぼうの鏡にぞっとするような男の沈黙が映る――弱くなった四肢、動いてはいるがガラスのように冷たい顔……。

アンドルーは自分の姿から逃げるように廊下を横切った。

キッチンにメイドがいた。二人はずっと言い争っていた。デラは目を泣きはらし、アニーは口元を結び、頑な表情をしている。アンドルーが入ってくるのを見ても、その表情を変えなかった。

「わたしたち、お暇《いとま》をいただきます」アニーが言った。「このお宅にはよくないことが次次に起こりすぎです」

「しかたがないね」アンドルーは言った。「そう思うなら」

「この人は出ていきたくないと言うんです。別の仕事が見つからないんじゃないかと心配して。今は、働きに来てほしいって向こうから頭を下げて頼みに来る時代だってことが、この人にはわからないんです、頭が悪いから」

「あたしはあなたとは違うの！」デラは声を張り上げた。「毎月、家に仕送りしなくちゃいけないのよ！」

「あたしは生活がかかってないとでも思ってるの？　それでも、びくびくしたりしてないでしょ？」

「二人には一ヶ月分の給料をあげよう」アンドルーは穏やかな声で言った。「そうしたければ、今日にでもここを出てかまわない」

デラはいっそう激しく泣きじゃくるばかりで、アニーが代わりに二人分話さなくてはならなかった。モロー先生、寛大なお心遣いに心から感謝します。お金をいただきたいというわけではなかったのですが、本当に助かります。こんなたいへんなときに、だんな様をお一人残して出ていくのは心苦しいですが。家事手伝いにどんな未来があるでしょうか。

「ほんとうに、どんな未来があるだろうねえ。すぐに出ていってかまわないよ。小切手を書いてあげよう」

二人は二階へ行って荷造りを始めた。

「エメラルドのこと憶えてる？」デラが懐かしそうに言った。

「なんのこと？」

「憶えてるでしょ、ほら、あの小包が届いたときのこと」

「まあ、いやだ」そう言って、アニーはクローゼットの扉を力任せに開けた。「あたしたち、あんな遊びをする年じゃないのよ。あんたも十八なのに、十歳の女の子みたいなこと言うんだから。あたしたちがエメラルドを持って、どうなるの？　想像してごらんなさいってね」

「もしかしたら、いつか、見つかるかもしれないわよ。お金か、何かほかの物が。ラジウムかもしれない。ラジウムなら、ほんのちょっと見つけただけで大金持ちになれるんですよ」

「黙っててくれない？」アニーはスーツケースを拳で叩いた。「黙ってて」

衣類もたいしてないので、荷造りに時間はかからなかった。三十分後には、ハンドバッグをしっかりこわきに抱え、二人はブルーア通りで路面電車を待っていた。まだ口げんかをしていたが、アニーの表情は和《やわ》らぎ、ときおり、歩道や溝に視線を走らせた。用心に越したことはない。

アンドルーは玄関先に立ち、姿が見えなくなるまで見送った。過ぎ去った日々の名残である二人がいなくなり、ここから自分一人の新しい生活を始めなくてはならない。しかし、ひどく疲れ、戸口から動くのも億劫《おっくう》だった。まるで、一歩動くことで新しい状況が生まれ、次から次へと厄介な問題に対処しなくてはならなくなるとでもいうように。彼は何も見たくないし、聞きたくもない、感じたくもなかった。ガラス容器に入ったマウスのように、一人真空状態の中にいたかった。

だが、マウスは死んでいた。**そもそも真空状態では、死んでしまいます。**背後で階段を降りてくる音がした。家には誰もいないと思っていたのだが、そうではなかった。アンドルーは疲労困憊《こんぱい》で驚きすら感じなかった。ゆっくり振り向きかけたとき、それがサンズだとわかった。

「もう帰られたと思ってましたよ」なんとか重い口を開いた。

「すぐに失礼します。ほかの者たちはみんな帰りました。あなた、お一人になりますね」

一人。その言葉は重々しく彼の耳に響いた。

「それがお望みだったんですよね」サンズは言った。

「そうだ」

「望みがかなったわけですね。あなたは一人だ。そして、孤独に苛《さいな》まれる」

「いや、そんなことはない。マーティンが――マーティンが戻ってくる」

「でも、ここでは暮らさないでしょう。この家には彼を引き留めるものは何もないですから」

「わたしが頼めば、息子はここで暮らすはずだ。もし、わたしが……」

「そうは思いませんね。あなたはひとりぼっちですよ」

アンドルーはまぶたを閉じた。前方の道にかかっている霧が激しい突風でこちらに流れてくる。

「いや、そんなことは……」霧に喉を塞がれ、弱々しく息苦しい声だった。「わたしは――一人でも怖くはない」

「あなたは巨人が怖いんです。もう正義はいらない、慈悲が欲しいんでしょう」

アンドルーは頭《こうべ》を垂れた。慈悲。それは悲惨で哀れを誘う言葉だ。神々を失って嘆き悲しんでいる亡者がその言葉によって呼びさまされる。

「わたしは何もいらない」アンドルーは言った。

「もう手後れですよ。あなたは自分が求めたものを手にしてしまった。わかりませんか？」サンズは微笑《ほほえ》んだ。「これですよ」

「これがそうなのか？」アンドルーは自分の声の中に地獄の亡者の嘆きを聞いた。

「復讐はあなたのような平凡な人間には似つかわしくない。あなたはルシールさんに正義を施《ほどこ》したが、今度はあなたがそれを待つ番だ。あなたは彼女の捜索を警察にまで頼んだ。待ちきれなかったんでしょう？　彼女が苦しむのを見て喜んでいた、そうですね？」

「違う、そんなことはない。わたしは……」

「もう遅いですよ。すべてが終わりました」

「それで、今は？」

「今はもう何もない」サンズはもう一度笑みを浮かべた。「おもしろいと思いませんか？　結局、あなたもルシールさんのようでしょう？　生きる目的をすっかり失ってしまった」

アンドルーは誰かがやって来て姿勢を変えてくれるのを待つ人形のように、壁に寄りかかっていた。

サンズが懐中時計を取り出すと、静まりかえった家の中で時を刻む音が特別な意味を持って聞こえた。

サンズは時計をポケットに戻し、コートのボタンをはめた。「では、これで失礼します」「わたしは恐ろしい……」アンドルーは言いかけたが、玄関のドアは静かに閉まり、一人で死ななければならないのだと悟った。

サンズは肌をさすようなきらめく外気の中に足を踏み出した。

つかのま、玄関ポーチに立ち、目の前に広がる公園に視線を向けた。男根のような松の先端が太陽に向かって突っ立っている。サンズは、時間の枠の外にいるような感覚を覚えた。無防備で、弱々しく、感覚だけが尖っていた。常緑樹と人間は衰退に向かって成長していく。時間は都市の地下を掘り進むモグラで、少しずつアスファルトの路面を傷《いた》めていく。時間は灰色の細いちぎれ雲となって、彼の頭上をかすめていった。まるで空が飛び去って、あとに残った最後の一片が世界の果てに翻《ひるがえ》っているようだった。

箱の中身、箱の影

春日《かすが》武彦《たけひこ》

一九七七年にハヤカワ・ミステリ文庫から青木久恵訳で出た『鉄の門』をわたしはリアルタイムで読んでいますが（これは一九五三年にポケミスから松本恵子訳で出たものの新訳・文庫化。今回の宮脇裕子訳で二回目の新訳となるわけです）、そのときには「箱の中身」こそが本書の核心であり、また大いなる謎であるのだろうと思いつつ夢中で頁《ページ》を繰ったものでした。しかし中身が何であったかを知ると、いささか微妙な気分になりました。カバーや扉頁の紹介文にも書いてあるように、『鉄の門』は産婦人科医アンドルーと後妻のルシール（先妻のミルドレッドは何者かに殺害されている）、先妻が残した息子マーティン（文芸誌の編集者）、娘ポリー（結婚を間近に控えている）、さらにアンドルーの妹でオールドミスのイーディス、これら五人の家族が織り成す悪意と欺瞞《ぎまん》の物語と申せましょう。

某年十二月六日の夕刻、モロー家のメイドは家を訪ねてきたみすぼらしい身なりの胡散《うさん》臭い男からルシール宛の小さな包みを受け取る。包まれていた箱を開いたためか、彼女は悲鳴を上げ、その日のうちに失踪してしまう。やがてルシールは発見されるが、そこはトロントの十六キロ西にあるペンウッド病院であった。精神科病院であるペンウッドには鉄の門があり、本書のタイトルはそこに由来しています。

ルシールは「箱の中身」を見て狂気に陥《おちい》ったわけです。誰かを驚かせたり気分を落ち込ませたり不快にさせる——その程度のことならば、さほど難しくはないでしょう。だが、それを目にしただけでたちまち人の気を狂わせるものとは一体何なのか。そんな途方もないものがこの世に存在するのか。それはもはやホラーの領域ではあるまいか。

たとえばダフネ・デュ・モーリアの短篇「動機」(『鳥——デュ・モーリア傑作集』創元推理文庫二〇〇〇年所収)では、出産を間近に控えた幸福な主婦が、巡回セールスマンと会った直後にいきなり拳銃自殺を遂げた理由がテーマになっています。もちろんセールスマンと自殺した主婦とは面識がなく、彼女をセールスマンが脅かしたり困らせたわけではない。そうなると、幸せな人間がいきなり自殺をしてしまうに足るだけの動機とは何であったのか。

個人的には、さしたる理由もない筈《はず》の人間が突如として自殺をしたり発狂してしまうという設定には、人間の精神における根源的な欠陥が関与しているように思えて激しく興味を惹かれるのです。

でも小説のちょうど真ん中あたりで、肝心の「箱の中身」が何であったかはあっさりと明かされます。今にしてみれば、作者にとって箱に何が入っていたかはこちらが考えるほどには重要でなかった。それはある人物の心の動きを具現化しただけで、でもそのプロセスをじっくり考えてみると、偶然や猜疑心の関わり方がじわじわと薄気味悪く迫ってくる。それにしても、果たしてこれで人を狂気に追い込めるものだろうか。しかし終盤近くに、サンズ警部はこんな台詞を吐きます。

「あの――は象徴だったのですね」（箱の中身を示す単語が――です）

象徴という言葉は、本書の通奏低音を成しているように思われます。本文二十一頁には、「フロイトなら、本当に見つけたいと思う物だけが見つかるものだ、と言うでしょうね」といった台詞が出てきますが、どうやらこの作品にはフロイト的な発想、つまり象徴とか無意識とか抑圧とか、そういった図式がごく日常的で普遍的なものとして埋め込まれている。だから、――を単体のオブジェとして眺めただけでは、物語の全体が霧に包まれたように茫洋としてしまう。違和感に襲われてしまう。

ニューロティック・スリラーといったジャンルが興隆したのは本書が出版された一九四〇年代ですし（正式なニューロティック・スリラーの定義は、どこにも載っていないようです。あえて説明してみれば、〝誰も信用できない〟〝何を頼りにすればいいのか分からない〟といった疑心暗鬼《ぎしんあんき》をメインにした物語ではないでしょうか。しかも平穏で幸せな日常生活との対比としてその物語が展開されるような)、ちょっとした心配事があればすぐ精神分析医に相談するのが都市生活を送る上で当たり前となりつつあった。もちろん戦争の影も無視できない。そうした時代における異様な精神のありようが本書に定着されているわけです。

ミラーは『鉄の門』以前に探偵役に精神分析医ポール・プライを据えた長篇を三作書いていますし、《サイキアトリック・クォータリー(季刊精神分析)》誌にプライものの書評が載ったこともあるらしい(「ハヤカワ・ミステリマガジン」一九九二年一一月号掲載のミラーへのインタヴューより)。そうした経緯を考慮すると、『鉄の門』はいわば精神分析的ミステリと分類すべきものなのか。

「異様な精神のありよう」を、わたしたちの心の延長線上にあると位置づけるか(そうなると精神分析的なアプローチが意味を持ってきます)、そうではなくてある種のバグとかエラーと見なすか(そうなると異常な人たちは不条理な異物に近くなる)、その二つの態度があり得ましょうが、昨今のサイコものは後者に傾《かたむ》きがちのようです。いっぽうミラーは、必ずしも前者であるとは言い切れない。前者と後者の中間あたりに異様な精神を見出している印象がある。そこが読者に独特の居心地の悪さ(あるいは屈折した魅力)をもたらしているように思えてなりません。しかも本書においてもミラーは、どこか読者の予測や期待など無視して自分の書きたいものを書いている気配がある。でもそれゆえに凡庸《ぼんよう》な作家では表現し得ない奥行きが生じているとも言えるのではないでしょうか。

ところで異様な精神のありようと狂気とはイコールではありません。世間一般では、狂気には支離滅裂とか混沌、錯乱といった印象を抱きがちに思われます。だがおそらくミラーは、そんな印象は表面的なものに過ぎないと考えていた筈です。わたしは、狂気とはものごとの優先順位が常識や良識から大きく隔たった状態と理解しています。そしてたったひとつの優先順位が入れ替わるだけで、人はものすごく異常に映ることがある。たとえ衣食住において平穏な暮らしを営んでいたとしても、政府の要人は人間に化けた宇宙人であると信じていたらその人の精神のありようは異様です。でも、まあそれはそれで本人の勝手でもある。だが、宇宙人を殲滅《せんめつ》するために武器を携えて議事堂に暴れ込んだら、その人は狂気に憑かれている。つまり実際の言動にあらわれてこそ、狂気は狂気たり得る。人は誰でも異様な精神を多かれ少なかれ心に秘めています。でも、だからといってすべての人が狂気に駆られているわけではない。

ペンウッド病院に収容されたルシールは、本当に狂気に陥っていたのでしょうか。箱の中身が象徴するものに脅かされ、激しいリアクションを生じたのは事実です。一時的には錯乱状態にもなった。が、病院内は隔離されているがゆえに安全な場所でもある。ルシールはそのあたりを理解していたようにも読み取れる部分があります。ならば彼女の狂気は狂言なのか。

強《し》いて申せば、解離状態に近かったのではないでしょうか。少なくとも不可逆的に精神が変調をきたしていたわけではない。そして妄想の世界の住人になってしまったわけではなく、現実と微妙な距離をキープしていた。しかしきわめて不安定な状態で、些細な刺激で容易に自死を最優先順位に選んでしまうようなところがあった。ここにおいてミラーは、狂気と正常との中間あたりにルシールの精神状態を設定した。もはや読者に居心地の悪さを覚えさせるのが彼女の趣味ではないのだろうかと疑いたくなりますね。

ミラーの作品の特徴は『これよりさき怪物領域』（山本俊子訳、ハヤカワ・ミステリ一九七六年）に書かれている「一つ一つのことが明るみに出るたびにそれは、光でなく、影を投げかけた」という文章に要約されるのではないかと思っています。『鉄の門』ではまさにルシールが受け取った箱が投げかける影が、この物語そのものというわけなのでしょう。

なお一九四〇年代の精神科病院内の描写は、一九四八年に書かれたジョン・フランクリン・バーディンの『悪魔に食われろ青尾蠅』（創元推理文庫二〇一〇年）と読み比べてみるのも一興かもしれません。いわゆる抗精神病薬（メジャー・トランキライザー）が登場したのは一九五二年で、それ以前には精神疾患に著効する薬剤は存在しませんでした。精神科病院は治療よりも監禁に重点が置かれていて、だからペンウッドには絶望的なイメージが付きまとっていた筈です。本書が発表された時代には、現在読むよりもさらに重苦しい印象を読者は実感したと思われます。

一七八頁に、ペンウッドで働く看護師についてこんな描写があります。「空想癖のある者や感傷主義者、芸術趣味の人間はスタッフとして受け入れてはもらえない。想像力が豊かな者は危険な場合があるし、感情に流れやすい者は病棟全体の平和を乱しかねないからだ」と。精神の豊かさや自由さは、往々にして異様な精神と通底したり共振しかねないというわけでしょう。こうした文章を差し挟まずにはいられないところに、わたしはミラーの複雑な内面を想像せずにはいられません。

訳者紹介　東京都出身。上智大学外国語学部英語学科卒業。主な訳書にブース「黒い犬」「死と踊る乙女」、グラップ「狩人の夜」、ハイスミス「ふくろうの叫び」、ミラー「悪意の糸」などがある。

検印
廃止

鉄の門

2020年2月14日　初版

著　者　マーガレット・ミラー

訳　者　宮《みや》　脇《わき》　裕《ゆう》　子《こ》

発行所　(株)　東京創元社
代表者　渋谷健太郎

162-0814/東京都新宿区新小川町1-5
電　話　03・3268・8231-営業部
　　　　03・3268・8204-編集部
U R L　http://www.tsogen.co.jp
フォレスト・本間製本

乱丁・落丁本は，ご面倒ですが小社までご送付ください。送料小社負担にてお取替えいたします。

ISBN978-4-488-24710-2　C0197